中國符號學

周慶華／著

序

對我來說，研究符號學，原只是為了便於追蹤現代學術演變的軌跡，並沒有下定決心要在這個領域有些什麼建樹。但斷斷續續一路走來，卻發覺越發不能片刻自外於符號學的籠罩和考驗，以至不禁要把它轉為探索各種課題的理論資源。而這樣前後居然也有十幾年的歷史了。

從符號的生產、傳播和接受到異符號系統的考索、比較和分析，幾乎已經成為我不能或忘的功課。而在符號背後所牽涉的心理、社會和文化等機制，以及支配和反支配等欲求所構成的權力循環鐵則，更讓我像發現新大陸般的驚異和不捨，終於決意在既有的研究基礎上另闢發聲管道。現在這本題名為《中國符號學》的論著，就是我初試啼聲的一個成果展現。它跟我先前所出版的一些專書，如《臺灣當代文學理論》、《語言文化學》、《佛教與文學的系譜》、《思維與寫作》等，有著內在理路的聯繫，更有著別為開新的強烈企圖。

符號學本是西方人的專長，所累積的研究成果也不得不令人刮目相看；尤其是他們所開展出來的符號學的廣度和深度，更讓非西方社會遠瞠乎其後。然而，這並不代表西方的符號學就足以為楷模，而非西方人必須臣服於該文化霸權。這中間還牽涉著不同世界觀和價值意識而無法共量的事實，任何權力宰制或自我屈就，都會把人類心靈逼向單一化或平面化的邊緣。從整體來看，西方人的傲氣，以及因為信仰創造觀而在各種學術領域要媲美上帝風采所展現出來精細構設的色調，大家已經領教過了；但中國人原要有的骨氣，以及因為謹守氣化觀而所有學術都趨向於綰合人情或諧和人際的特長，卻依然闇默不彰，反隨西方人起舞而奢言全球化。這豈是新殖民悲劇的開始？人世間的相互尊重、相互扶持，又如何能在這一波新西化的浪潮中存在？

眼看著國人日漸沉醉於歐風美雨的滋養而不自我奮起，真不知該悲嘆，抑或憤怒！雖然科技資訊已經讓國界失去了制約力，而跨國企業也改變了經營生態，但這一切對我們來說都必須以在強國夾縫中苟活為代價，並沒有什麼值得「歡欣鼓舞」的地方。原是泱泱大國且具有悠久文化傳統的中華民族，如今「安在哉」！我所以這樣說，並不表示有濃厚的民族主義情結，而是不忍民族尊嚴掃地而極力要予以召喚罷了。看過我其他著作的人，當能諒解我的慷慨陳詞。現在這本書，也沒有略去這一基調，只是文中另帶有更細密的理性的思辨。

在鑽研符號學的路途上，友人陳界華教授是一個不能不提到的人。他的符號學和比較文學專長，在我們一群經常論學的朋友的聚會中，特別顯得新奇和具有帶引作用。有不少相關的資訊，都是從他的口中得知；而他一些明顯有前瞻性的點子，也都化為一場場學術研討會，以便各人尋求驗證或形塑新的論題。而我就在這個機緣下，得以檢視原有的觀念並勉為再披荊斬棘，嘗試開啟中國符號學的新途徑。草萊初闢，總無法忘懷這一路上共甘苦過的人。

最後，能再度獲得揚智文化公司發行人葉忠賢先生和總編輯孟樊兄的玉成出版，也必須致上深深的謝意。在學術書普遍滯銷的時代，他們不惜血本的出版我的書，這分情誼足夠我感念一輩子了。

周慶華

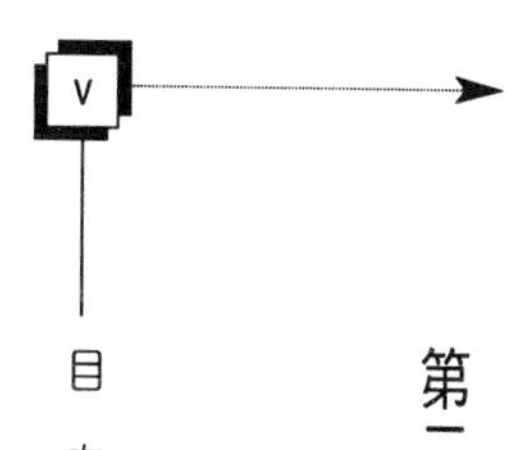

目次

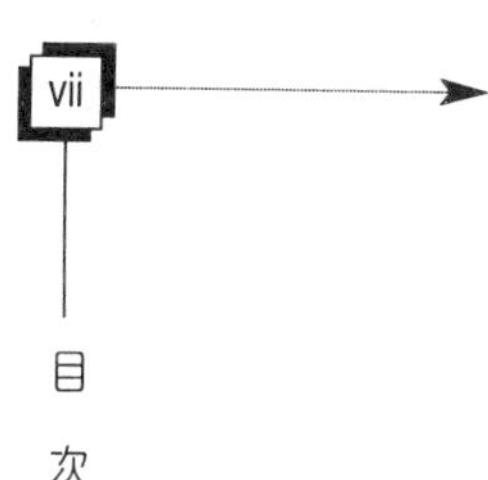

目次

第一章 緒論

一、從符號學到中國符號學

符號學，也稱記號學或指號學，它是一種關於符號或符號過程或符號功能的理論（研究）。符號學最早由美國哲學家皮爾斯（C. S. Peirce）和瑞士語言學家索緒爾（F. de Saussure）各自從哲學和語言學角度開創；而後由美國哲學家摩立斯（C. W. Morris）等人發展和傳播；同時現代西方哲學的某些流派，如分析哲學、結構主義以及語言學、邏輯學等學科，又從不同角度以不同方式對符號學進行研究而深化了符號學的理論，也使符號學正式升格為一種研究方法。這種研究方法，當今還不同程度地滲入和應用於人類學、社會學、政治學、思想史、文化史、美學和文學藝術以及建築學等領域，並形成了諸如符號學美學、電影符號學、音樂符號學和建築符號學等科際整合學科（參見王海山主編，1998: 10）。

大體上，符號學作為一門學科，主要是西方學術思想史的產物，它的歷史範圍大致相當於西方哲學史或思想史的範圍。以至有人認為「非歐（西方）符號學傳統對現代符號學思想的影響甚小，雖然古印度梵文語法對近代古典語法學有直接影響，漢語等非拼音文字系統也初步引起一些近代歐洲思想家的好奇和研究。但總的來看，在研究現代符號學運動的根源時，非歐傳統可以暫時忽略不計」（李幼蒸，1993: 83）。但從另一方面來看，又不可否認的「非歐符號學史本身卻是非常重要的文化史研究方面，這門學科的建立和發展對於推動符號學史、文化史、藝術史、比較思想史等領域的研究意義非凡……（並且）研究非歐或非西方文化傳統中符號思想史和符號運用方式史的重要作用之一，在於東方文化傳統極其富於象徵表現。因而東方符號學現象乃是一般符號學或非語言符號學研究的適當對象」（同上）。這說的大略可信。只是同為符號學，我們要再區分為西方的和非西方的，就不僅僅是純學科的興趣使然，裏頭還夾雜著解釋權的爭奪以及支配和反支配的競勝心理。

沒錯，符號學的名稱是西方的；但符號學的內涵卻可以是非西方的，同時也可以重新定義而使符號學為我們所用。這樣一來，儘管符號學發展到今天已經紛繁多姿，但只要它的題材是中國的以及在表現上能略顯差異的，我們都可以為它冠上「中國符號學」的名稱。因此，所謂「從符號學到中國符號學」的語意轉換，所代表的是一門差別學科的誕生，也是一種新權力結構的呼喚。從今天起，我們不妨轉移視野到這塊處女地的經營和展望上。

二、中國符號學的成立與目的

嚴格說來，符號學的研究已經有相當的基礎，而中國大陸和臺灣在近一、二十年來也有不少相應的研究；特別是中國大陸從二十世紀八〇年代開始興起的文化語言學（或語言文化學）熱潮，所涉及的包括漢字文化的研究、民俗語言學的研究、漢字文化和民俗學研究、外語教學和對外漢語教學、從文化和語言相結合的角度來闡釋文學作品、少數民族語言和文化的研究，以及在地名學、人名學、避諱學、修辭和文化、音韻和文化、訓詁和文化等等的研究（參見邵敬敏主編，1995: 281～284），可說幾乎跟西方的符號學研究有著同步的發展。但為什麼還要強調這是一塊處女地以及可藉來跟西方的符號學研究一較長短？這就必須有一些說明。

首先，西方的符號學研究固然從語言符號學研究擴及一般符號學研究和文化符號學研究而展現了非常可觀的成果，但它所形塑出來的方法卻未必普遍有效而可以用來檢驗中國傳統以來的相關材料，這裏面還有結合其他方法來進行更精細研究的空間。因此，中國符號學的成立，無異就是要藉它來展現符號學的「另一種面貌」。其次，大陸的相關研究也縱然不可忽視，但它的成果還有待評估，以及它所沿用西方的方法、概念等等如何轉化為帶有中國色彩也仍不見較有開展性的處理（參見周慶華，1997）。因此，中國符號學的提出，也等於是要重新樹立有別於既有研究規模的符號學範例。在這種情況下，中國符號學在此時此刻就隱含著「自我獨標新學」的意味；而它的實際內涵如何，則有待我們來給予。

同樣關心中國符號學發展的一位學者，曾經發出這樣的期望：「自先秦以來，中國文化思想史中的個別分析傾向雖然未能持續不斷地發展，但語詞和意義的思考史頗有自身的特色。語義分析的精神不僅表現在先秦名學思潮和魏晉以來的佛學思辨中，而且也體現在宋明理學和心學的『古典情志心理學』中。此外，在有關文學、詩歌、繪畫、音樂、書法、戲曲的大量以話體形式出現的直觀思考中，各種有關記號和意義的思索卓然可見。它們構成了中國特有的『符號學史』的內容，有待專門論述」（李幼蒸，1993: 83）。這是可考慮的；而實際寫成後，也的確會在取材上顯出異質色彩。但問題在那種論述（研究）是「漫無目的」且「缺乏立場」的。中國符號學的研究不是在找到題材或有了方法後就可以「順利進行」的，它還得預設立場和所要達到的目的，才能有條理、有章法的鋪展開來。我所能設想的，不外是「材料是傳統中國的，見解則是現代的」為中國符號學研究的基本立場，而目的（特指研究本身的目的）則在導出中國符號學特有的深度和廣度。這似乎無法避免方法學上的循環論證；但如果不依著這樣的「方向」，我就不知道還有什麼更可稱道的論述模式可以運用。

三、中國符號學的建構方向

為了逼顯出中國符號學特有的深度和廣度，勢必要有一些具體的作為。換句話說，我們得實際進行中國符號學的建構，才能證明所謂的「特有的深度和廣度」。在這裏以個人所作的一些成果為例，大略估計一下可能的方向。

一般的研究者，都以語言符號和非語言符號為研究對象；而語言符號和非語言符號又可以依類別細分（如前者又可分文學語言、哲學語言、科學語言、宗教語言等等；而後者也可分繪畫、音樂、建築、雕塑、電影、儀式、民俗等等），以至有所謂類別符號學紛紛出籠。這不能說有什麼大問題，只是會讓人覺得「不勝其繁」（因為只要找到一種符號，就要強為它建構一套符號學，未免也太「飢不擇食」或「不知輕重緩急」），同時也未必能形塑出什麼有啟發性的論點。因此，不妨略作改變，以文本、話語和觀念形態為研究對象，才比較能夠看出符號的具體運作情況（非語言符號部分可以比照語言符號的模式去理解）。

所謂文本（text），有別於意指成品和佔有空間的作品（work）。它（文本）則指涉方法論的場域，隸屬語言範疇，是一「意符示義過程」，一種「意符的實踐」，具有不斷運作的能力。換句話說，文本具有多重意義，可以經由意符不斷產生、活動、再重組而不斷擴散，而不是一個被動的消費品，被簡單化約為溝通、再現或是表現的語言（參見朱崇儀，1994）。所謂話語（discourse），它指的是任何書面的或口頭的在內容和結構上組合成為一個整體的文字材料或言說。也就是說，話語是大於句子且可以分解的言語單位（參見王福祥，1994: 46～68）。稍早，它曾被藉來區分文類的依據；後來，則被引進思想和政治的分析中，特別是後結構主義學家傅柯（M. Foucault）所從事的一系列知識考掘的工作〔參見蘭特利奇（F. Lentricchia）等編，

1994: 66～70〕。所謂觀念（idea），它在深層次上是屬於心理學的（表面層次上仍屬於語言的範疇），表示主體對於外在事物的態度（或說表示主體對於外在事物的反應或聯想），並由這種態度以引起指點未來行動的意向；而對於一事物有了這種指示未來行動的意向，就是我們對於一事物有了一個觀念（參見陳祖耀，1987: 25～26）。以上三者，彼此並不是各自獨立，而是文本中有話語、話語中有觀念，它們可以在（理論上）特別標榜的情況下「獨自運作」，這時我們就各別關注而不再挑剔「你所說的文本中藏有話語或你所說的話語中藏有觀念」。中國符號學的研究，就從這裏展開，也許才有辦法顯示一種新的「建構」的成績。

當然，在整體中國符號學的建構過程中，也得有一些重點的考量，以為「階段性」任務的標誌，不然就無法預期下一階段的研究所可以（再）致力的層面。這一點，在我的構想裏，應以文本或話語或觀念的生產和接受機制為優先探討的對象，才能給中國符號學規模出一個動態的全幅性的面貌來。而所謂機制，原為心理學上的用詞。心理學上有所謂「防衛機制」（defense mechanism），最早為佛洛伊德所創用，意指個人在應付挫折時，為防止或減低焦慮所使用的各種適應方式〔參見洛斯奈（J. Rosner），1988: 80～82〕。但在中譯裏卻不盡一致，有的譯為「防衛機構」或「防衛機械」，有的譯為「防衛機轉」或「防衛作用」或「防衛方式」，近來較多譯為「防衛機制」；同時「機制」也被截取來代表一種驅動力（參見桂起權等，1994: 6；汪信硯，1994: 119；王宏維等，1994: 50；劉宓慶，1993: 99～100）。這種驅動力是由相關的（生理、心理）機能所制約，所以機制也就有「機能」和「制約」的意思〔另參見柏格爾（A. A. Berger），1994: 76～78；葉家明，1997: 268～276〕。顯然這已經有了語意的轉換；而這裏還要把它擴大到社會背景這一模糊卻又無法否認其存在的制約力上（參見周慶華，1999: 99～100）。底下各章，大致就依這個方向在論述。而表面上各章之間並不相統屬（這是因為取材的重點不同），但實際上論述的精神或旨趣是一致的。細心的讀者，當不難看出。

第二章　意義的生成與衍變

一、現代意義理論的啟示

「符號學」這一起源於西方而如今仍在發展中的學問，對於原有相關的討論卻無類似的名稱的中國來說，所受到的「刺激」或「衝擊」自是可以理解的。而站在第一線的就是學者們，所謂「國際間重要的理論的和應用的符號學研究成果開始引起中國學者，特別是青年學者的注意。符號學成為哲學、語言學、人類學、美學、文學、電影、戲劇、邏輯學等學科中普遍關注的對象，陸續發表了各種有關論著和譯著。中國符號學研究者在較差的學術條件下，以最短的時間追趕上國際符號學潮流，這一現象從學術社會學角度看是頗為特殊的」（李幼蒸，1993: 42）。只是所有的中國符號學研究成果，到目前為止還沒有獲得有效的評估，而看不出對於發展中國符號學有什麼實質上的貢獻。本章就以符號學中一個重要的意義課題為例，一邊檢討既有的論述所隱藏的問題，一邊嘗試擬議重建中國符號學的可能的途徑。

這首先要從學者們所譯介或所引述的現代意義理論談起。一般所說的符號，可分為語言符號和非語言符號。語言符號是人長期「創造」累積的成果，它建構了歷史事件、社會情境、文化規模（以上合稱為「客觀世界」），甚至主體我的內心世界（思緒意念）和私有空間（生活形態）等（參見周華山，1993: 180～194）；而非語言符號則包括自然現象及人為的記號和人有意無意的行動、擺設等（參見李茂政，1986: 105～114；方蘭生，1988: 125～127）。雖然如此，當我們不刻意去區分語言符號和非語言符號時，所提到的符號幾乎就是指語言符號。只不過現在所稱呼的「符號學」有超出傳統語言學（討論語音、語義、語法）的部分，不便逕以符號學為語言學（按：上引李幼蒸書，曾將符號學分為語言符號學、一般符號學和文化符號學三類）。但我們也得知道符號學本身是專門探討語言符號的（一般符號學和文化符號學主要也是以語言結構體或話語形式為討論對象），而語言符號是有「意義」的結構體，以至「意義」成了我們認知語言（文字）的核心，同時也是符號學所不可或缺要討論的課題。

比較麻煩的是，現代的意義理論非常分歧，導至後來的人有認取上的困難。如奧格登（C. K. Ogden）和李察茲（I. A. Richards）曾在他們合著的《意義的意義》一書中列出十六種「意義」的意義（參見李安宅，1978: 54～72），而皮爾斯也曾統計過「意義」的種類近五萬之數，後來減縮為六十餘種（參見葉維廉，1988: 30）。不論這些意義類型的劃分是否有足以使人信服的理由，都不免會因過於紛雜而讓人頭痛費思！此外，還有一些較有理則可尋的意義理論，如將意義區分為「系統意義」和「指涉意義」二類（俞建章等，1990: 237～261），或區分為「意義即指稱」、「意義即意念」和「意義即用法」三類（黃宣範，1983: 17～81），或區分為「現象學的意向主義」、「邏輯實證主義的形式主義」、「維根斯坦的意義用法論」和「言語行為主義」四類（李幼蒸，1993: 241），或區分為「概念意義」、「內涵意義」、「風格意義」、「感情意義」、「聯想意義」、「搭配意義」和「主題意義」七類（伍謙光，1994: 133～147）等，這雖然有讓我們個別加以認取上的方便，但一旦將它們並列時，卻又如同前面那種情況，不禁要困惑莫名：為什麼一個「意義」會被說得這樣複雜，甚至「支離破碎」？更有意思的是，有人還設想一種跟意義用法可能相混淆的用法，以便凸顯意義用法的適切性所在〔奧斯敦（W. P.

Alstan），1987: 15～17〕，舉例如：

1. 你這是什麼「意思」！（企圖）
2. 生命對他又有了「意義」。（重要性）
3. 落葉「意味」著秋天來了。（因果）
4. 交白卷「意即」得零分。（蘊涵）
5. 勿踐踏草地，「意思」是說你！
6. 長壽牌「意即」好香煙。
7. 他臉上的表情「意味」著有麻煩來了。
8. 當他開始批評你的作品時，「意即」你的作品已經有份量了。
9. 「愷」意即「和樂」。
10. 他全不了解「假設」的意義。

前八例中所用的「意思」、「意味」、「意即」等詞（意義的伴生詞），雖然都有意義可說，但論者認為這不是意義的正確用法（第二例中的「意義」一詞也跟後者不類），只有後兩例才是。然而，這又有什麼標準可以依循？所謂的意義用法一定就是這個樣子嗎？論者並沒有繼續「回答」這些問題，我們心頭的疑雲也只好再疊厚一層。

其實，我們換個角度來看（不要順著論者的話尾空想），可能會發現原來並沒有「意義」這種東西，是人製造或形塑了它；而原來也沒有一定的「意義」的意義（也許有某人先造了它，並賦予意涵，但這已經無從考證和求證），是論者有意無意的在加以限定。如果不是基於這個緣故，我們就很難想像個別意義理論之間的差異是怎麼可能的。換句話說，個別意義理論之間所顯現的差異，正足以看出是個別論者基於某種原因（如謀取利益、樹立權威、行使教化之類）而權宜給予限定的結果，並不關「意義」本身的客觀性或絕對性（可供檢驗）。因此，即使像後起的解構主義，有要把先前的各種意義理論統歸為「邏各斯中心主義」迷思的趨勢（參見王岳川，1993: 63～68），也不能自外於這樣的判定。畢竟解構主義說的「指意連鎖」現象（語言意義不斷在延申或衍生而出現意義不確定或無限延後的現象），也是先有人將「意符」加以限定，而後再規畫出一個「意指」（參見索緒爾，1985: 90～96），才讓解構主義學者發現每一個意符（語言符號）所指涉的意指（意義），又變成指涉另一個有差別的意指的意符，以至於無窮盡。倘若沒有先前的意符和意指的限定，也就沒有解構主義學者那樣的「發揮」。而解構主義學者所作的發揮，基本上也是一種（新的）限定，並沒有絕對性或必然性。以至像底下的這段闡述，就只知其一而不知其二：「傳統意義理論認為：意符仰賴於（清醒意志所掌握的）意指。後結構主義（解構主義）則認為：意指只是無休止的指意過程中的環節，在指意過程中，意義並非產生於主、客體之間的穩定指示關係，而是產生於無限的、文本之間的意符運作。用德希達的話來說：『意義的意義在於無限地暗示，意符不確定地指示意指……意符的力量在於某種純粹的、無限的模稜性，無休無止地賦予意指意義……意符總是一再地指意、製造差異。』這種德希達稱之為『播散』的指意生產不會侷限於外在強加的結構限制。」（貝斯特（S. Best）等，1994: 41～42）解構理論雖然也曾被薩依德（E. Said）調侃為成就了「一種新的形上學」（參見朱耀偉，1994: 60）。但更重要的是它對於傳統意義理論以下（包括解構理論自身）所預設的「意義」沒有先驗性一點毫無察覺（才會把它拿來大作文章）。而闡述者似乎還不知道有這個問題的存在。

從論者在限定「意義」這一點切入，我們才能有效的解釋現代意義理論紛繁的現象。而透過這個理解，來看中國傳統對意義課題的討論，自然有它的方便處，因為中國傳統有關意義的見解在相當程度上也是莫衷一是。由於這是從觀察現代意義理論所感受到的，在還沒有找到更好的「對照點」前，無妨說這是現代意義理論所給予有意探討中國符號學中意義課題的人的一點啟示。

二、中國傳統揭發意義的幾種途徑

以「中國符號學」這樣的概念來說，理當可以包含「傳統的中國符號學」、「現代的中國符號學」，甚至「未來的中國符號學」等等意涵（本書總題就是這個意思）；但在這裏不可能涉及這麼多層面，而必須有所選擇才方便論述下去。只是這種選擇沒有太多的理由可說，只能歸於要在漢人圈中引發一些討論或指出前進的道路而已。這樣顯然得排除「現代的中國符號學」和「未來的中國符號學」於本論述的範圍之外；因為「現代的中國符號學」還在形塑中（同時「中國」一詞也緣於海峽兩岸政治立場的差異而沒有一致的認定），而「未來的中國符號學」也看不到什麼有效的推測，這些都可以「存而不論」或「俟諸異日」。換句話說，本章所著重的是「傳統的中國符號學」，而且探討的對象集中在有關意義的課題一點上，這是個人比較有把握，以及認為可以導出一些有參考價值的結論。

一般學者都曾指出中國傳統哲學、邏輯學、宗教學、文學中有以較不系統的方式出現過大量意義課題的討論，如春秋戰國時代儒家的正名論、名家的形名論（名實論），以及墨家的成辯論。至於道家則先有老莊的無名論，後有晉代歐陽建和王弼等人的言意關係論辯。此外，在中國文學理論、佛教哲學和理學眾領域中也有豐富的意義問題的探討；而訓詁學或注疏學（包括連帶的字詞書）中更直接關聯著意義的追究或貞定問題（參見李幼蒸，1993: 211～212；戴華山，1984: 19～59；程祥徽主編，1996: 11～12；何三本等，1995: 18～19）。這大致是「事實」；只不過學者並沒有進一步說明這些討論的方式到底有什麼不同，以及尚未考察推測這些討論究竟是如何可能的。依照個人的了解，中國傳統對意義課題的討論，不外有三種情況：第一是直接論述意義和語言的關係，如「言者以諭意也。言意相離，凶也。亂國之俗，甚多流言，而不顧其實；務以相毀，務以相譽，毀譽成黨，眾口熏天，賢不肖不分。以此治國，賢主猶惑之也，又況乎不肖者乎」（《呂氏春秋・離謂》）、「君子之言涉然而精，俛然而類，差差然而齊，彼正其名、當其詞，以務白其志義者也。彼名詞也者，志義之使也，足以相通，則舍之矣。苟之，姦也。故名足以指實，詞足以見極，則舍之矣」（《荀子・正名》）等。這雖然有偏重在「例證」的暗示義或意義和語言「進一步」關係的確定，但它所揭示的意義為語言所蘊涵一點卻很明顯。而由這一點，又衍生出意義先於語言而存在和意義的重要性勝過語言兩種論調。前者，如「詞以意為主。故詞有緩，有急，有輕，有重，皆生乎意也」（陳騤《文則》）、「凡為文（書面語言）以意為主，以氣為輔，以詞彩章句為之兵衛……苟意不先立，止以文彩詞句繞前捧後，是言愈多而理愈亂……是以意全勝者，詞愈樸而文愈高；意不勝者，詞愈華而文愈鄙。是意能遣詞，詞不能成意。大抵為文之旨如此」（杜牧〈答莊充書〉，《樊川文集》卷13）；後者，如「世之所貴道者書也，書不過語，語有貴也；語之所貴者意也。意有所隨；意之所隨者，不可以言傳也。而因貴言傳書；世雖貴之哉，猶不足貴也，為其貴非其貴也」（《莊子·天道》）、「志非言不形，言非文不彰，是三者相為用，亦猶涉川者假舟楫而後濟。自典謨缺，雅頌寢，世道陵夷，文亦下衰，故作者往往先文字，後比興，其風流蕩而不返。乃至有飾其詞而遺其意者，則潤色愈工，其實愈喪」（獨孤及〈檢校尚書吏部員外郎趙郡李公中集序〉，《毘陵集》卷13）。由於意義的重要性勝過語言，所以又有所謂「得意忘言」的說法：「筌者所以在魚，得魚而忘筌；蹄者所以在兔，得兔而忘蹄；言者所以在意，得意而忘言。吾安得夫忘言之人而與之言哉」（《莊子·外物》）。不過，這已經兼論及語言接受者應有的識見，問題將更為複雜，容後再作討論。

第二是後設論述意義和語言的關係，如「子曰：『書不盡言，言不盡意。然則聖人之意其不可見乎？』子曰：『聖人立象以盡意，設卦以盡情偽，繫詞焉以盡其言，變而通之以盡利，鼓之舞之以盡神』」（《易繫辭傳》）、「故說詩者不以文害詞，不以詞害志；以意逆志，是為得之。如以詞而已矣，〈雲漢〉之詩曰：『周餘黎民，靡有孑遺。』信斯言也，是周無遺民也」（《孟子．萬章》）、「前輩謂有意而言，意盡而言止，為天下之至言。試以此說觀近人之集，類無意而言者也，意盡而言未止者也」（劉克莊〈跋王元邃詩〉，《後村先生大全集》卷101）、「無論詩歌與長行文字，俱以意為主，意猶帥也，無帥之兵謂之烏合。李、杜所以稱大家者，無意之詩，十不得一二也」（王夫之《薑齋詩話》卷上）、「庾子嵩作〈意賦〉成，從子文康見，問曰：『若有意邪，非賦之所能盡；若無意邪，復何所賦？』答曰：『正在有意無意之間。』」（劉義慶《世說新語．文學》）、「余每觀才士之所作，竊有以得其用心。夫其放言遣詞，良多變矣。妍媸好惡，可得而言。每自屬文，尤見其情。恆患意不稱物，文不逮意。蓋非知之難，能以難也」（陸機〈文賦〉，《增補六臣注文選》卷17）、「何晏注《老子》未畢，見王弼自說注《老子》旨，何意多所短，不復得作聲，但應諾諾，遂不復往，因作〈道德論〉」（劉義慶《世說新語．文學》）、「初，注《莊子》者數十家，莫能究其旨要。向秀於舊注外為解義，妙析奇致，大暢玄風」（同上）等。這並不是以第一種情況為對象而構設的後設論述，而是以先秦的《易》《詩》等書和後世的詩賦文家的作品及《老子》《莊子》的注解為對象論述而構設的（涉及意義和語言關係的）後設論述。嚴格的說，它跟第一種情況都是在討論意義和語言的關係，彼此並沒有本質上的不同（差別只在一個是直接論述，一個是後設論述）。不過，它有一個具體的對象可供考察，論述者在比對自己的經驗或較量別人的經驗後，難免會發現語言在傳達意義上可能有障礙存在，而有所謂的「言盡不盡意」的重點考慮。這在魏晉時代還一度發生過激烈的辯論：「（荀）粲兄俁難曰：『《易》亦云「聖人立象以盡意，繫詞焉以盡言」，則微言胡為不可得而聞見哉？』粲答曰：『蓋理之微者，非物象之所舉也。今稱「立象以盡意」，此非通於意外者也；「繫詞焉以盡言」，此非言乎繫表者也。斯則象外之意，繫表之言，固蘊而不出矣。』」（何劭《荀粲傳》，《三國志．魏志．荀彧傳注》引）、「有雷同君子問於違眾先生曰：『世之論者，以為言不盡意，由來尚矣。至乎通才達識，咸以為然。若夫蔣公（濟）之論眸子，鍾（會）、傅（嘏）之言才性，莫不引此為談證。而先生以為不然，何哉？』先生曰：『夫天不言而四時行焉，聖人不言而鑒識形焉。形不待名，而方圓已著；色不俟稱，而黑白以彰。然則名之於物，無施者也；言之於理，無為者也。而古今務於正名，聖賢不能去言，其故何也？誠以理得於心，非言不暢；物定於彼，非名不辨。言不暢意，則無以相接；名不辨物，則鑒識不顯。鑒識顯而名品殊，言稱接而情志暢。原其所以，本其所由，非物有自然之名，理有必定之稱也。欲辨其實，則殊其名；欲宣其志，則立其稱。名逐物而遷，言因理而變。此猶聲發響應，形存影附，不得相與為二。苟其不二，則無不盡。吾故以為盡矣。』」（歐陽建〈言盡意論〉，《藝文類聚》卷19引）。不論後人如何的從玄學立場或文學立場來看這種「言意之辨」（參見湯用彤等，1984；牟宗三，1985；孔繁，1987），都難以否認它跟第一種情況有著重點上的差異。

第三是指出語言所蘊涵的意義。這種情況並不討論意義和語言的關係，而是直就意義被語言所蘊涵一層加以揭露。它主要顯現在注疏（箋釋）和字詞書中，如《周禮‧太宰》：「掌建邦之六典。」鄭玄注：「典，常也，經也，法也。王謂之禮經，常所秉以治天下也；邦國官府謂之禮法，常所守以為法式也。」《左傳》僖公二十九年：「加燕好。」杜預注：「燕，燕禮也。好，好貨也。」《荀子‧議兵》：「由其道則行，不由其道則廢。」楊倞注：「道即禮也。」《論語‧八佾》：「盡美矣。」皇侃疏：「美者，堪合當時之稱。」許慎《說文解字》：「禮，履也，所以事神致福也。」揚雄《方言》卷1：「嫁、逝、徂、適，往也。自家而出謂之嫁，由女而出為嫁也。逝，秦晉語也。徂，齊語也。適，宋魯語也。往，凡通語也。」《爾雅・釋天》：「穀不熟為饑，蔬不成為饉，果不熟為荒，仍饑為荐災。」劉熙《釋名・釋地》：「地者，底也，其體底下載萬物也。亦言諦也，五土所生莫不信諦也。《易》謂之坤。坤，順也，上順乾也。」等。這種情況特別複雜，不僅這裏所舉的這一「彷彿類似」的形態而已（另外，被注疏的典籍倘若有「自我注疏」或「自我訓詁」的情形，如《禮記・祭統》：「福者，備也。備者，百順之名也。無所不順者謂之備，言內盡於己，而外順於道也」、《孟子・萬章》：「莫之為而為者，天也。莫之致而至者，命也」之類，這也可以歸入上例中）；但它們的共同特色都在揭露語言所蘊涵的意義，所以無妨把它們視為同一類型。這種類型向來有「訓詁學」這一慣常的稱呼（參見林尹，1980；濮之珍，1994），而今人也有稱它為中國的「語義學」或「詞彙學」（參見陳宗達等，1983；蔣紹愚，1989）。只是還有人抱著不同的看法：「張世祿明確指出，中國訓詁學的性質，與其說它是字（語）義學，不如說它是解釋學。中國訓詁學並非純粹的字義理論，而是大部分偏於實用的研究，是讀書識字或辨認詞語的一種工具之學……『實用的』『工具之學』，鮮明地概括出中國訓詁學的本體論特徵。西方的語義學，或是研究話語（符號）的本源，根據是否真實、在邏輯上是否一致去研究話語（符號）能否成立，成為哲學的語義學（philosophical semantics），或是根據話語行為和說話人的物質環境以及智力環境間的關係去研究語言的意義，成為語言的語義學（linguistic semantics），都不具備『解釋』的性質。而『訓詁』本身就有通釋古今各地語言，規定各字的意義，釋明各字內容的意思。它是一種工具之學，目的在實用；而所謂理論的部分，也只是解釋字義的方法論」（申小龍，1994: 461）。這當然還有商榷的餘地，但如只就揭發意義一點來說，這種方式確是可以獨樹一幟。此外，中國傳統上還有一種詩文評點或細部批評（參見羅根澤，1978；吳宏一，1986；龔鵬程，1990；朱世英等，1995），這已經涉及句段以上的意義的揭露，可以看作本方式的衍生或同一方式的不同形態，這裏就不再煩為說明。

以上三種揭發意義的方式，顯然共同的預設了一個前提：就是語言是有意義的；而這個意義不是由語言所蘊涵就是由語言所輻射。如果不是這樣，前人也就不可能把意義連到語言來討論或直就語言指出意義來。然而，語言為何有意義，以及意義本身又是什麼？前人卻沒有再作解答。以至我們在面對那些文獻時，也只感覺到語言是有意義的，而在各論述脈絡裏的意義似乎又不盡在同一個層次上（有的指語言的性狀，如上引「穀不熟為饑」、「莫之為而為者，天也」之類；有的指語言跟外在人事物的關係，如上引「美者，堪合當時之稱」、「燕，燕禮也」

之類；有的指語言使用者的企圖或希冀，如上引「聖人之意其不可見乎」、「以意逆志」之類），此外就一無所知。這樣一來，光掌握上述那些揭發意義的方式，很明顯的不會讓我們覺得滿足，而不禁要再深入探個究竟。

三、意義生成可能的心理機制

當今的訓詁學者或語義學者，對於「語言是有意義的」和「意義分屬不同的層次」，大都有所感知，也嘗試在作一些貞定或發揮的工作。約略歸納，不外有兩種作法：一種是將所指「語言的性狀義」或「語言跟外在人事物的關係義」，區分為「本義」、「引申義」和「假借義」或「本義」、「擴大義」、「縮小義」和「轉移義」或其他（參見譚全基，1981: 6～11；林尹，1980: 11～13；胡楚生，1980: 17～29）；一種是將所指「語言使用者的企圖或希冀義」，用「語境」一詞專為指稱，或者再細分為「言內語境」和「言外語境」（前者純為語言使用者的企圖或希冀，後者連帶社會文化背景）（參見毛怡紅等主編，1996: 81～82；程祥徽主編，1996: 24～28）。此外，還有以「表層義」和「深層義」分別指涉前兩種情況而不別作稱呼（參見呂叔湘等，1995: 29～39）。這都是針對「意義分屬不同的層次」一點而立論，至於「語言是有意義的」這個前提學者似乎都深信不疑。而在針對「意義分屬不同的層次」一點的討論中，又以「本義」、「引申義」和「假借義」的區分最為流行（另外一種「本義」、「擴大義」、「縮小義」和「轉移義」的區分，從「擴大義」以下都可歸入前者「引申義」一項中），已經變成一種「通見」。然而，「實情」確是這樣的嗎？

雖然大家都知道意義的存在，必須經過「約定俗成」，才具有「相互主觀性」或相互主觀下的「客觀性」（參見謝康基，1991: 15；早川，1987: 19～20；何秀煌，1988: 17～23），但這多半是從理解的角度來說的。它難免會存有一些變數，如在對意義的感受反應過程中，所謂「能執行命令」、「能作預言」、「能使用適當的語言（來敘述）」、「一種共同行動的合作」、「一種問題的解決」、「能作適當的反應」、「能作適當的估計」等都有可能發生（參見徐道鄰，1980: 48～51），而我們無法確定自己或他人會停留在那一點上，使得最後對意義的掌握，也不敢必定會清楚的意識到是在接受（領會）「本義」，還是「引申義」，或是「假借義」；又如最根本的「本義」的判定並不容易，也常有爭議（參見李國英，1982；龍宇純，1984；許逸之，1991），這樣從「引申義」以下的判定，又那裏不出問題？因此，學者所作的「本義」、

「引申義」和「假借義」的區分，究竟又有什麼意義（必要性）？而這更進一層的追問是：語言一定要有意義嗎？

姑且讓我們回顧一下意義的由來。從古代典籍的記載中，可以看出古人較少「意義」連用，往往只單提「意」或「義」；而「意」和「義」是不大一樣的，所謂「心之所之謂意」（董仲舒《春秋繁露・循天之道》）、「意，志也（志，心之所之也）」（許慎《說文解字》）、「行充其宜謂之義」（《賈子・道術》）、「夫義者，所以濟志也，諸德之發也」（《禮記・祭統》）、「義，理也」（《荀子・大略》），這都顯示「意」是指心意而「義」是指義理或行為的恰當。因此，如果有「意義」連用，那一定是取「義」義已轉為跟「意」義相同後而構成的同義複詞，如「班孟者，不知何許人……又能含墨，舒紙著前，嚼墨噴之，皆成文字，滿紙各有意義」（葛洪《神仙傳》卷10）、「宋、齊之間，教失根本……文章以風容色澤放曠精清為高，蓋吟寫性靈流連光景之文也，意義格力無取焉」（元稹〈唐故工部員外郎杜君墓係銘序〉，《元氏長慶集》卷56）、「原本古人意義，到行文時卻須重加鑄造一樣言語，不可便直用古人，此謂去陳言」（劉大櫆〈論文偶記〉，《劉海峰集》文集卷1）等都是。不過，在一般的用法中，「意義」已不限於指心意這一「語言使用者的企圖或希冀義」，它也被用來指「語言的性狀義」

或「語言跟外在人事物的關係義」（詳前節）。而如果不取較早期的「意」「義」義（就是上面所述「心意」和「義理」或「行為的恰當」），而取「意義」連用後的通義，古人也常單稱「意」或「義」（詳前節引文）。由這點來看古人所作的一些分疏，也就不難把它們一一給予「安置」了，如上引屬於「語言的性狀義」的有「典，（義即）常也，經也，法也」、「穀不熟為饑（義）」、「地者，（義即）底也，其體底下載萬物也」、「福者，（義即）備也」、「莫之為而為者，天（義）也」；屬於「語言跟外在人事物的關係義」的有「言者以諭意（名實相副）也」、「恆患意不稱物，文不逮意」、「燕，（意指）燕禮也。好，（意指）好貨也」、「道即（意指）禮也」、「美者，（意指）堪合當時之稱」、「禮，（意指）履也，所以事神致福也」、「嫁、逝、徂、適，（意指）往也」；屬於「語言使用者的企圖或希冀義」的有「君子之言……務白其志義者也」、「詞以意為主」、「語之所貴者意也」、「飾其詞而遺其意者」、「得意而忘言」、「言不盡意」、「以意逆志」、「有意而言，意盡而止」、「（詩歌與長行文字）俱以意為止」、「（賦）正在有意無意之間」、「（注《老子》）意多所短」、「於舊注外為解（《莊子》）義」。至於古人所作的一些爭辯，如「言盡不盡意」之類，這主要是因為所對應的人事物有語言所不逮和語言使用者的心意不盡能傳達的緣故。前者，有兩段話為證：「區分臧否，瞻形得神。存乎其人，不可力為。自非明並日月，聽聞無音者，願加清澄，以漸進用，不可頓任，輕假利器」（葛洪《抱朴子・清鑒》）、「夫形而上者謂之道，形而下者謂之器。神道難摹，精言不能追其極；形器易寫，壯詞可得喻其真」（劉勰《文心雕龍・夸飾》）；後者，也有一段話為證：「桓公讀書於堂上。輪扁斲輪於堂下，釋椎鑿而上，問桓公曰：『敢問公之所讀者何言邪？』公曰：『聖人之言也。』曰：『聖人在乎？』公曰：『已矣死。』曰：『然則君之所讀者，古人之糟粕已夫！』桓公曰：『寡人讀書，輪人安得議乎？有說則可，無說則死。』輪扁曰：『臣也以臣之事視之。斲輪，徐則甘而不固，疾則苦而不入。不徐不疾，得之於手而應於心，口不能言，有數存焉於其間。臣不能以喻臣之子，臣之子亦不能受之於臣，是以行年七十而老斲輪。古之人與其不可傳也死矣，然則君之所讀者，古人之糟粕已夫！』」（《莊子・天道》）。因此，有人要盛道「言不盡意」，以對立於語言能對應人事物和語言使用者能盡為傳達心意那一「言盡意」的論調。此外，由於有實際的「言不盡意」的情況存在，導至又發展出一種「言外之意」的迴護性說法，如「是以文之英蕤，有秀有隱。隱也者，文外之重旨者也；秀也者，篇中之獨拔者也。隱以複意為工，秀以卓絕為巧……夫隱之為體，義生文外，祕響傍通，伏采潛發，譬爻象之變互體，川瀆之韞珠玉也」（劉勰《文心雕龍・隱秀》）、「詩有三義焉：一曰興，二曰比，三曰賦。文已盡而意有餘，興也。因物喻志，比也。直書其事，寓言寫物，賦也。宏斯三義，酌而用之，幹之以風力，潤之以丹彩，使味之者無極，聞之者動心，是詩之至也」（鍾嶸《詩品．序》）、「詩者，吟詠情性也。盛唐諸人唯在興趣，羚羊掛角，無跡可求。故其妙處透徹玲瓏，不可湊泊，如空中之音，相中之色，水中之月，鏡中之象，言有盡而意無窮」（嚴羽《滄浪詩話．詩辨》）等。其實，這跟「言不盡意」說的差別只在「用意」不同而已（說有「言外之意」，總比說「言不盡意」要能令人欣慰。參見周慶華，2000: 372～380），本質上並沒有兩樣。再加上還有「言外語境」（社會文化背景）隱藏在背後，使得暢論「言外之意」的人，更可以一起將它「收編」或引來「證成」；而造成「言外之意」說有要蓋過「言不盡意」說的態勢。

如果上述這段意義史略可信，那麼我們將會看出古人的「興致」遠比今人所想像的還要大。今人普遍把意義的課題侷限在最基本的詞義上，而以「本義」、「引申義」和「假借義」三分來立論，似乎不知道古人對意義的關懷有上述那樣的多向度。而即使這種古今的對比也不能顯示什麼（特殊意義），但對於學者所論及的「引申義」和「假借義」所據的「本義」卻不能沒有疑問；它還關聯前面所述「語言一定要有意義嗎」那個問題，也得一併加以省察。在這裏，先撇開「語言使用者的企圖或希冀義」及其「言外語境義」，而就比較可能成為「本義」、「引申義」和「假借義」區分依據的「語言的性狀義」和「語言跟外在人事物的關係義」來說，當我們要指出「塞向墐戶」（《詩經‧七月》）中「向」的「本義是『向北的窗戶』」（許慎《說文解字》有「向，北出牖也」的說法），而「朝北的窗戶這個本義，引申為『朝著』或『對著』」時（語見譚全基，1981: 6），必須先假定「向」這個詞是有意義的，而且專為指涉北面的窗戶，爾後才有「朝著」或「對著」的引申義。問題是這不是創造語言或使用語言的人說的，而是談論語言的人說的。同樣是後設語言（以語言談論語言），其他人也可以作不同的構設，如把「向」解為朝南或朝東或朝西的窗戶（尤其朝東或朝西的窗戶更合理——中國房子多坐北朝南，北面不開窗戶，冬天可防止南下的冷風；而東西面開窗戶，以便通風和採光），甚至就泛指窗戶而不定牆面。如果是後者的話，那麼爾後所出現的「方向」、「向著」等詞，就不是取它的引申義，而是取它的假借義了。這樣有關「本義」及其「引申義」和「假借義」的判定，就權在論者（解釋者），而不關「本義」及其「引申義」和「假借義」的客觀性。當然，我們可以假定創造語言或使用語言的人有他所賦予或所認定的意義，而姑且就以該賦予或該認定為意義產生的必要條件；但我們卻無法有效的確定初次性的「本義」，以及二次性、三次性……的「引申義」或「假借義」。因此，實際一點的說，「語言」只是在被創造著或被使用著，而「意義」也只是在被解說著或被談論著（至於當代西方文學結構主義把「意義」視為要在語言體系裏得到界定，仍然是一種語言形式——跟原語言形式的差別只在用詞，這又另當別論）。就因為解說或談論而使意義得以存在，於是解說者或談論者的意願和企圖或希冀，自然就成了意義生成的根源。這雖然無法一一求證，但不妨看作理中合有。

四、意義衍變過程的本體論特徵

依照上面所述，今人以「本義」、「引申義」和「假借義」的架構來討論傳統的意義課題，基本上是相當狹隘的。它對於「語言使用者的企圖或希冀義」或「言外語境義」根本使不上力；而這一部分在古人的檢討中卻佔了很重要的地位。所謂「頌其詩，讀其書，不知其人，可乎？是以論其世也，是尚友也」（《孟子·萬章》）、「夫綴文者情動而詞發，見文者披文以入情，沿波討源，雖幽必顯。世遠莫見其面，覘文輒見其心。豈成篇之足深，患識照之自淺耳」（劉勰《文心雕龍·知音》）、「雖然作者之意，豈能必讀者之意而悉解之？解而得與解而不得，則姑聽於讀者之意見，不必深求之也」（劉子春〈石園詩話序〉，《清詩話續編》下）、「如謂說詩之心，即作者之心，則建安、大曆有年譜可稽，有姓氏可考，後之人猶不能以字句之跡追作者之心，矧三百篇哉？不僅是也，人有興會標舉，景物呈觸，偶然成詩，及時移地改，雖復冥心追溯，求其前所以為詩之故而不得，況以數千年之後，依傍傳疏，左支右吾，而遽謂吾說已定，後之人不可復有所發明，是大惑已」（袁枚〈程綿莊詩說序〉，《小倉山房文集》卷28）等，這雖然有正反兩面的意見，但不可否認「語言使用者的企圖或希冀義」或「言外語境義」的預設已經左右了語言接受者的行為（即使主張在接受過程中不以「語言使用者的企圖或希冀義」或「言外語境義」為念的人，也難免要有該預設在暗中作為對照）。畢竟語言接受者在其他場合使用語言時也會有類似的經驗（參見周慶華，1996a: 166～167；1997a: 10～11），他不可能在面臨無從追溯「語言使用者的企圖或希冀義」或「言外語境義」之際，索性將它否定掉（除非他說假話）。當今討論意義課題的人，顯然還沒有把這一部分納入考慮，以至對於古人有進一步要求「言者所以在意，得意而忘言」（見前）或「作者之用心未必然，而讀者之用心何必不然」（譚獻《復堂詞話》）而實際是要展現不同形態的語言接受觀，也沒有相應的感受。在現在來看，想要追究「語言使用者的企圖或希冀義」或「言外語境義」（前者就是「得意而忘言」)，跟想要創設「語言使用者的企圖或希冀義」或「言外語境義」(前者就是「作者之用心未必然，而讀者之用心何必不然」)，同樣都有困難，但不妨它們都是論說者要藉來達到其他目的而可以讓我們繼續關注下去（參見周慶華，1996a: 141～150）。今人還沒有留意到這一點，所作的論述自然顯得不足或缺乏新意。

當然，如果「言者所以在意」是個事實的話，那麼該「意」就不可能是「語言的性狀義」或「語言跟外在人事物的關係義」，而今人所提及的「本義」、「引申義」和「假借義」，卻只就「語言的性狀義」或「語言跟外在人事物的關係義」而說的(「語言使用者的企圖或希冀」或「言外語境」，都是伴隨語言而來的「隱藏義」，沒有「本義」、「引申義」和「假借義」的區別)。因此，不妨幫它補上一個「適用度」的說明，依舊可以藉它來省察意義衍變的問題。也就是說，「語言的性狀義」或「語言跟外在人事物的關係義」的衍變情況，是否就如今人所揭發的這樣?而「本義」、「引申義」和「假借義」的說法，又是否能成為認知的架構?這就先從一些案例說起：

段玉裁注解《說文解字》玉部有段話說：「《戰國策》：『鄭人謂玉之未理者為璞』，是理為剖析也。玉雖至堅而治之得其䚡理，以成器不難，謂之理。凡天下一事一物，必推其情至於無憾，而後即安，是之謂天理，是之謂善治，此引申之義也。戴先生（指戴震）《孟子字義疏證》曰：『理者，察之而幾微，必區以別之名也，是故謂之分理。在物之資曰肌理，曰腠理，曰文理。得其分則有條而不紊，謂之條理。』鄭（玄）注《樂記》曰：『理者分也。』許叔重（慎）曰：『知分理之可相別異也。』古人之言天理何謂也？曰：理也者，情之不爽失也，未有情不得而理得者也。天理云者，言乎自然之分理也。自然之分理，以我之情，絜人之情，而無不得其平是也。」有人認為這道著了「本義」和「引申義」的區別：「這樣抓住本義去說明各種引申義，就會處處都通，而且令人明白：雖然一個詞有很多意義，但是它們之間是互相聯繫著的，而且往往是環繞著一個中心。比如：朝拜、朝廷、朝向的『朝』就都是從朝見的『朝』引申出來的」。此外，「也有的是一環套一環，引申義和本義的距離有遠近的不同。仍以『朝』字為例，它的本義是早晨的意思（《說文解字》：『朝，旦也』），引申為朝見，由朝見再引申為朝廷，由朝廷又引申為朝代」（譚全基，1981: 7~8）。然而，「本義」和「引申義」的區別是論說者看出來的。就語言使用者來說未必有這樣的察覺；也許在他使用時該語言已是論說者所說的「引申義」或經他使用後該語言才有論說者所說的「引申義」，而他根本不必理會在他所認知的這種意義外是否還有「本義」存在。由此可見，「本義」和「引申義」的區分如果有意義（價值），那它就是針對論說者的，而不是針對語言使用者的。

又王引之《經義述聞》中有段話說：「〈賓之初筵〉篇：『醉而不出，是謂伐德。』（鄭玄）箋曰：『醉至若此，是誅伐其德也。』家大人（王念孫）曰：『德不可言誅伐，伐者敗也。』〈微子〉曰：『我用沉酗於酒，用亂敗厥德於下』是也。《說文》：『伐，敗也。』（《廣雅》同）《藝文類聚》武部引《春秋說題詞》曰：『伐者涉入園內行威，有所斬壞，伐之為言敗也。』《一切經音義》六引《白虎通義》曰：『伐者何敗也，欲敗去之。』〈召南・甘棠〉曰：『勿翦勿伐，勿翦勿敗。』伐亦敗也，聲相近故義相通。」有人認為這指出了「本義」和「假借義」的分際，並進一步區別兩種假借的情況：「古書多假借，本無其字，固然需要依聲託事借用別的字，可是到了後來，就是本有其字，也還常常依聲託事假用他字。這原因就是鄭康成說的『其始書之也，倉卒無其字，或以音類比方假借為之，趣於近之而已。』（《經典釋文・敘錄》）因為音同音近，常拿來比方假借；所以古籍就多假借了。故王引之的《經義述聞》談到經文假借就曾經說過：『經典古字聲近而通，則有不限於無字之假借者，往往本字見存，而古本則不用本字，而用同聲之字，學者改本字讀之，則怡然理順，依借字解之，則以文害詞。』（林尹，1980: 17~19）。上述王引之所提及的「伐」，就是本有其字的假借。至於本無其字的假借，如「來，周所受瑞麥來麰也，而以為行來之來。烏，孝烏也，而以為烏乎字。朋，古文鳳，神鳥也，而以為朋黨字」(同上，34 引段玉裁說)。然而，同樣的，「本義」和「假借義」的分疏也是論說者所提示的。在語言使用者那裏，他所認知的意義就是該語言的意義，而沒有所謂「本義」和「假借義」的區分(或不在意「本義」和「假借義」的區分)。因此，「本義」和「假借義」的區分倘若也有意義，那它也不是針對語言使用者的，而是針對論說者的。

這樣說來，語言的意義從「本義」到「引申義」或「假借義」的衍變，就只存在論說者的研究過程中，而不關該衍變的客觀性(至少語言使用者就不一定會有相同的感受)。換句話說，語言使用者在使用語言時，也許會預設某一意義，但該意義不是在「本義」、「引申義」和「假借義」這一理論架構裏得到界定的(更何況它還會附帶「語言使用者的企圖或希冀」及「言外語境」等)，而是跟他的「真切認知」或「權宜假定」的心理情況相聯結的。因此，以「本義」、「引申義」和「假借義」的架構來說明意義的衍變，所顯示的是論說者要因應現實需要(謀取利益或樹立權威或行使教化)或摶成生命性格而帶有本體論特徵的一種作法；它跟前節所說生成意義的心理機制是相呼應的。我們把這兩點連起來，終於可以了解論說者先假定意義的存在，然後再構設一套意義衍變的系統；而這套系統又會因論說者觀點、立場、意識形態的不同而有所增減成分或全面更替。比較無辜的是語言使用者，在他還不知道有這種情況時，已經被「左支右取」派入人家的論述脈絡裏去作「見證」。其實，論說者那一套論說，對一個實際使用語言的人或準備創造新語言的人來說，效用是非常有限的。

五、類似考察在建構中國符號學上的作用

明白上述的道理後，再來看底下這類的論斷，可能會覺得它太過樂觀了：「我們如果能抓住一個詞的本義，就像抓住了這個詞的綱，即使有著紛繁的詞義，也往往變得簡單而有系統了。了解本義和引申義的關係，不僅能加深對詞義的理解，能以簡馭繁地掌握一個詞的詞義系統，而且能幫助我們辨別本字和假借字，以免牽強附會地把詞和句子理解錯」（譚全基，1981：15～16）。畢竟從來使用語言的人或解說語言的人，未必要先清楚意義的變化，才去使用語言或解說語言；他所受當時的「慣常用法」或「社會機制」的制約，遠比他所了解的「歷史演變」來得深重。而使用語言的人或解說語言的人所處的時代，究竟會流行那些語言及其意義，根本無法預（理）測。這樣今人片面強調重視意義的生成和衍變，就不免成了曠野孤響，別人難可

給予什麼樣的回應。

實際上，這裏還有一個問題，就是今人所用來分析意義的理論架構，基本上是從西方移植過來的。西方傳統的語義學理論，是在西方哲學和邏輯學的影響下，以具體語言的語義研究為基礎，吸收訓詁學的成果，逐漸形成的。西方傳統的語義學在理論上對一系列問題作了研究和闡明，這些問題是：詞義、語音、客觀事物三者之間的關係；詞義和概念的關係；詞義的色彩；多義詞、同義詞、反義詞；詞義的演變，特別是演變中的擴大、縮小和轉移等等。傳統語義分析的一些原則，對語義學的發展產生過重要作用，至今仍為許多語言學家所採用（參見何三本等，1995: 19～20）。而現在我們所看到這套用在分析中國傳統語義的理論架構，無疑就是西方的翻版。但今人卻忽略了西方可以（在傳統語義學的基礎上）繼續發展出「普通語義學」（general semantics）、「沃爾夫語義學」（Whorfian semantics）、「語義分類學」（semantic differentiation）、「邏輯數理語義學」（logical and mathematical semantics）、「分解語義學」（decompositional semantics）、「解釋語義學」（interpretive semantics）、「生成語義學」（generative semantics）、「格語法」（case grammar）、「切夫語法」（Chafe grammar）、「原則及參數語法」（principles-and-parameters approach）等所謂現代語義學（同上，25），而在中國又如何？也就是說，當我們知道「本義」、「引申義」和「假借義」（按：「假借義」主要是論說者根據中國傳統情況而增補的）的區別後，還有什麼可展望的？答案顯然是「沒有」。這麼一來，襲用別人的理論也就沒有多大作用了。

縱然如此，中國符號學還是有得建構的。光本章所爬梳出的這些意義課題，雖然無奈的用了一些現代術語或概念（如「語言的性狀義」、「語言跟外在人事物的關係義」、「語言使用者的企圖或希冀義」、「言外語境義」、「心理機制」、「本體論特徵」等等），但明顯可以看出中西方各有關懷重點，彼此無妨再作進一步的發揮，卻不必「以彼律此」或「以此律彼」（詳見周慶華，1997b）。如果純就「意義」部分來說，依照本章所指出的有關意義生成的心理機制和意義衍變的本體論特徵二點，應該可以給中國符號學的建構奠定些微的理論基礎，甚至還可以由這裏發展出一種略異於當今詮釋學（包括哲學詮釋學、方法詮釋學、批判詮釋學等）的符號詮釋學或詮釋符號學。中國符號學研究的新契機（當然，西方符號學的再建構，也可以比照考慮，但西方既有的符號學已極為繁複，再建構的方向一定不同），大概就是有待於這一思考模式的普遍實踐了。此外，恐怕難以重新找到更有效的途徑。

第三章　歷史文本的建構與解構

一、歷史觀念在當代的轉變

所有可被表述的事物中，「歷史」是一個比較特別的對象，它一邊必須關聯過往的經驗，一邊又得完成於當下的時空，這裏面到底存在什麼樣的「統合的機制」，也就成了大家不斷要去追究的問題。

就中文來說，歷史一詞，在古代除了偶爾被用過（如明代袁黃所撰《歷史綱鑑補》，就以歷史標題），是沒有人會在論說中連稱的。那時只見以官名史以及史官所撰述的史書，而一切的討論也就依違在史官的才德條件和史書的性質功能等層面間。但現在所說的歷史，卻是外來語（據傳為日本人所率先使用），跟它相對應的英文是history，而它已經不知歷經多少「轉折」了（參見簡後聰，1989: 9～24；周樑楷等，1995: 5～9）。也就是說，歷史在西方人的見解中，曾經發生過幾波大的異動，連帶也影響到國內史學界的研究風氣；而現在凡是有關歷史的後設反省或理論建構，也都是以西方的史學為試煉或攻錯對象，戛戛乎演變成西方史學在國內全面的重現或複製，以至後來者幾乎沒有理由（辦法）「自外」於這一新情境的討論。因此，相關的心理調適和變局因應的課題終於得一再的浮出檯面。

事實上也是這樣。如果少了西方史學的對觀，基本上是不可能開展出史學的新局面；任何涉及「不免拾人唾餘」的詆諆，只好留給保守者在「追趕不及」的情況下聊以為宣洩所資。因此，這裏也不諱言要在西方的史學圈裏「討活計」，目的在為今後的歷史思維尋找進境。而這就得從（西方）歷史觀念在當代的轉變談起。

大體說來，有關歷史觀念的演變進程，可以二十世紀為一大分界線。二十世紀初期有所謂「新史學」的興起，它標誌著跟傳統史學的大決裂。傳統史學據說只重視政治史和菁英史，而新史學則重視整體史（包含政治史、經濟史、社會史、文化史等等）和社會人（參見勒高夫

（J. Le Goff）等，1993；柏克（P. Burke），1997；楊豫，1998〕。這樣的改變，無形中拓寬了人的歷史視野，也增強了人對歷史的反思能力。尤其是後者，不啻把史學帶向了一個新的境界。

這個境界，是從歷史的本身反省起，而後溯及敘史者的企圖和時代背景，以至徹底動搖了過去大家所信守的歷史是透明且有固定意義的觀念。這在稍早，已經有人指出歷史不只是往事的紀錄，還「應是研究往事的學術」（見杜維運，1987: 22）。而所謂研究，或說是在解釋歷史事件的因果關係〔詳見柯林烏（R. G. Collingwood），1986；甘特（Cantor）等，1988；葛隆斯基（D. V. Gawronski），1974〕；或說是在跟歷史事件作永無休止的對話〔詳見卡耳（E. Carr），1968〕。不論如何，歷史都是「還沒有完全逝去的過去」〔朵伊森（J. G. Droysen），1987: 9〕，甚至是「一些特定的人，在特定的時空架構中所提出的問題；他提出問題，他引用證據來支持他的答案，如是而已；而在這兩種行動中，他都須在他『發現』事實之前，先利用他的假設」〔湯恩比（A. J. Toynbee），1984: 1621〕或是「（它）並非史學或歷史寫作，而是歷史意識和歷史事件的交互作用。歷史意識促成了新的歷史事件，其本身也成為新的歷史事件；而新的歷史事件，反過來也促進了新的歷史意識」〔卡勒爾（G. V. Kahler），1978: 譯者弁言〕。到了當代，更有人把它推到極端，說「歷史是一種由歷史學家所建構出的自圓其說的論述，而由過去的存在中，並無法導出一種必然的解讀：凝視的方向改變，觀點改變，新的解讀便隨之出現」（詹京斯（K. Jenkins），1996: 68～69），這也就是新歷史主義所強調的「歷史的文本性」。換句話說，歷史不是「過去的事件」（舊歷史主義如此主張），而是被「敘述的」；過去的事件不能以真實的面目出現，而僅能存在於論述（話語）、符號或敘述等表徵中（參見錢善行主編，1993；張京媛編，1993）。

新歷史主義這種觀念，無疑是來自後結構主義或解構主義。後結構主義或解構主義認為任何書寫成章的都只是個「文本」，而文本掩蓋的東西和它表達出來的一樣多，我們不應當只從字面讀它，也不應當只顧到如何發掘作者的意圖。同時文本也必須被解構，必須找出思路或情節之中的空白處、缺口、間斷；而一旦找到這些，就可窺見深藏在文本之中的自相矛盾、顛倒、隱密，也就是我們可以發現書寫布滿倒錯，反映出某一文化內含有的「狡詐不實」。此外，既然一個文本可以用不同的方式來讀，那麼語言就缺乏穩定性，而作者也無力控制讀者，只得任由讀者用想像力重構作者所寫下的文字（參見艾坡比（J. Appleby）等，1996: 247；朱耀偉編譯，1992: 16～22）。雖然如此，歷史文本在被構設時，所隱藏於背後的企圖或動機仍無法抹滅，所謂「歷史是一種移動的、有問題的論述。表面上，它是關於世界的一個面相——過去。它是由一群思想現代化的工作者所創造。他們在工作中採用互相可以辨認的方式——在認識論、方法論、意識形態和實際操作上適得其所的方式。而他們的作品，一旦流傳出來，便會一連串的被使用和濫用。這些使用和濫用在邏輯上是無窮的，但在實際上通常與一系列任何時刻都存在的權力基礎相對應，並且沿著一種從支配一切到無關緊要的光譜，建構並散布各種歷史的意義」（詹京斯，1996: 87～88），傅柯的知識／權力框架在這裏再度的發生了效用。而這種權力欲求，又以意識形態為中介，使得馬克思主義的精靈重新君臨歷史文本的構設。這就是新歷史主義從中綰合的結果，也把歷史觀念推向了時代的前沿。

二、歷史文本與意識形態

其實，意識形態如果指的是一套觀念體系（參見賽爾維爾（J. Servier），1989），那麼它早就介入了歷史文本的構設情境中。也就是說，任何一種歷史文本的構設，無不有一種（或多種）特定的意識形態從中起作用。而這種特定的意識形態，可以簡稱為「歷史觀」。它跟一般說的世界觀正好構成一對「孿生姊妹」。且以西方的傳統為例，有關世界／歷史的存在方式，就曾經有過底下幾種看法：

首先是古希臘人認為世界是由神所創造的，所以它是絕對完美的，但它並不是不朽的：世界本身就含有衰退的種子。因此，歷史自身可視為一種過程。在這種過程中，事物的原初秩序在黃金時代裏，一直保持著完美的狀態，只有在往後的歷史階段中，才無可避免地陷入衰退的命運。最後當世界接近終極的混沌狀態時，神又再度介入而恢復原初的完美，於是整個過程又重新開始。這樣歷史就不是朝向完美的一種累積性進展，而是一種由秩序邁向混亂的不斷交替。其次是基督宗教的歷史觀主宰著整個中古世紀的西歐，它認為現世的生命，只是朝向下一個世界的中途站而已。在基督宗教的神學裏，歷史具有開創期、中間期及終止期的明顯區分，而以創始、救贖及最後審判等三種形式表現出來。這種世界觀認為人類歷史乃是直線型，而不是交替型的。它並不認為歷史正朝向某種完美化狀態前進；相反地，歷史被視為一種不斷向前的鬥爭，當中罪惡勢力不斷在塵世播下混亂和崩潰的種子。再次是從十八世紀以降，以適當、速度和精確為最高價值的機械世界觀，經培根（F. Bacon）、笛卡兒（R. Descartes）、牛頓（I. Newton）等人的大力推闡，曾經席捲過全世界的人心。當時機器儼然佔有了人類生活的全部，而人類的世界觀也因為機器而結合為一。大家把世界看成是永世法則，由一位至高無上的技師（神）所推動的一部龐大無比的機器。由於這部機器設計得極為精巧，以至它可以絲毫不差地運作自如；而它運動的精確度，可以小到N度來核計。人類對自己在世界裏所看到的精確性深感著迷，進而冀圖在地球上模仿它的風采。因此，歷史乃是工程上的一種不斷地實習。地球就像一個龐大的硬體庫，它由各色各類的零件所構成，而人類必須將這些零件裝配成一種功能性的系統，並且永遠有做不完的工作。這樣歷史已被視為由混亂而困惑的狀態，邁向井然有序且全然可測的狀態的一種進步旅程；而中世紀追求後世救贖的目標，也成了過時之物，取而代之的是追求現世完美的新理念〔見雷夫金（J. Rifkin），1988: 32～65〕。凡是遵守了類似世界／歷史觀的人，他們所採取的生活策略也都有各自的「務實」面。如第一種世界／歷史觀就影響到古希臘人對社會究竟要怎樣建立秩序的理念，如柏拉圖、亞里斯多德等人相信最好的社會秩序乃是變動最少的社會；在他們的世界觀裏，根本未存有不斷更動和成長的概念。因此，他們最大的心願，就是儘可能保持世界的原狀，以留傳給下一代。又如第二種世界／歷史觀所隱含的原罪說，已徹底排除了人類改善生活命運的可能性。對中古世紀的心靈來說，世界乃是一個秩序嚴密的結構。在這種結構下，上帝主宰著世上每一事物，人類根本沒有什麼個人目標；只有上帝的誡命，值得他忠實地服膺。這種神學綜合世界觀，提供了一種統一化且含攝一切的歷史圖象，個人根本沒有一席之地。人生在世的目的，並不在於「貪得」，而在於尋求「救贖」。基於這種目標，社會就被看作一種有機性的整體（一種上帝所指引的道德性有機體）；而在這種有機性的整體下，每個人都有他一己的角色。中古世紀的心靈正是普遍受到這種觀念的制約。又如第三種世界／歷史觀帶給了近古人莫大的啟示，紛紛展開探索那些普遍法則和社會運作之間關係的工作。如洛克（J. Locke）試圖將政府和社會的運作配合於世界機械模型；史密斯（A. Smith）試圖在經濟領域裏進行類似的工作；而斯賓塞（H. Spencer）及所謂社會達爾文主義者更試圖把自然淘汰的概念轉變成適者生存的概念，來強化機械世界觀（自利將促進物質福分的增加），從而促成更高的秩序。而這都在近古社會留下深深的身影（同上）。西方古來所有歷史文本的構設，能不受上述這些觀念的（個別或集體的）滲入的又有多少？恐怕很難數出吧！

雖然過去已有意識形態介入歷史寫作的情況，但寫作者似乎都不承認它不是「事實如此」（也就是他們會認為歷史就是他們說的那樣，而不知道那不過是他們所抱持的特定意識形態使然）；而當彼此有了不同的結論時，就只好淪為意氣之爭，根本也解決不了什麼問題。所以要這樣說，是因為即使在當代也還有人存有類似的迷思，如「『製作歷史』這話，並非沒有語病。首先，它帶有唯意志論的絃外之音。正如馬克思在《霧月十八日》中所寫的：『人們製作他們的歷史，但是他們不能完全隨心所欲地製作……』……其次，就算『製作歷史』指的是『建構』、『組成』、『塑造』或僅是單純的『書寫』歷史，我們也必須同樣小心。過去並不只是一種建構，而就算它只是一種建構，我們也必須指出它是誰的建構，並且要描繪出其中的權力安排：誰對過去的聲明得到承認和接受？憑什麼？為什麼？敵對的小派系競相爭取歷史的真相」〔海斯翠普（K. Hastrup）編，1998：202〕，這就是相信過去的事件可以再現的例子。殊不知每一種所謂「再現」的聲稱，都只是再現特定的意識形態和權力欲求而已。此外，一切凡是屬於過去的事件，都已經過書寫，我們無從找到它的源頭，也無從為我們的再書寫確定它的真假對錯。這一番表白，無非是要重新「貞定」意識形態在歷史寫作中的關鍵地位，以免在往後所有相關的討論中失去「焦點」。

三、歷史文本建構的可能方式

由於有意識形態的介入，使得歷史寫作在初層次上就成了一個可「鬆動」的對象。而它還需要進一步辨明的是所成就的書寫形態，以及可能的策略改變方向。

在書寫形態方面，以比較容易掌握且不致產生歧義的劃分方式來說，現有的書寫形態不外有「事實式的」、「意識形態的」和「神話式的」三種。「事實式的」書寫形態，是以實證的方法，將感官所吸收到的資料加以歸納、演繹而成；「意識形態的」書寫形態，是將現象加以研究、分析、歸納，然後成立「規矩」，以便作為行為的型範；「神話式的」書寫形態，是併集個人、團體意識及潛意識的希望而組構成。而在三種書寫形態中，被認為原只有「意識形態的」書寫形態預設著支配企圖，但事實上其他兩種書寫形態也經常以支配的姿態出現。如「事實式的」書寫形態表面上是純粹的指陳、述說現象，實際上卻暗含書寫者想藉書寫導至行動、踐履的動機和立場；而「神話式的」書寫形態也有書寫者要藉它滿足想像、影響行為及作為公共理想的企圖（參見廖炳惠，1990: 92～97）。不論如何，它們顯現了書寫在「敘述」、「規範」和「評價」等功能類型上分立的情況，而它們背後所隱含的權力欲求，又使得它們成了為達支配他人的目的而設的三種手段（參見周慶華，1997c: 232）。

歷史寫作既然是在處理被書寫過的「過去的事件」，那麼它無疑就是屬於（或只侷限在）「事實式的」書寫形態，所無法避免的是上述所欲導至接受者行動、踐履的動機和立場。傳統上有所謂為了「資治」而從事歷史寫作：「中國一脈相承的二十五史，凡有關資治的史實，無不備載。律曆、禮樂、食貨、天文、溝洫、刑法、地理、百官、輿服、選舉、兵制、部族諸志，自然無一不與治道相關，即列傳也是政治史實的淵藪。如《漢書・賈誼傳》載其〈治安策〉，〈賈山傳〉載其〈至言〉，〈公孫弘傳〉載其〈賢良策〉，即是明證。至於《通典》、《文獻通考》一類的史籍，則與政書無異……西方史學傳統中，人人盡知相當注意從歷史中尋求當代的政治軌道，定出當代的政治原則。羅馬共和時期的希臘史學家波力比阿斯即認為歷史是訓練政治人才最好的科目；英國近代史學家仍然認為文官的訓練要靠歷史」（杜維運，1995: 13～14）；當代也有所謂為了「教誨」而從事歷史寫作：「歷史執著而誠實地重構過去經驗，乃是民主社會長期目標的重要支持力。歷史學家為了更廣闊的社會含攝性而努力，因為他們能證明確曾有紀錄被隱瞞了。一個群體擁有歷史，便可以得到權勢；不論是藉過往事實確立權勢，或是從那些壟斷公開辯論的權勢團體手中奪得認可，同樣能奏效。歷史不僅反映事實，也提供了重新裁判權力與利益誰屬的法庭。歷史記述之所以有暫時紀錄的性質，是因為人類經驗可以作無窮盡的解釋。美國最高法院最近審查1992年賓州墮胎法是否違憲，即是史學塑造大眾觀點的當代實例。最高法院手上有一部美國墮胎簡史，其中記述三百年來人們對於不想要的懷孕作何反應。這分歷史紀錄證明，墮胎行為一向是眾所周知，美國也沒有嚴格約束此事的法規。直至十九世紀晚期，才開始出現公開的非難。就此事而論，得知相關的往事，有轉變觀點的微妙作用。歷史知識能鼓舞與過去相連的情感，人們意外地發現與逝去已久的祖先的世界有共同的聯繫。在面臨危機的時候，人們因為意識到自己不是第一個必須解決難題的人，可能也不是最後一人，所以無論怎樣辦，都會覺得負擔不那麼重了。歷史的這種教誨功能，是早已被公認的」（艾坡比等，1996: 269～270），這都「證明」了歷史這種「事實式的」書寫形態也無法不在知識／權力的框架底下充當一個特定的例子（因書寫對象的殊異而形成）。至於用來搏成史書格局所需的意識形態，則在該書寫過程有關取材、編綴、仿製等整體運作中而「內蘊」了；因此而有別於在表面上直陳相關論點的「意識形態的」書寫形態和明白表述意圖的「神話式的」書寫形態。

縱然如此，歷史寫作還是可以不必受制於同一種意識形態和權力欲求而得有轉圜的餘地。換句話說，書寫者明知有多種意識形態可以選擇或形塑，卻獨獨選擇或形塑其中一種；而明知有多種權力場域可以進取或著力，卻獨獨進取或著力其中一種，這就得別為考慮。而在許多可能造成這種改變的因素中，心理因素和社會因素應該是避免不了的。前者（指心理因素），如基於義憤或為了謀利之類；後者（指社會因素），如迫於權勢或妥協輿論之類。姑且以《史記》和《漢書》為例。這是公認的中國兩本紀傳體史書的代表作，一為通史，一為斷代史。二者各有寫作的立場和目的訴求：在《史記》方面，（主要）作者司馬遷是在「遭李陵之禍，幽於縲紲」之後傾力撰寫的，動機就是一個義憤。所謂「夫《詩》、《書》隱約者，欲遂其志之思也。昔西伯拘羑里，演《周易》；孔子阸陳蔡，作《春秋》；屈原放逐，著〈離騷〉；左丘失明，厥有《國語》；孫子臏腳，而論兵法；不韋遷蜀，世傳《呂覽》；韓非囚秦，〈說難〉、〈孤憤〉；《詩》三百篇，大抵賢聖發憤之所為作也。此人皆意有所鬱結，不得通其道也，故述往事，思來者。於是卒述陶唐以來，至於麟止，自黃帝始」（《史記・太史公自序》），作者的自道鬱結，不啻為《史記》這樣一部史書著染上特殊的色彩。而他所懸的著述旨趣「欲以究天人之際，通古今之變，成一家之言」（《漢書・司馬遷傳》），也成了他私人撰史的終極立場的表白。「成一家之言」，顯示他的撰史不是當道授意，也不是為某些利益團體的理念張目；「通古今之變」和「究天人之際」二者則互為表裏，意在彰顯政權的轉移嬗遞、人事的更迭興廢，往往權在天命，不是人力所能改變。因此，他所考察到的「伯夷、叔齊高義，積德行潔而餓死於首陽山」（詳見《史記・伯夷列傳》）、「屈原賢臣，忠君憂國而終至於沉淵」（詳見《史記・

屈原賈生列傳》）、「七十子之徒，仲尼獨薦顏淵為好學，然回也屢空，糟糠不厭，而卒蚤夭……盜蹠日殺不辜，肝人之肉，暴戾恣睢，聚黨數千人橫行天下，竟以壽終……若至近世，操行不軌，專犯忌諱，而終身逸樂，富厚累世不絕。或擇地而蹈之，時然後出言，行不由徑，非公正不發憤，而遇禍災者，不可勝數也」（《史記・伯夷列傳》）及「（楚漢相爭五年，劉邦常居下風，最後卻能取得政權，明顯得力於天助。如彭城之戰，項羽以精兵三萬大破劉邦所率五十六萬諸侯兵）圍漢王三匝。於是大風從西北而起，折木發屋，揚沙石，窈冥晝晦，逢迎楚軍。楚軍大亂，壞散，而漢王乃得與數十騎遁去」而導至項羽在困死垓下前發出極度不平的哀鳴「此天之亡我，非戰之罪也」（《史記・項羽本紀》）等，無異進佔了他選材構設歷史圖象的核心。至於書中還載有典章制度、年表等以為經緯作用的資料，不過是為具體人事穿梭其間而預闢疆域，最終它還得依人事變遷而異動，並非可以單獨衍發為另一種歷史容顏。班固不了解這一點，只得一逕批評他「其是非頗繆於聖人，論大道則先黃老而後六經，序遊俠則退處士而進姦雄，述貨殖則崇勢利而羞賤貧，此其所蔽也」（《漢書・司馬遷傳》）。其實，「所蔽」的是班固自己那把不分青紅皂白的標尺。人家司馬遷老早已（引父說）指出黃老（道家）特能「與時遷移，應物變化」而儒者（儒家）「形敝神竭，勞而少功」（《史記・太史公自序》），終不知「天命」為何物；而「序遊俠則退處士而進姦雄，述貨殖則崇勢利而羞賤貧」，也不是真有意如此標榜，只是「運勢」在姦雄商賈那邊，不得不藉為「觀照」罷了。在司馬遷心中，也許正存著「身為人主或運逢得意者毋須跋扈驕縱，你不過是走了狗屎運而已」的告誡之意，以及「巧遇不幸落魄或罹難者，該當持哀矜而勿喜心情」的規諫之誡。反觀在《漢書》方面，（主要）作者班固是承召撰述，難有私人意見稍假其中；所謂「凡《漢書》，敘帝皇，列官司，建侯王。準天地，統陰陽，闡元極，步三光。分州域，物土疆，窮人理，該萬方。緯六經，綴道綱，總百氏，贊篇章。函雅故，通古今，正文字，唯學林」（《漢書・敘傳》），連自敘作書旨意，都是一派帝王口吻。在這種情況下，讀《漢書》的人，只會不斷被暗示成為一個「順民」，而不再像讀《史記》那樣處處「驚疑」。

如果單就意識形態來說，《史記》和《漢書》在表面上明顯別為兩類，但事實上卻同秉一個觀念，就是歷史（人事）是個可變項。至於它會變到那裏，則無法預測。雖然如此，司馬遷所帶入的變項內容「天命」和班固所帶入的變項內容「人力」，還是兼具有預測的功能。也就是說，歷史的變遷倘若權在天命，那麼往後的日子也會依然順行，窮發怨嗟或力補人道都是徒然；而歷史的變遷倘若可靠人力，那麼往後的日子仍舊要以優入聖域自期，任何人謀不臧或妄勘天機等行為都該戒絕。

四、歷史文本不確定的解構傾向

歷史文本成形後，還得面對「自我解構」的命運。這種自我解構的真義在：歷史文本只是一種策略運作；當意識形態和權力欲求改變，該歷史文本的面貌也會隨著改變，以至沒有一種歷史文本可以自居「絕對真理」。然而，還有一種可能，就是歷史文本內部因有意無意致使斷裂、缺口、矛盾等而造成自我的解構。此外，在面對一種可能更有效的觀點和敘事方式，它也得自我解構而宣告退出與人競勝的行列。因為歷史文本的構設存有這種自我解構因子且帶多重性，所以我們可以接著聲稱歷史文本有著不確定的解構傾向。

同樣以《史記》和《漢書》為例。如果二書的作者互換立場，也可能成就對方所成就的文本（至於細部上的駢散、詳略、精拙等技巧差異，則屬餘事）。這是理中合有，但實際上能不能如此（簡單）互換，就無從給予什麼保證；畢竟人的氣質修養、對事物的敏感度，以及臨場的心理變化等等，都不是容易一併互換得了的。而有誰能否認這些因素不會捲入歷史文本的構設中？但不論如何，《史記》和《漢書》各有其策略運作，所成就的歷史文本就各「安所分」而不為典要。至於歷史文本內部的問題部分，它沒有必然性；如果可以檢驗得出，所代表的只是書寫者的疏忽或能力不足或故意如此。以《史記》來說，在「無不是天命」的主調下，竟然把孔子寫得已經「下學而上達（天命）」，卻又耐不住臨終前的淒涼（而不知這大為折煞一個上達者的風采）：「孔子病，子貢請見。孔子方負杖逍遙於門，曰：『賜，汝來何其晚也？』孔子因嘆，歌曰：『太山壞乎！梁柱摧乎！哲人萎乎！』因以涕下。謂子貢曰：『天下無道久矣，莫能宗予。夏人殯於東階，周人於西階，殷人兩柱間。昨暮予夢坐奠兩柱之間，予始殷人也。』後七日卒」（《史記．孔子世家》）；而在〈項羽本紀〉中極力敘寫天命獨厚劉邦，末了卻又施加對項羽不學人事的咎責（而不知天命如果有意薄待項羽，項羽再如何勤學也成不了帝王）：「（項羽）自矜功伐，奮其私智而不師古，謂霸王之業，欲以力征經營天下，五年卒亡其國，身死東城，尚不覺寤而不自責，過矣」（《史記．項羽本紀》），這種矛盾現象豈不可以指摘（至於它究竟是作者的疏忽，還是作者的能力不足，或是作者的故意如此，則難以判斷）？又以《漢書》來說，勤於剪裁《史記》相關的材料，一邊不同意項羽的失敗不是（如他所說的）緣於人謀不臧，一邊卻盛讚劉邦登帝位是奉天承運：「由是推之，漢承堯運，德祚已盛，斷蛇著符，旗幟上赤，協於火德，自然之應，得天統矣」（《漢書‧高帝紀》），同樣的矛盾現象，又怎好放過？

最後一種情況，屬於比較史學的範圍，它的關鍵在於比較兩種史觀和敘事方式優劣的標準如何可能。這點通常很難處理得完滿；假定有該標準的存在，所謂的比較就能進行，但一般所聲稱的所獲得的標準，都「貌似而實非」。就以底下這段話為例：「史學方法是訓練史學家寫成歷史的一門學問。史學家寫成歷史，必須經過蒐集史料、考證史料、消化史料三個階段，如何蒐集、考證與消化史料？是採用科學方法？還是採用藝術方法？於是史學方法上的兩極出現了……史學家寫歷史，所寫的是過去，而自己所處的是現在，是就現在而寫過去？還是就過去而寫過去？這又是史學方法上的兩極了……史學家寫歷史，是應很超然而冷靜的去寫？還是應完全投入而熱情奔放的去寫？明顯的兩極又現……史學家沉淫於一個小範圍，在某一時代或某一專門問題上……這是史學方法上的一個極端。另一個極端是馳騁在大天地之中，寫通史、寫文化史，想一舉將所有的歷史，都集在自己的筆端……一人寫史與集體寫史，也是史學方法上的兩極……溢美與溢惡是兩極；主觀與客觀；相對與絕對是兩極；據事直書與隱惡揚善是兩極；施行道德判斷與將史實中性化是兩極；認為『歷史屬於描述作品』、『史學家的要務為描述』與認為『解釋是史學家的任務』、『歷史事實微不足道，解釋代表一切』也是兩極……史學方法上時時出現兩極，紛爭遂無已時。消除紛爭的方法，是要採取一種史學態度，一種中庸的史學態度（取其精華，去其偏執）」（杜維運，1995: 25～30）。這雖然只談論敘事方法（而不及比較深層次的史觀），但也已可看出它的漏洞百出。所謂中庸（折衷）的史學方法，也不過是成就了「第三種史學方法」而已，誰來評定它確是優於其他兩種史學方法？也就是說，有什麼可靠或絕對的標準可以肯定它的「必然性」？何況還有到底是什麼史觀支持了一種歷史寫作，以及有那些內外因素介入了歷史的寫作等等問題（該優先解決）而未解決呢！假使我們要進一步比較《史記》、《漢書》及其他史書之間的優劣，也會遇到一樣的難題。不如在這裏留下一個疑問，等待有心人來思考解決。

五、重新看待歷史文本的方案

經過上面的辨析，可以得知歷史「終將」不再是透明的，任何有關「源頭」的追溯或「真相」的探索都屬徒然（好比「劉邦或項羽究竟是怎樣的人」，就無從獲得答案；有的只是他們被寫進文本中所「存在」的某些面相），因為它們都已遭受意識形態以及其他心理因素和社會因素的浸染。換句話說，我們所面對的歷史文本，事實上蒙著重重的煙霧；每穿過其中一重煙霧，會發現還有更多重煙霧，最後能不能有所「超越」而走出來，那就得看各人養成多少本事而定了（而由此也可見第一章第三節所界定的「文本」顯得有點偏狹，當以此處所說補正）。

以個人所能想到的「因應」的辦法來說，未來的歷史寫作無妨是系譜學式的，以「現在」為立足點，為「現在」寫出一部歷史，而不是妄想於重建「過去」。換句話說，這種寫作所關心的是人們經過了什麼樣的歷程而有「今天」的局面，或者以前的這段歷程裏有什麼因素的發生轉變可為「現在」的社會思維形式作借鏡（參見傅柯，1993）。當然，這一經凝化為特定的意識形態，也可能「僵化」了我們對歷史的思維，而導至社會或世界進化減弱的重現。所謂「歷史意識活動之不自覺一方面導至社會變遷力量之微弱；另一方面導至解釋『既往』方式的固定：對過去世界的掌握，可以藉著選材及解釋的固定格式不斷重複地進行。因此，不論是西歐啟蒙及其以前按字母順序來網羅世界史現象的百科全書，或在中國以本紀、世家、列傳、表、書等格式長期網羅史事及解釋史事，都是歷史思維活動尚未進入知識活動層面的表現」（胡昌智，1988: 30～31），正可取為比照。但也不盡然，系譜學式的歷史文本的構設，仍可以因作者先備條件的差異（詳前）而顯出多元化的特徵。最後勢必形成一種有理則的「眾聲喧嘩」的場面，個別單聲相互抗衡對諍，這也許更能促成社會或世界的進化。

歷史寫作朝向系譜學式後，固然不宜再去追究「歷史事件」的真假，但有人可能會轉而追究「歷史文本」的真假。有段議論說：「近二十年來，先後有人以解構主義、後現代主義或者新歷史主義的觀點，評論歷史作品的虛構性。他們的見解給學術界注入了一股活力，開啟新的視野。從他們的論點，我們更可以肯定，過去的事實本身經過認知和傳達時，必然導至某種程度的失真；尤其每個人所扮演的社會角色不同，種族、階級和兩性關係的立場都足以影響歷史的完整與真實。然而，當我們凸顯歷史著作中的虛構成分時，絕對不可以顛倒前提和結論，認為任何『虛構』的『文本』也是歷史。因為小說家可以杜撰人物、故事情節，歷史家卻永遠沒有虛構事實的權利」（周樑楷，1996: 58～59），順著它的語脈，歷史文本的真假問題終究要成為一個我們不得不矚目的（新）焦點。然而，歷史文本永遠跟其他無數的文本相互指涉，除非我們要重現巴特（R. Barthes）所說的「家系神話」（詳見朱耀偉編譯，1992: 19），否則就不須費神去過問根本不會有答案的歷史文本的真假問題。剩下來值得我們注意的，大概就是歷史文本在構設的過程中，所可能存在的對某些先前的文本（不論真假）所進行的「再現」、「重組」、「添補」、甚至「新創」文本等現象，使得歷史文本在這個環節上幾乎跟文學文本有著同構性（有關文學文本的情況，參見周慶華，1996b；1997c）。而當我們無法確定是「再現」、「重組」、「添補」、「新創」中的那一（幾）種情況時，寧可放棄對歷史文本成立方式的追溯（可因此而構成知識），改以欣賞它組構的「美學向度」，甚至進而（從各種歷史文本中）提煉基進的敘事方式，以為改造提升歷史寫作的藝術水準，而給該項寫作更添一分價值。

後面這些說法，再度印證了歷史文本終究要不斷經歷建構→解構→建構→解構……的永世循環。所以強調建構，所意謂著的是歷史文本需要新生，以可能的建構方式的追問來為它尋找出路；而所以強調解構，所意謂著的是歷史文本的成長（包括讀者的領受）充滿不確定的變數，以尋常的解構策略的提供來為它預作哀悼。解構之後，期待另一度的建構；正如生命的衰亡之後，期待再一次的重生。這就是歷史存在的方式嗎？

第四章　倫理話語的經驗性與理論性

一、倫理話語的雙重特徵

在所有的話語（言說或論述）中，倫理話語有著特別明顯的要導至行動、踐履的動機和立場的特徵。它在表面上是一種「評判語句的促使使用」（參見徐道鄰，1980: 187～189），實際上則為權力欲求的強為發用。這在倫理話語的構設方面是如此；而構設者大概也不致會諱言他所構設的倫理話語不為喚起他人的行動。但對接受者來說，卻未必如所預期的受其影響；他可能還會依「理」衡量它的可行性而後才有所因應。而這「理」，可以是他所信守的理念，也可以是他所屬社會的集體的價值觀。

姑且以「不殺生」為例。這是起源於印度的佛教所主張，也是所有佛教徒的身戒之一。但它也僅止為佛教徒所信奉，西方人或中國人則另有想法。西方人遵從上帝的旨意以管理、支配萬物且有食物鏈的觀念，所以不禁止殺生；中國人信守氣化觀，以差等為前提，有限度的取用萬物，所以也不禁止殺生（參見周慶華，1997a、1997b）。只有佛教徒受緣起觀影響，認定眾生平等，所以禁止殺生。這種不殺生的戒律於西元二世紀傳到中國後，逐漸演變為「素食」的觀念。原來在佛陀的時代，以乞食為生，只能「方便食」，並不禁止葷食（今南傳的小乘佛教和藏傳的密教，也沒有素食的習慣），所謂「爾時佛在波羅捺國。時五比丘……（乞食）得魚，佛言：『聽食種種魚。』得肉，佛言：『聽食種種肉。』」（《四分律》卷42，《大正藏》卷22: 866下），可以為證。而這到了中國，在某些因緣際會下才有「食肉斷大悲種子」的說法（見《佛祖統紀》卷37，《大正藏》卷49: 349中）而相率改以素食（參見藍吉富等主編，1993: 130～131）。流傳到今天，連許多在家眾、甚至其他宗教（如一貫道）的修行者也都仿效而素食起來，素食風氣儼然有越來越盛的趨勢。然而，這種不殺生的觀念傳播本身，卻存在著一些嚴重的問題未被重視，如在一個人口浩繁而耕地面積有限的地區，不殺生則會有糧荒、甚至引發搶奪糧食的戰爭；何況現有的不殺生（素食）行為背後，多少都隱藏著間接殺生或瘋狂殺生（使用農藥除蟲害）的事實。因此，從現實層面來看，對於不殺生的戒律實在不宜過度執著（如何合理殺生是可以考慮的）。而這也證明了倫理話語有著接受上的不確定性，我們在看待它時可能得發展出更細膩而有效的策略。

這種策略，要從倫理話語具有經驗性和理論性雙重特徵標榜起。經驗性代表倫理話語是「可實踐」的，而理論性代表倫理話語是「合理則」的。所以是「可實踐」，表示它不受性別、階級、種族等等人為（自然）區隔的限制，可以是「統統有效」。而所以是「合理則」，也表示它究竟受不受性別、階級、種族等等人為區隔的限制，則要看它所滿足的「相對的接受度」。換句話說，倫理話語都以可經驗為它構設的基礎，但實際上會不會被經驗就不敢肯定了，這當中到底有什麼變數介入，應該可以在理論上給予說明。而我們想對倫理話語有較全面的掌握，正需要從這裏入手。

二、從經驗性過渡到理論性的原因

從整體來看，倫理話語如不是為可實踐而設，就很可怪了。好比「如果你不能為我摘來天上的星星，你就不是好人」這樣的話語，就無法想像它是可實踐的。我們毋寧當它是玩笑話（所以可怪），不必硬將它列入倫理話語的行列。但當倫理話語所具有的這種經驗性為人人所知後，就不再有多加討論的價值，而得再過渡到理論性上，而我們就以該理論性為探討的主要對象。其次，倫理話語可實踐而最終不盡然普遍實踐，這就無關經驗性本身，而必須過渡到理論性範圍去處理。

為了明白這個道理，不妨以可隸屬倫理（道德）層面的「緋聞」為例：前年國內外都發生政治人物的緋聞案，被傳播媒體大炒特炒！黃義交的手段顯然較為拙劣，另結新歡也就罷了，還在新歡（何麗玲）面前說舊歡（周玉蔻）又老又醜，害得舊歡臉上的粉越塗越厚，並召開記者會數落黃義交的騙子行為；最近還出書談他「那話兒」。相對於黃義交兩三下就被弄下省新聞處長的位子，美國總統柯林頓這位緋聞不斷的男主角，雖然一再的遭受司法調查和國會彈劾的威脅，卻仍有六成以上的民意支持，報紙的評論還說他「在道德上是頭豬，但卻是天殺的好總統」，以至仍穩坐總統的寶座，可說幸運至極！中西方所以會有這樣的差異，很明顯跟彼此的文化傳統有關。中方人人都想有婚外情，卻不是人人能得逞。原因是傳統觀念中，人為陰陽精氣所化，凡事最講究陰陽調和，而一夫一妻正是合適，不然就會太過（淫）；所以大家就以這點作為自我節制的憑藉，也用它來批評、阻止別人濫情。反觀西方人人也都想有婚外情，而實際上也沒有什麼障礙存在。理由是在他們的傳統觀念中，人是上帝所造的，雖然也實施一夫一妻制以體現平等精義，但又認為享受性愛的歡愉是上帝特別給人的恩賜（其他動物就不可能像人這樣能持續作愛）；於是當享受性愛的歡愉比什麼都容易感受到且優於其他事物的前提下，平等這種只是人「體認」上帝旨意而後自我設限的觀念，也就可以擺在一邊了。這也就是美國民眾不認為緋聞足以構成柯林頓下臺的條件，因為大多數人已經或正在享受跟他們的總統一樣的歡愉呢！如果緋聞是不道德而該被譴責的，但實際上並非「易地皆然」，那麼這就需要解釋，而所謂倫理話語的理論性也就在這裏顯現出來。換句話說，如果我們構設「不應該鬧緋聞」這樣的話語，它的可實踐性是毋庸置疑的，但在不同情境中它的遭違反卻可能或受譴責或受諒解，使得該話語不盡能普遍實踐而有在理論上給予說明「何以如此」的必要。這麼一來，倫理話語的經驗性就不如理論性那樣需要一再的提起了。

雖然如此，在強調倫理話語的理論性的過程中，還必須額外賦予倫理話語的「相對的接受度」一個特性，才好談論。這是緣於有一種「道德（倫理）具有普遍性（客觀性）」的說法而來的。有人認為「在一個有限的範圍內我們能夠談一個普遍的道德，亦即就所有人的本性和生活條件中都存在著某些基本的相似而言，就健康的生活將要求某些普遍確實的基本條件而言。這樣醫學的營養學就可提出某些基本的規則作為普遍的真理，比方說一定量的由這樣的成分（如蛋白質、脂肪、碳水化合物、水等）組成的食物，加上一定量的工作和休息對於肉體生命的保存是必要的。道德也可以在同樣的意義上提出普遍的命題：人類生活的延續要求對撫養和培育後代給予某種關注，為了達到這個目的，兩性就必須以某種持久的形式在一起共同生活。或者若是沒有某種傾向於防止其成員間的敵對的規則，一個氏族就不可能存在；對這類規則的違反傾向於產生毀滅；兇殺、通姦、偷竊和偽證是惡，而公正、仁慈、誠實以及防止那些惡行的意志的內在性質是善」〔包爾生（F. Paulsen），1988: 23～24〕。這種普遍性的道德觀，在理論上自然是成立的；而為了方便對照出另一種相對性的道德觀，還可以把它整理為底下這樣（有效）的論證形式：

1. 人性在重要的面向是相當相似的，人有共同的需要和利益。
2. 道德（倫理）原則是人類需要和利益的函數，而且是透過理性建立，以提升理性存在著最重要的利益和需要。
3. 有些道德原則比其他道德原則更能提升人類的利益、滿足人類的需要。
4. 以最適當的方法切合人類的重要需求、提升人類最重要利益的原則，可以稱為客觀有效的道德原則。
5. 既然有一個共通人性，則也有一組客觀有效的道德原則，可以適用於所有人性（參見林火旺，1999: 245）。

然而，相對性的道德觀也可以構作一個有效的論證，而前提和結論跟前者完全不同：

1. 行為對錯的判斷因社會而不同，沒有一個普遍的道德標準被所有社會所採納。
2. 個人的行為是否正當，是相對於其所屬的社會。
3. 沒有絕對或客觀的標準可以適用於任何地方、任何時代的所有人（同上，241）。

顯然兩種道德觀是「不可共量」的，而彼此的前提可以驗證到什麼程度（也就是概然真的程度），也無從得知。但基於論述的需要，這裏得暫取相對性的道德觀立場。如果不是這樣，所有的倫理話語都已假定它們有「絕對的接受度」了，那麼還有什麼好談論的？就是因為不假定它們有「絕對的接受度」，解釋的功力才有得「發揮」，而倫理話語的理論性也才得以確立。換句話說，倫理話語的接受度究竟是絕對的還是相對的，都無法獲得十分充足的驗證；但假定它是相對的卻比假定它是絕對的要有可看性（可討論性），所以這裏就依便這麼處理了。

三、相關倫理案例的檢驗問題

對於倫理話語的理論性的貞定問題，不一定只透過個別的倫理話語來進行考驗（如上面所舉的例子），還可以透過具體的倫理案例來進行考驗。具體的倫理案例中隱含有倫理話語，但該倫理話語並不直陳明說，我們在檢視時得多轉個彎；以至它更能夠考驗我們解釋的本事（進而強化倫理話語的理論性）。現在就以中國傳統文獻所見的幾個案例為例：

齊大饑，黔敖為食於路，以待餓者而食之。有餓者蒙袂輯屨，貿貿然來。黔敖左奉食，右執飲，曰：「嗟！來食。」揚其目而視之，曰：「予唯不食嗟來之食，以至於斯也。」從而謝焉，終不食而死（《禮記．檀公》）。

（宋）襄公與楚成王戰於泓。楚人未濟，目夷曰：「彼眾我寡，及其未濟擊之。」公不聽。已濟未陳，又曰：「可擊。」公曰：「待其已陳。」陳成，宋人擊之。宋師大敗，襄公傷股。國人皆怨公。公曰：「君子不困人於阨，不鼓不成列。」子魚曰：「兵以勝為功，何常言與！必如公言，即奴事之耳，又何戰為？」（《史記．宋微子世家》）

楚昭王有士曰石奢，其為人也，公而好直，王使為理。於是道有殺人者，石奢追之，則父也。還返於廷，曰：「殺人者，臣之父也，以父成政，非孝也；不行君法，非忠也；弛罪廢法，而伏其辜，臣之所守也。」遂伏鈇鑕，曰：「命在君。」君曰：「追而不及，庸有罪乎？子其治事矣。」石奢曰：「不然！不私其父，非孝也；不行君法，非忠也；以死罪生，不廉也。君欲赦之，上之惠也；臣不能失法，下之義也。」遂不去鈇鑕，刎頸而死乎廷（《韓詩外傳》卷2）。

晉靈公不君，厚斂以彫牆；從臺上彈人，而觀其辟丸也；宰夫胹熊蹯不熟，殺之，寘諸畚，使婦人載以過朝……宣子驟諫。公患之，使鉏麑賊之。晨往，寢門闢矣。盛服將朝，尚早，坐而假寐。麑退，嘆而言曰：「不忘恭敬，民之主也。賊民之主，不忠；棄君之命，不信。有一於此，不如死也。」觸槐而死（《左傳》宣公二年）。

以上幾個例子，都含有道德上的兩難問題。也就是說，應隨意召喚而就食有傷自尊／不應隨意召喚而就食則有餓死疑慮、不信守「不困人於阨，不鼓不成列」古訓即使戰勝也有虧私德／信守「不困人於阨，不鼓不成列」古訓則可能賠上大批軍隊、親父犯法而不將他治罪將對不起天下人／親父犯法而將他治罪則對不起自己良心、刺殺良臣等於跟百姓過不去／不刺殺良臣則無法向僱主國君交代，顯然這都不好因應。但從構設者「安排」當事人各有抉擇來看，還是有特定的倫理話語存在（隱藏其中）。如第一則案例和第二則案例，無異在強調「尊嚴勝過生命」

和「勝之不武不是君子風範」的道德律；而第三則案例和第四則案例，則不啻在塑造忠孝或忠信不能兩全時可以「一死了之」的典範。這都是可實踐的；尤其後二則案例，還可能被解釋成國人在面對「份位原則」（關注在人際互動的關係網絡中，當事人在其份位上的絕對要求）和「行事原則」（所關切的是導源於行為本身價值的絕對要求）的價值衝突時，常以「份位原則」的優先性作為抉擇的依據（見沈清松編，1993: 1～25）。但當我們進一步追問為何西方不見類似的倫理話語，以及相關的倫理案例也不流行「以身試法」時，恐怕僅有上述的分析還不夠我們滿意而得別為尋求解釋才行。

西方的倫理案例，可以從底下兩個爭辯以見一斑：第一個爭辯是「要不要讓有嚴重缺陷的小孩子活下去」，這有兩種針鋒相對的意見：一種是「很多有缺陷的小孩子也可以長大，身心各方面都很健全，所以應該讓有嚴重缺陷的小孩子活下去」（殺死小孩子以減輕社會及其父母之負擔的作法是「把人只當作工具看待」，為無人性的作法）；一種是「如果要照顧這類小孩子，那麼我們必須付出太多的代價，例如父母會很痛苦，社會的經濟負擔也沉重等等，所以不應該讓有嚴重缺陷的小孩子活下去」（讓有缺陷的小孩活下去的「痛苦是巨大的」，為不合功利主義原則）（見黃慶明，1998: 184～185），這有倫理學上本務論和功利主義的衝突。第二個爭辯是「墮胎是不是可行」，這也有兩種針鋒相對的意見：一種是「生命尊嚴是一種絕對的價值，而墮胎侵犯生命尊嚴，所以墮胎侵犯一種絕對的價值（墮胎為不可行）」；一種是「選擇的自由是一種絕對的價值，而禁止墮胎的法令（規定）違反選擇的自由，所以禁止墮胎的法令違反一種絕對的價值（墮胎為可行）」（見佛思（S. K. Foss）等。1996: 141），這也有倫理學上決定論和自由論的衝突。西方的倫理案例幾乎都類似這樣，而他們所構設的倫理話語也都帶有「兩可性」。感覺上，西方人都在找理由為自己「卸責」或「脫罪」（不直接去承擔）；而中國人則都在找理由為自己「添責」或「加罪」（直接去承擔）。為什麼有這樣的差異？這大概也得追溯到西方人所信守的創造觀和中國人所信守的氣化觀。因為西方人信守創造觀，所以一切都會「委責」給上帝，由上帝來承擔他行為的後果（如本務論或功利主義，都是上帝所可能認可的；而決定論或自由論，也都是上帝所可能授意的，各自持守者都可以從上帝那邊找到他持守的理由）。也因為中國人信守氣化觀，所以一切都會認為自己是「靈氣所鍾」而必須「自視較高」的獨力承擔起來。中西方人所信守的世界觀這般不同，自然所發展出來的倫理行為也大有差別。

經由這些倫理案例的比對闡發，應該更容易讓我們意會到看待倫理話語的策略的需要強化。即使個人所採取的解釋模式（溯及世界觀、甚至世界觀本身的設定）「不盡沒有問題」，也無妨它可以成就一個解釋的案例，權為引導大家對倫理話語有更深刻的理智上的認知（而不僅僅停留在浮淺的情感上的認同與否）。

四、倫理話語的理論性要求的必要性

所以要強調倫理話語的理論性，除了有意藉它來改變大家對倫理話語的「素樸的看法」，最重要的是想由此引導出倫理學研究的「寬廣的道路」。當今倫理學研究的範圍，約有描述倫理學、規範倫理學和後設倫理學三類。描述倫理學研究的是「佛教徒是否不贊成說謊？基督徒是否反對自殺」等一類問題；規範倫理學研究的是「我是否應該說謊？偷竊是否壞行為」等一類問題；後設倫理學研究的是「應該、好、對等字究竟有什麼涵義」等一類問題（參見黃慧英，1988: 1）。但真正引發大家研究興趣的是規範倫理學和後設倫理學（詳見林火旺，1999；鄔昆如，1994；史中一，1987；曾仰如，1985；謝扶雅，1973）。尤其是後設倫理學，它是隨著現代分析哲學的盛行而被帶起的；而在其他研究沒有什麼進展的情況下，後設倫理學的研究就一直保持「一枝獨秀」到今天〔詳見莫爾（G. E. Moore），1984；包爾生，1988；黃慧英，1988；黃慶明，1985〕。雖然如此，後設倫理學所開展出的理論在廣度和深度上，並不見得很可觀。

姑且以法國大革命期間流傳的一則諺語「生命誠可貴，愛情價更高。若為自由故，兩者皆可拋」中的「自由」一詞為例。這在後設倫理學家那邊，大概只能談論到自由可細分為「意志自由」（如言語自由、思想自由等）、「道德自由」（如愛親自由、守信自由等等）和「境遇自由」（如為所欲為的自由、政治上的自由等等）三類〔參見阿德勒（M. J. Adler），1986；柏林（I. Berlim），1990；蔡坤鴻，1999〕，而當時法國人所要的自由是境遇自由中的「政治上的自由」（其他如意志自由和道德自由都是「與生俱來」，不必外求）；至於會演變為追求「為所欲為的自由」（出現燒殺擄掠等暴民行為），則是意外的「歧出」。然而，這並沒有解決一個更關鍵的問題，就是為什麼法國人（西方人）會將自由看成比生命和愛情還要可貴？倘若不把它追溯到西方人所崇尚的創造觀，恐怕就無從理解它是怎麼可能的。也就是說，對西方人來說，塵世的生命結束後還有天國的「永生」，所以生命並不是最可貴的；而愛情固然令人心折，但即使失去也可以再追尋，所以愛情也不足以躍居最高價值；只有自由如果受到侷限或強被剝奪，那可真是生不如死，也違背上帝所賜人人平等的雅意。這也就是法國人無法忍受自由權遭到專制帝王踐踏而要極力取回的主因。反觀中國人，向來不會把類似的自由權放在心上，反而是特別看重生命（有時也不免要「苟且偷生」或「忍辱求生」），這是受氣化觀影響，人生來就有智愚、賢不肖、壽夭、窮達的差別（因氣化體有純有駁的關係），講平等不啻天方夜譚；而每人只有一生可過，不重視生命，豈不是「痴呆」一個？此外，有關自由的聲稱或呼籲，也不免於是一種意識形態的實踐和權力欲求的寄寓。這種意識形態，不僅指自由主張本身也成了跟「對人類事物具有解釋、規範及批判力量的其他若干類意識形態」一樣的意識形態（見柏林，1990：譯序iii），更指的是背後用來支持自由主張的終極性的信念（在西方就是創造觀）。這才是根深蒂固且具有決定性的力量，也才是西方人引以為自豪而要推銷給非西方人（並受其影響支配）的真正原因。

後設倫理學在研究西方的倫理案例時都未嘗像上面所說的那樣去展開，更何況是面對同領域而榛莽未闢的中國倫理對象呢！因此，在理論上確立倫理話語的發話位置及其權力欲求等種種面目，多少可以減少不必要的悲劇的發生（不同背景所產生的倫理話語，沒有「相加」的條件，就不要勉強促其實現，否則可能導至人為的相殖民的災難）。倘若這種「確立」本身不夠圓融有效，那麼容許事後的修補或別為構設後設話語。但不論如何，所有倫理話語都得把它提到理論的層次來檢視，才能確保它為我們所認知，甚至進而模仿它而重作有效的（倫理話語的）構設。

五、重構倫理話語的一些方向

探討倫理話語到最後，無非也有一點要促使大家如何思考重構（或新構）倫理話語的用意。這是順著內在理路的「當然發展」，也是我作為一個論述者的「勉為期許」；可信不可信，就聽任讀者裁決了。

以我所能想得到的來說，我們要重構倫理話語，不外得留意底下幾點：第一，倫理話語也跟其他話語（如哲學話語、文學話語、科學話語、宗教話語等等）一樣，無法自外於特定的權力場域〔參見麥克唐納（D. Macdonell），1990；佛思等，1996〕，構設者除了自我強化所構設倫理話語的相對有效性而可以冀望被實踐，此外毋須存有普同幻想及宰制潛質升級的奢求。畢竟任何一種倫理話語的存在，都得面對同樣的「接受的不確定性」的命運，沒有人有絕對的能耐可以給予扭轉且能成功。如自殺一事，即使排除生物學上的因素（自殺基因）或神學上的因素（宿命），也還有許多不同的考量：它在西方有僭越神權（所以禁止自殺）和應求永生（所以可以自殺）的雙面倫理問題；在中國則以違背自然化生法則和恐怕拖累他人而不予允許；在印度佛教則以自殺為徒然之舉（不一定會成功，因為緣起觀的緣故）。因此，如果再重新構設自殺或禁止自殺的話語，可以想見「擴大效應」的艱難。構設者理當多「曠觀古今」，再慎作構設；至於將會有什麼成效，就交給「市場機制」去決定，免得空逞一片「痴心」而以浩嘆收場！

第二，倘若可能，所構設的倫理話語當以「入時」而切合實用為基本要求。所謂入時，可以有兩種意涵，一種是「唯變所適」；一種是「唯適所變」。前者略帶消極性，目的在隨順潮流，如傳統所見的「婦人，伏於人也。是故無專制之義，有三從之道……無所敢自遂也。教令不出閨門，事在饋食之間而正矣」（《大戴禮記・本命》）、「夫有再娶之義，婦無二適之文」（班昭《女誡・夫婦》）、「女處閨門，少令出戶，喚來便來，喚去便去」（宋若華《女論語・訓男女》）、「凡為女子，先學立身。立身之法，唯務清貞。清則身潔，貞則身榮。行莫回頭，語莫掀脣，坐莫動膝，立莫搖裙，喜莫大笑，怒莫高聲。內外各處，男女異群。莫窺外壁，莫出外庭。出必掩面，窺必藏形。男非眷屬，莫與通名。女非善淑，莫與相親。立身端正，方可為人」（同上〈立身〉）等這些被認為有「語言暴虐」（辱及女性）嫌疑的話語（參見葉維廉，1988：233～238），就不宜再重複或變相構設；否則在女權高漲的當今社會，一定會被圍剿而難以下臺。後者則備有積極性，目的在帶動風潮。這雖然無法指出實例，但也不難想像它的可能性。不過，類似「只要性高潮，不要性騷擾」、「喜歡可以同居，不一定要結婚」這種激進女性主義者的話語，恐怕只有短暫的「聳動」效果，而無助於規模時代的趨勢。

第三，所構設的倫理話語在能自我完足之後，不妨盡出餘力，再尋求跟異系統倫理話語的對話或對諍。根據學者的研究，中西方倫理觀念的差異極大（詳見黃建中，1990；黃天麟，1992；陳秉璋等，1988）。其中西方近代所發展完成的功利主義的道德觀（所有行為的是非，都必須以其是否能增進人類幸福為判斷），東傳後正快速的在侵蝕我們原有的天道主義的道德觀和自然主義的道德觀。本來是「各行其是」，西方人信守創造觀，以人隸屬於上帝，而人和人之間只要平等相待且不相互侵犯，基本上就能夠維持社會和諧而有效率的運作；這也使得他們想到設計一個網狀的政治結構以便於共治，以及發展資本主義來榮耀上帝並代上帝實現在塵世締造樂園的承諾。反觀中國人，因信守氣化觀，而發展出積極性的天道主義的道德觀（如儒家的依據天命以規範人倫）和消極性的自然主義的道德觀（如道家的依其自然而無所作為）；而在必要的情況下，以差等為前提，形成一個金字塔形的政治結構而讓賢能者在位治理天下，並且在經濟生活上強調節制私利以成就公利，最終轉而福利低收入者而造就一個大同的社會。但從近代以來，中西方不對等的文化交流，導至民主政治在中國社會蔓延（1949年以後中共取得大陸政權而行共黨極權專政，另當別論），增多了可欲的場域（人人都有很多機會參政和藉機謀取利益），而使原先賢能者在位和「民為貴，社稷次之，君為輕」（《孟子・盡心》）的理想更難實現，倒是躁進、奔競的風氣更甚於往昔；同時所輸入的資本主義和科技文明（跟資本主義為孿生體），也一方面合理化了人的私欲（卻吝於回饋給社會），一方面挑起了人的不安情緒和非分妄想，以至社會日漸陷入混沌狀態，而生活也充斥著急功近利且沒有明天的危機感。這都是本身體質難變，缺乏西方式的平等的觀念，以及學不來滿足私利以成就公利的西方式的功利主義的遊戲規則（個人無法想像西方國家那種高課稅以促進福利社會的情況能在國內出現）的結果。同樣的，西方的生活形態也問題重重（參見周慶華，1997b; 1999b），正需要彼此有效的對話或對諍，才有助於人間社會全面的秩序化發展。而這則有賴後設話語的「居中協調」（類似個人在這裏所作的這樣）。因此，所謂的盡出餘力，就是要使用在這類更具深層次的後設話語的構設上。而重構倫理話語的籲請，就到此地告一段落。其餘如果還有值得討論的，只好「俟諸異日」了。

第五章　傳統雅俗文學觀念的定性與定量問題

一、一個文化符號學的思考

在中國傳統上，有關雅俗文學觀念的爭辯，由來已久，也形成了文學理論中一個重要的課目。而演變到現代，又衍生出文學究竟是要「雅俗分流」或「雅俗合流」以及俗文學部分是否要再區分為「通俗文學」和「民間文學」等後設性的論題。這顯現了雅俗觀念存在的歷史縱深和可以一再被推敲的恆久意義；凡是關心文學發展的人，似乎都得在這上頭有所考究明辨一番，才能確定自己要走的路或期待別人去走的路在那裏。

然而雅俗文學觀念的爭辯所以存在，應該有一些超越文學本身而屬較深層次的原因，而不是像今人所說的要為文學用語確立標準（王夢鷗，1976a: 122～125）或為文學審美決定取捨（孫克強，1995: 1）一類理由罷了。還有當這些超越文學本身而屬較深層次的原因測得後，再來看今人通常都會一併論斷的「俗文學為雅文學之母」和「俗文學和雅文學合流是未來的趨向」等等（曾永義，1984: 11～15；鄭明娳，1993a: 110～112），就能知道它的浮泛無謂且有誤導讀者的嫌疑。換句話說，雅俗文學觀念的爭辯，重點不在給文學勾繪什麼藍圖，而在表明爭辯者的好惡和價值觀以及權力意志。今人後出的論說，不但觸及不到這一點，還越來越偏離航道。

這在我個人的構想，應該從文化符號學的角度來看，才能看得真切。因為文化符號學指出文化現象背後有所謂結構性、因果性、意指性和社會支配性的關聯方式（也就是意識形態）（李幼蒸，1993: 570～577），可以提供我們了解文化創造或文化傳播的根本原因所在，而雅俗文學觀念正好徵候了一種文化現象（屬於表現系統部分，參見沈清松，1986: 21～29），所以從文化符號學的角度切入，勢必會透視到它的「本源」。而這種作法，除了有別於既有的一些泛泛的考察，還可以形塑一種堪供仿效的研究模式，對於有意建構中國符號學的人來說，饒有取為借鑑的意義。

雖然如此，底下並不是像一般文化符號學者僅止於深層結構的分析，而是進一步衡量評估理論和實際的密合程度以及後起者如何重新來面對同一課題。整篇文章所要處理的問題，大略包括雅俗文學觀念是怎麼出現的，它出現的目的在那裏；雅俗文學觀念形成後，產生了什麼作用；雅俗文學觀念在演變的過程中，能否各自保持它的「純度」；當今是否還有必要區分文學的雅俗等等。這些可以總括為雅俗文學觀念的定性和定量問題。前者（定性問題），正是文化符號學所擅長提問的；後者（定量問題），則為個人為完整論說補為研擬的。由於定性問題的處理是關鍵所在，所以也不妨說這是一個文化符號學的思考。

二、雅俗文學觀念的生發演變

大體上，雅俗文學觀念可以追溯到先秦時代。「雅」據傳為詩體之一（所謂風雅頌賦比興等六體之一）（《毛詩正義》卷一）；而到了孔子，開始轉變為「正體」或「正宗」的代稱，所謂「子所雅言，詩書執禮，皆雅言也」（《論語・述而》）、「（子曰）吾自衛返魯，然後樂正，雅頌各得其所」（《論語・子罕》）等，都是孔子所賦予雅以「正」義（雅言、雅樂）的明證。

雅所以有「正」的意思，據學者考證雅原為楚烏，秦地（周天子所在的中原地）稱為雅；或者雅和夏相通，而夏代表中原，所以雅音就是夏音，也就是中原音，為當時的標準音（後世稱為官話或普通話）（孫克強，1995: 3～4）。孔子平時說話，都依照魯地方言，只有誦讀詩書和贊禮，才改用中原音；而他所倡導的雅樂，也正是周代的正樂（傳統的音樂）（劉寶楠，1978: 144～145）。然而這並沒有什麼特別；比較特別的是，「雅」在孔子那裏又被轉為美學的標準，而相對的就是「俗」。後者，孔子以鄭聲為例，說它淫亂（有媚俗傾向），應當戒絕（《論語・衛靈公》：「放鄭聲，遠佞人。鄭聲淫，佞人殆。」）；前者，孔子則以〈關雎〉詩為例，肯定它「樂而不淫，哀而不傷」（《論語・八佾》），能發於情而止於禮義（朱熹《四書章句集注・論語集注》）。

從《論語》一書中，所能感覺到的是，孔子所強調的只是文學（藝）在表達情感上必須具備高尚性或高度合理性（參見周慶華，1996a: 114～116），而對於語文媒介僅以「詞達」為準則（《論語・衛靈公》），並未涉及修飾的問題。但在《左傳》、《禮記》等書引及孔子的話，卻出現了「情欲信，詞欲巧」（《禮記・表記》）、「言之無文，行而不遠」（《左傳》襄公二十五年）等得有文飾或巧飾的論調。這可能是後人的主張，而轉嫁給孔子的。因為在孔子稍後的文獻中，這類主張幾乎觸處可見，如「巧文辯惠則賢」（《國語·晉語》）、「聲一無聽，物一無文」（《國語·鄭語》）、「其旨遠，其詞文，其言曲而中」（《易繫辭傳》）、「君子之於言無厭。鄙夫反是；好其實，不恤其文，是以終身不免埤污傭俗」（《荀子·非相》）等等都是，顯然是同一種風氣下的「產物」。此後，就有了所謂「文雅」和「質俗」的差別，而一種「文質彬彬」的中間型主張也隱隱然浮現。

兩漢以來，相關的文學觀念，大抵就順著「文雅」、「質俗」和「文質彬彬」這些脈絡在發展。有人主張要文飾：「立身之道與文章異。立身先須謹重，文章且須放蕩（華艷）」（蕭綱〈誡當陽公大心書〉，《全上古三代秦漢三國六朝文·全梁文》）、「至如文（辭賦）者，唯須綺縠紛披，宮徵靡曼，脣吻遒會，情靈搖蕩」（蕭繹《金樓子·立言》）、「時今紫微錢君希聖、祕閣劉君子儀，並負懿文，尤精雅道，雕章麗句，膾炙人口」（楊億《西崑酬唱集·序》）；有人主張要質樸：「降及後代，風教漸落。魏之三祖，更尚文詞，忽君人之大道，好雕蟲之小藝。下之從上，有同影響，競騁文華，遂成風俗。江左齊梁，其弊彌甚，貴賤賢愚，唯務吟詠。遂復遺理存異，尋虛逐微，競一韻之奇，爭一字之巧……故文筆日繁，其政日亂。良由棄大聖之軌模，構無用以為用也」（《隋書·李諤傳》）、「至如曹、劉詩多直致，語少切對……然挈瓶膚受之流，責古人不辨宮商，詞句質素，恥相師範。於是攻乎異端，妄為穿鑿，理則不足，言常有餘，都無比興，但貴輕艷。雖滿篋笥，將何用之」（殷璠〈河嶽英靈集序〉，《全唐文》卷436）、「今楊億窮妍極態，綴風月，弄花草，淫巧侈麗，浮華纂組……其為怪大矣」（石介〈怪說〉，《石守道先生集》卷下）；還有更多人主張要質文兼顧：「或問：君子尚詞乎？曰：君子事之為尚。事勝詞則伉，詞勝事則賦，事詞稱則經，足言足容，德之藻矣」（揚雄《法言・吾子》）、「常謂情志所託，故當以意為主，以文傳意。以意為主，則其旨必見；以文傳意，則其詞不流。然後抽其芬芳，振其金石耳」（《宋書・范曄傳》）、「夫鉛黛所以飾容，而盼倩生於淑姿；文采所以飾言，而辯麗本於情性。故情者文之經，詞者理之緯；經正而後緯成，理定而後詞暢，此立文之本源也」（劉勰《文心雕龍・情采》）、「文憎過意，吐石含金，滋潤婉切，雜以風謠，輕脣利吻，不雅不俗」（《南齊書・文學傳》）、「江左宮商發越，貴於清綺；河朔詞義貞剛，重乎氣質。氣質則理勝其詞，清綺則文過其意……若能掇彼清音，簡茲累句，各去所短，合其兩長，則文質斌斌（彬彬），盡善盡美矣」（《隋書・文學傳》）、「所謂遊戲者，一文一質，道之中也。雕琢太甚，則傷其全；經營過深，則失其本」（王若虛《滹南詩話》卷1）、「夫立言之要，在於有物。古人著為文章，皆本於中之所見，初非好為炳炳烺烺，如錦工繡女之矜誇采色已也」（章學誠《文史通義・文理》）。文飾是將所要表達的理義情思「曲為表達」或「多加藻飾」；相對的質樸則是將所要表達的理義情思「逕為表達」或「少加藻飾」；而質文兼顧自然是採取「折衷」作法。歷來雅俗文學觀念的分合，不過這樣罷了。

三、雅俗文學觀念背後的心理機制

雅俗文學觀念的生發演變，固然已經略如上面所述，但對於當中的文飾、質樸和質文兼顧究竟要如何認定（確定意涵），卻還混茫未知。這也就是雅俗文學觀念的定性問題，而它還有待解決。換句話說，光考察到雅俗文學觀念的生發演變，並不夠。大家還會進一步想了解是什麼原因在推動著它前進。而要了解這個原因，勢必得透過還有跡象可查的定性問題的追究；它（定性問題）跟該原因構成了一體的兩面，彼此可以互相詮釋。

對於這一點，最直接或最密切關聯的就是心理機制。因為定性是人在定性，而他如何定性和為何定性，也就成了心理「機能」和「制約」的一種徵象（有關心理機制的理論，參見王宏維等，1994: 50～83；柏格爾，1994: 76～78）。倘若說前面所歸結出來的「文飾是將所要表達的理義情思『曲為表達』或『多加藻飾』；相對的質樸則是將所要表達的理義情思『逕為表達』或『少加藻飾』；而質文兼顧自然是採取『折衷』作法」能暫時作為認知雅俗文學觀念分合依據的話，那麼我們就可以進一步追問論說者憑什麼能作個別意涵的認定（如何定性問題），而它緊密相關的就是論說者基於什麼目的要作個別意涵的認定（為何定性問題）。這是一而二的問題，也就是解決了其中一項，另一項也可以一併解決。關於這一點，可以依底下這樣的理路來思考：

首先，雅俗文學觀念的存在，背後預設了不同的價值觀；而不同的價值觀，所代表的就是不同的意識形態。如先前孔子所提出的能發於情而止於禮義的「典雅」說或「高雅」說，所顯現的就是一種價值（意識形態）的貞定。而後世也有承襲這樣的價值觀而發為言論的（如「典雅者，鎔式經誥，方軌儒門者也」（劉勰《文心雕龍・體性》）、「風雅不興，幾及千載，溺於時者，也無人哉……近世作者，更相沿襲，拘限聲病，喜尚形似；且以流易為詞，不知喪於雅正，然哉！彼則指詠時物，會諧絲竹，與歌兒舞女，生污惑之聲於私室可矣；若令方直之士、大雅君子，聽而誦之，則未見其可矣」（元結〈篋中集序〉，《元次山文集》）、「《擊壤集》，伊川翁自樂之詩也。非唯自樂，又能樂時與萬物之自得也……近世詩人，窮慼則職於怨憝，榮達則專於淫泆。身之休慼，發於喜怒；時之否泰，出於愛惡。殊不以天下大義而為言者，故其詩大率溺於情好也……人謂風雅之道，行於古而不行於今，殆非通論，牽於一身而為言者也……故其詩名之曰《伊川擊壤集》」（邵雍《伊川擊壤集．序》）等」，只是它終究「不敵」稍後所出現的「文雅」說等一類價值觀要被「看好」。而從文飾、質樸和質文兼顧等各有人主張來看，所謂的雅俗的分合，所代表的也就是不同價值觀的相互衝突。

其次，價值觀所表現在外的，就是論說者的好惡行為。如「相如雖多虛詞濫說，然要其歸，引之於節儉。此與《詩》之風諫何異?揚雄以為『靡麗之賦，勸百而諷一，猶騁鄭衛之聲，曲終而奏雅』，不已戲乎」（《漢書．司馬相如傳》），這明白表示了對文飾性作品的喜愛（相對的排斥質樸性作品）；「夫士之於學，所以窮理而致用也。文雖學之一事，要亦不外乎此。故今所輯，以明義理切世用為主。其體本乎古，其指近乎經者，然後取焉，否則詞雖工亦不錄」（真德秀《文章正宗．綱目》），這也明白表示了對質樸性作品的喜愛（相對的排斥文飾性作品）；「然則（庾）子山之文，發源於宋末，盛行於梁季。其體以淫放為本，其詞以輕險為宗，故能誇目侈於紅紫，蕩心逾於鄭衛。昔揚子雲有云『詩人之賦麗以則，詞人之賦麗以淫』，若以庾氏方之，斯又辭賦之罪人也。原夫文章之作，本乎情性……舉其大抵，莫若以氣為主，以文傳意。考其殿最，定其區域，摭六經百氏之英華，探屈、宋、卿、雲之秘奥，其調也尚遠，其旨也在深，其理也貴富，其詞也欲巧」（《周書・王褒庾信傳》），這也明白表示了對質文兼顧性作品的喜愛（相對的排斥偏於文飾性或質樸性作品）。所謂「詞章一道，好尚各殊」（張祥齡〈半篋秋詞序錄〉，郭紹虞等編，1982: 372）、「時有好尚，故俗有雅鄭；雅之與鄭，出乎心而成風」（柳冕〈答衢州鄭使君論文書〉，《唐文粹》卷84），顯然古人對於這一點也早有體會了。

再次，任何一種價值觀的堅持，還涉及權力意志的問題，也就是論說者企圖將該價值觀普遍化，成為人人共同遵守的準則〔論說者不但可以藉它滿足個人影響或支配他人的欲望，還可以藉它獲得想要獲得的利益（有關權力意志的問題，參見劉軍寧，1992: 72～90）〕。這雖然無法直接獲致論說者的告白證實，但可以從部分論說間接推測得知，如「古人往矣，吾取古事，麗今聲，華袞其賢者，粉墨其慝者，奏之場上，令觀者藉為勸懲興起，甚或扼腕裂眥，涕泗交下而不能已，此方有關世教文字。若徒取漫言，既已造化在手，而又未必其新奇可喜，亦何貴漫言為耶？此非腐談，要是確論。故不關風化，縱好徒然，此琵琶持大頭腦處，《拜月》只是宣淫，端士所不與也」（王驥德《曲調・雜論》），這認為戲曲要質文兼顧（可讓觀賞者藉為勸徵興起）且以《拜月亭》但重文飾為反例，其實只是試圖讓它成為「通見」，並沒有任何保證戲曲一定就是這樣（就論說者所舉的《拜月亭》來說，類似「曲之始，止本色一家，觀元劇及《琵琶》、《拜月》二記可見」（王驥德《曲律‧論家數》。按：王氏前後論不一致，所以這裏分開取證）、「《琵琶記》之下，《拜月亭》是元人施君美撰，亦佳」（王世貞《曲藻》）這種讚美它具有本色、能感動人的言詞也不少，可見它不過是權力意志在作權衡而已）；又如「周、秦以下，文體屢變，逮乎近世，章疏移檄，告諭批判，明白曉暢，務期達意，其文體絕為古人所無。若小說家言，更有直用方言以筆之於書者，則語言文字幾幾乎復合矣……嗟乎！欲令天下之農工商賈婦女幼稚皆能通文字之用，其不得不於此求一簡易之法哉」（黃遵憲〈日本國志學術志二文學〉，《日本國志》卷33），這認為提倡較質樸的白話文（語體文）才有助於化民成俗，其實也只是試圖造成一股風潮，在當時（晚清）抱不同看法的也大有人在（且以小說為例，如「為白話小說者，往往蟻視小說，率爾為之，此白話小說之所以不足觀也」（阿英編，1989: 149）、「就今日實際上觀之，則文言小說之銷行，較之白話小說為優……所以林琴南先生，今世小說界之泰斗也。問何以崇拜者之眾？則以遺詞綴句，胎息《史》、《漢》，其筆墨古樸頑艷，足佔文學界一席而無愧色……夫文言小說，所謂通行者既如彼，而白話小說其不通行者又若是，此發行者與著譯者，所均宜注意者也」（梁啟超等，1989：46～47）。面對這些詆斥白話文或考得白話文不甚通行的言論，我們豈能不想及前引說法也不過是權力意志在促使罷了」。

到這裏終於可以明白，有關雅、俗意涵的確定（定性），並沒有什麼先驗性或必然性，完全是以論說者的好惡、價值觀和權力意志為運作機制。因此，假使真有所謂雅俗文學觀念的「生發演變」的現象，那麼它所代表或象徵的就是該心理機制（不論是個別的或集體的）的強力從中促成。以至沒有人有足夠的理由，可以漠視該心理機制而空談雅俗文學觀念（而還能令人信服）。這是我們想繼續思考其他相關課題的一個基準點。

四、雅俗文學觀念實踐的純度問題

依照現有的文獻來看，雅俗文學觀念提出的時機，不是在實踐前，就是在實踐後。如果是在實踐前，我們就可以再問如何才能確保它的純度？如果是在實踐後，我們也可以再問如何才能檢驗它的純度？這也就是雅俗文學觀念的定量問題。而我們所以還得處理這個問題，主要是論說者想藉雅俗文學觀念的塑造來遂行他的權力意志，在首關上他就必須禁得起讀者的考驗而儘可能作出具體的保證。

論說者究竟能否作出具體的保證嗎？這一點，論說者也許可以拍胸脯發出承諾，但作為讀者卻沒有什麼準據能用來衡量。因為讀者對於雅俗文學的意會，不可能完全同於論說者原先對雅俗文學的設定，以至讀者所能找到的準據就是他心中的「一把尺」，而不關他所衡量的對象具有什麼客觀性（最多只具有相互主觀性）。這樣一來，論說者再信誓旦旦的宣稱他的保證，也就沒有多大意義了。

為了方便印證這個道理，不妨藉底下幾個例子來作說明：「世俗見（杜）子美詩多麤俗，不知麤俗語在詩句中最難，非麤俗，乃高古之極也」（張戒《歲寒堂詩話》卷2）、「（白）樂天之詩，情致曲盡，入人肝脾，隨物賦形，所在充滿，殆與元氣相侔。至長韻大篇，動數百千言，而順適愜當，句句如一，無爭張牽強之態，此豈撚斷吟鬚悲鳴口吻者之所能至哉？而世或以淺易輕之，蓋不足與言矣」（王若虛《滹南詩話》卷1）、「周美成詞，或稱其無美不備。余謂論詞莫先於品，美成詞信富艷精工，只是當不得個貞字，是以士大夫不肯學之；學之則不知終日意縈何處矣」（劉熙載《藝概．詞概》，這不論是翻「俗」評案（指前二例對杜甫和白居易詩的正面評價），還是翻「雅」評案（指後一例對周邦彥的負面評價），都從側面徵候了讀者各有權衡的尺度，而論說者無從回過頭來強要別人接受他的翻案。假如該論說者兼具作者的身分，也一樣無法讓人信從他所自道的雅俗狀態，所謂「僕為文久，每自測意中以為好，則人必以為惡矣。小稱意，人亦小怪之；大稱意，即人必大怪之也。時時應事作俗下文字，下筆令人慚，及示人，則人以為好矣。小慚者，亦蒙謂之小好；大慚者，即必以為大好矣」（韓愈〈與馮宿論文書〉，《昌黎先生集》卷16）、「今僕之書，人所愛者，悉不過雜律詩與〈長恨歌〉以下耳。時之所重，僕之所輕。至於諷諭者，意激而言質；閑適者，思淡而詞迂。以質合迂，宜人之不愛也」（白居易〈與元九書〉，《白氏長慶集》卷45）等正作了最好的印證。

其實，這還涉及一個在相對上的「認知差異」的問題：「文章體製，如各朝衣冠，不妨互異，其狀貌之妍媸，固別有在也。天尊於地，偶統於奇，此亦自然之理。然而學六朝不善，不過如紈袴子弟熏香剃面，絕無風骨止矣；學八家不善，必至於村媼呶呶，傾刻萬語而斯文濫焉」（袁枚〈書茅氏八家文選〉，《小倉山房文集》卷30）、「蓋江芊罵商臣曰：『呼！役夫！宜君王廢汝而立職。』漢王怒酈生曰：『豎儒！幾敗乃公事！』單固謂楊康曰：『老奴！汝死自其分！』樂廣嘆衛玠曰：『誰家生得寧馨兒？』斯並當時侮嫚之詞，流俗鄙俚之說，必播以脣吻，傳諸諷誦。而世人皆以為上之二言不失清雅，而下之兩句殊為魯樸者，何哉？蓋楚、漢世隔，事已成古；魏、晉年代，言猶類今。已古者，即謂其文；猶今者，乃驚其質。夫天地長久，風俗無恆，後之視今，亦猶今之視昔」（劉知幾《史通‧言語》）、「且所謂文者，務為有補於世而已矣；所謂詞者，猶器之有刻鏤繪畫也。誠使巧且華，不必適用；誠使適用，亦不必巧且華。要之以適用為本，以刻鏤繪畫為之容而已。不適用，非所以為器也，不為之容，其亦若是乎？否也。然容亦未可已也，勿先之其可也」（王安石〈上人書〉，《臨川先生集》卷77），類似這些「文體」的殊異、「古今語」的不同和「實用」與否的考慮，也會使得論說者（作者）和讀者在雅俗文學的設定和意會上更添一分（難有交集的）變數。

如果沒有強而有力的反證存在，姑且就可以肯定雅俗文學觀念實踐的純度問題，是無從給予客觀的檢驗或判斷的。所有的檢驗或判斷都帶有策略性，所關聯的依然是那個心理機制（試圖透過他所作的檢驗或判斷來引發共鳴，以便遂行他的權力意志）。至於後出的論說者仍不免還會「執著」或「孤芳自賞」的宣稱他所提出的雅俗文學觀念可以或已經實踐到什麼程度，這就無關雅俗文學觀念的「真理」問題，而跟論說者過於迷信支配欲望可以「無往不利」的問題緊相牽連。如何仲裁，就看讀者是否甘願受支配而定了。而這也等於暗示了雅俗文學觀念在實踐的過程中，所起的影響作用是高度不確定的。

五、重新面對此類課題應有的態度

根據前面的分疏，所得出論說者的好惡、價值觀和權力意志「決定」了雅俗文學觀念的生發演變以及實踐時的純度判斷這樣的結論，對於往後大家再行思考同類的課題，應當有實質上的「發引」作用。這可以再作具體一點的補充說明：

首先，從雅俗觀念出現以來，不論它如何的「衍生」或「變形」，都不可避免受到相關的心理機制的制約，以至像某些論者僅止於作「雅有其獨特的審美品格，雅又能夠與其他審美範疇結合起來成為新的審美形式。如：雅麗、雅重、雅艷、雅潔、雅逸、雅淡、雅直、雅奇、雅懿、雅嫻、雅妙、雅美、雅善，以及儒雅、風雅、閑雅、文雅、舒雅、篤雅、正雅、大雅、典雅、弘雅、通雅、淵雅、清雅、方雅、淹雅、端雅、和雅、寬雅、廣雅、恢雅、雋雅、亮雅、純雅、秀雅、古雅、妍雅、玄雅、宜雅、柔雅、訓雅、皇雅、俊雅、雍雅、英雅、奧雅、沖雅、游雅等等……在文化史上，雅並沒絕對固定不變的標準，只有永恆的認知方向。雅的精神在於與俗的對立，俗在某一時期的表現，就造成了雅的新生」（孫克強，1995: 144～145）、「在我國，俗有其特定的涵義。《辭源》解釋俗有兩層涵義：(1)習俗，風氣；(2)庸俗，凡庸，與高雅相對……其中，主要是從文化的角度給予的定義……流俗，是指一般比較通行的風俗習慣……庸俗，作為俗的一種，庸俗帶有明顯的道德意義，一般指平庸鄙俗，不高尚……媚俗，即媚世。指討好世俗，求悅於當世……總之，俗是一個較大的範疇，流俗與庸俗屬於俗文化中的兩種現象，媚俗則是一種文化世俗化現象。了解這幾詞各自的涵義，對了解俗文化是很有幫助的」（牛愛忠等，1995: 10～12）這類的歸納，就頗屬無謂。它還得溯及背後的心理機制，才有意義（才能知道不同重點的堅持是什麼緣故）。因此，今後再度泛說雅俗文學觀念如何如何，諒必只是浪費力氣而已。

其次，就本章所著重的雅俗文學觀念來說，它既然無法脫離人的好惡、價值觀和權力意志諸因素而權為發用，那麼像今人所極力要分辨推出的「『雅俗分流』是必然的……從發展的觀點看，高雅文化與通俗文化之間的距離越來越大，要使高雅文化降低為通俗文化不可能，要讓通俗文化趕上高雅文化也是不可能的，事實上這兩種設想都無理論上的必要性。因為社會上總是存在多種文化消費者類型和多種文化需求，客觀上這就決定了高雅文化與通俗文化必然長期共存，以滿足人們不同種類的文化消費需要」（周啟志等，1992: 12～13）、「通俗文學與民間文學本質不同，例如《金瓶梅》、《紅樓夢》、《儒林外史》皆慣被納入通俗小說者，就不屬於上述（民間文學）大眾、口傳、集體創作諸條件，反而它們呈現出的是精英藝術的特質。在當代，通俗文學與民間文學相歧更多」（鄭明娳，1993a: 16）這種「自居高明」的見解，也就沒有多大價值了。畢竟雅俗文學觀念的分分合合，關鍵不在該分分合合本身具有什麼必然性，而在從事分分合合的人想要藉它滿足支配他人的欲望（而姑且賦予雅俗的意涵）。而為了達到這個目的，他甚至還可能跟人「唱反調」，把別人一致「推崇」的俗文學說成雅文學或把別人一致「推崇」的雅文學說成俗文學。至於有人所相信俗文學為雅文學的源頭而不顧自己犯了「循環論證」的謬誤（也就是文學不過是後驗的東西，凡是有關雅俗文學誰先誰後的討論，勢必形成結論和前提相互解釋的現象）（這類說法，見鄭振鐸，1986: 1～3；楊蔭深，1992: 1～2；婁子匡等，1987: 18～21），這也一樣無謂（目的只在推銷他的「偏見」），就不必多說了。

再次，雅俗文學觀念的後續發展，不論是「文人無行，於今為烈。緣文既背於質矣，又不辨雅鄭淳漓，游於藝而漸移其心。天道好還，其將有所復乎？要亦待有真識見者為之先矣」（傅庚生，1983: 148）這類有所去取的論調，還是「把雅俗截然分開、對立起來是不現實的」

（龍協濤，1993: 254）、「高雅的文學形式與通俗的文學形式——之間的不斷的『對話』，在撞擊中互相借鑒、互相補充」（陳平原，1990: 269）、「（臺灣八、九〇年代小說）介於通俗與嚴肅之間的『中間地帶』幽然浮現」（孟樊等編，1992: 9）這類合流或雜糅的論調，都不可能因此晉身為「通見」而能永遠的暢行無阻（除非那一天大家被迫齊一了信仰）。因為它仍是同一個心理機制促成的案例，只要有人不願意接受，它也就形同「虛設」。

這樣看來，有關雅俗文學觀念的認定，毋寧當它只是一場遊戲，由參與遊戲者共同約定某些規則而擺出一齣齣的戲碼。旁觀者倘若不喜歡那樣的遊戲，可以再組搭檔而別為搬演。這也等於暗示大家今後再面對同一課題時，重點不是要盡在雅俗文學觀念本身的窮為追究（分辨）上，而是要不斷檢視自我想藉雅俗文學觀念的設定以遂行影響（支配）他人的權力意志是否合理，這樣才有可能使正在上演或將要上演的遊戲得以「美化」；否則每一場遊戲都會中斷於執著某一觀念的「霸權」的介入（也就是中斷於有人片面要求別人接受他的觀念而不願別人自由的領受或跟他進行對諍）。至於大家是否有必要在邁向未來的日子裏，一起追求某一類約略可以「形塑」出來的文學，那就留給有心人去傷腦筋，我個人目前還無能為力來想這個問題。

第六章　宗教神祕話語的指涉問題

一、宗教的宗教性標記

宗教所以為宗教，在於它有一超越於世俗的實體作為信仰的對象，這樣才有別於其他的領域。而這種對象，基本上可以區分為兩類：一類是指向被實存地經驗到的作為另一個人格存在的終極大全的實體，這個人格傳統上被稱為上帝（神）；一類是指向被實存地經驗到的作為自我或個人的更大的或內在的認同而存在的終極大全的實體（這跟前一類的差異主要在於該終極大全的實體並非以個人內心認同的方式作為一個異己的對象而被經驗到）（參見湯一介主編，

1994: 260～263）。由於它是終極性的，所以也稱為終極實體。宗教就以它為核心，而展開一系列教義、教儀、教規、教典的構設，從此跟世俗的其他領域有了形式上和實質上的區別。

當然，這種終極實體的存在，不免也會被懷疑，甚至否定它的可能性。如第一類終極實體所被貞定下來的造物身分和人格特徵，就被懷疑論者或不可知論者斥為虛設妄談（參見柴熙，1983；曾仰如，1993；呂大吉主編，1993）；而第二類終極實體所被長期肯認的內在韌力和遷物本事（如「佛」、「道」之類），也被語意學者或語言哲學者詆為玄著詭論（參見黃宣範，1983；楊士毅，1994；張建軍，1994），導至所有繼起的後設宗教（泛宗教學或廣義宗教學）幾乎都難以在這個環節上予以「善後」。有些後出的神學家，在還沒有「解決」上述的問題前，又倡議有所謂絕對或超越的神或實體（而世上各宗教所稟持的神或實體就是相對的）（參見張志剛，1995: 241；林天民，1994: 46），而深信「世界上的諸多偉大的宗教傳統所體現的是，人類對同一無限的、神聖的實在（實體）的不同感知與回應」〔張志剛，1995: 247引希克（J. Hick）說〕。這不但無助於前列困境的化解，還攪進一個說不出所以然的絕對實體在攪和（參見王志成，1996: 260～282；周慶華，1999b: 38～40），終究不利大家對原先問題的思考。

依個人所見，一切針對終極實體而發的懷疑或否定論調，都是指向該終極實體的無可「驗證」上。也就是說，不論是西方一神教所信奉的造物主（上帝），還是東方道教所信奉的創生根源（道體）或佛教所信奉的寂靜狀態（佛境界），都因為無法獲得有效或可靠的驗證，而被排除在可討論或可認知的範圍。然而，對於一個宗教徒來說，宗教所提供的種種神啟或教示，他卻篤信不疑。這究竟又是怎麼回事？難道是宗教徒本身別有驗證的能耐，或是他根本不必依賴驗證而逕自投向自己所虛構的幻象裏？這恐怕沒有人能夠說得「準確」的。如果宗教還想繼續謀求發展，以及為贏得信徒恆久的信賴，可能要在這個環節上再作些「補強」的工作。而就一個關心宗教再造遠景的人來說，也得盡力為它可能的「出路」提供諍言。因此，我們在正視宗教以超越世俗一切東西的終極實體作為它的特殊標記之餘，還得設想如何才能「堅固」該標記，以便相關課題（包括宗教信仰的揭發和宗教理論的建構等）的討論有一個基準點。

二、終極實體的爭論癥結

終極實體所以會變成大家爭論的對象，主要在於它是用語言來指涉的；而該語言所指涉處是否真有某實體存在，就成了大家爭辯不休的焦點。以一神教所說的上帝為例，歷來就有極力論證它存在的，也有極力論證它不存在的。論證它存在的，歸結起來，約有本體論論證（上帝根本就不可能被想像成不存在；因為上帝既是無限完美的，所以祂就不囿限在時間的範圍中，也不受時間的任何限制，以至祂根本沒有所謂開始存在及停止存在這回事，由此可知，祂根本就不可能不存在）、第一因及宇宙論論證（如果我們沒有稱之為上帝的這一個終極實體的話，就不會有一個具有這些性質的世界存在：根據因果性，證明有一個第一因存在；根據諸多只具偶然性的事物，證明有一個必然性存有者存在）、設計論證或目的論論證（自然世界就像一部複雜的機器，顯然是出自設計的，而這個設計者就是上帝）、道德論證（以人具有良心這個事實而從邏輯上推論出一個上帝；或者從任何人只要他嚴肅地實際上把道德價值尊為一種加在他生命上的無上要求來說，必定相信這些道德實在有一個高於人類的源頭和基礎，而這種源頭和基礎在宗教上就稱為上帝）、根據特殊事件及特殊經驗而作的論證（許多可以公開觀察到的特殊事件——像是奇蹟或是對禱告者的回應等，可以證明上帝的實在性）、概率及有神論論證（一種有神論的對世界的解釋較其他的解釋為優異，因為只有這種解釋才對人的道德經驗及宗教經驗作了較合適的考慮，同時也得體地處置了宇宙的自然界現象）等幾種形態；而論證它不存在的，歸結起來，也約有社會學的宗教理論（以為人所崇拜的神祇，是社會為了遂其對個人思想和行為的控制，而不自覺地虛構出來的想像物）、佛洛伊德的宗教理論（宗教是對自然界各種可怕的現象——如地震、洪水、颶風、疾病及不可避免的死亡，在心理上的防禦；也就是人類的想像力，把這些力量一轉而成神祕的、人格性的力量）、現代科學的詰疑（科學一步步地確定了自然秩序的自主性；從廣闊無垠令人心炫惑的銀河系，到比原子更小的難以想像的細微事體，以及介於這兩種無限之間那人文世界的諸般無窮複雜現象，都可加以研究而無需涉及上帝）、懷疑論對惡的問題的抨擊（如果上帝充滿了完全的愛，祂一定希望消除惡；如果上帝是全能的，祂一定能夠消除惡。但實際上的確有惡存在；所以上帝不可能既是全能的又是充滿了完全的愛——隱含有對上帝存在的質疑）等幾種形態。但不論論證上帝存在或不存在，都可以被否定，而造成另一類相互對峙論證的模式（參見希克，1991: 27～82）。其他宗教所說的終極實體，認真加以追究，也可能形成類似的爭辯的場面。

然而，仔細想來，這都是依一般語言的使用規範來進行要求的結果。倘若不依一般語言的使用規範，而就語言本身就可以產生「撫慰」或「救助」功效，該爭論就沒有必要存在。這時就是進入一種徹底的信仰狀態（這比一般人所理解的對所謂現存的某一終極實體的信仰還要「實在」）。由於有這種可能性存在，那就不免會讓人懷疑到前面所說宗教徒對終極實體的「篤信不疑」，可能也是個幻象（其實每一個宗教徒所有的信仰，也不過是在「疑似」之間——他自己也無法確知信仰對象的「如實」存在）；最後實際存在的是指涉終極實體的語言本身被他所信守著。也就是說，宗教徒真正相信的是「上帝」、「道」、「佛」那些語言，而不是「上帝」、「道」、「佛」那些語言所牽涉的在語言以外的什麼實體。雖然如此，類似上述的爭論所以依舊在進行中，主要還是大家仍不願放棄對相關語言有所指涉的執著。而事實上，這也無妨可以再繼續討論下去；只是這種討論是否能產生新的「解決」方案，卻得成為我們當前重要的任務。

三、佛道二教所對應的神祕話語

由於一神教相關的問題，已經有過漫長的議論過程，能解決的層面或不能解決的層面都有逐漸「明朗」的趨勢，將來大家可以再「致力」的地方並不多。倒是佛教和道教所隱含的相關的問題，至今仍未見有類似的「宏大規模」的爭辯，使得問題不但得不到解決，還會因為「乏人問津」而更加沉晦隱匿，終究不利於教義的傳播。換句話說，如果佛教和道教不能告訴人它們所提出的終極實體確實存在或禁得起檢驗的話，那麼它們想要在世人面前爭取存在優勢的美夢，可能就不容易實現。個人稟持一分長期以來對佛道二教的關心，願意「率先」嘗試為本課題理出一點頭緒，以便後續的討論有新的開展。

在佛道二教所提出的終極實體方面，都分別為它作了一些「象徵性」的描摩，而形成一種特殊且帶詭異的神祕話語。前者（指特殊性），如「過一切語言道，心行處滅，遍無所依，不示諸法，諸法實相無初無中無後，不盡不壞，是名第一義悉檀。如《摩訶衍義》偈中說：語言盡竟，心行亦訖，不生不滅，法如涅槃（佛的別名）。說諸行處，名世界法；說不行處，名第一義。一切實，一切非實，及一切實亦非實，一切非實非不實，是名諸法之實相」（《大智度論》卷1，《大正藏》卷25: 61中）、「玄（道的別名）者，自然之始祖，而萬殊之大宗也。眇昧乎其深也，故稱微焉；緜邈乎其遠也，故稱妙焉。其高則冠蓋乎九霄，其曠則籠罩乎八隅。光乎日月，迅乎電馳。或倏爍而景逝，或飄颻而星流，或滉瀁於淵澄，或雰霏而雲浮。因兆類而為有，託潛寂而為無。淪大幽而下沉，凌辰極而上游。金石不能比其剛，湛露不能等其柔。方而不矩，圓而不規。來焉莫見，往焉莫追。乾以之高，坤以之卑。雲以之行，雨以之施。胞胎一元，範鑄兩儀。吐納大始，鼓冶億類。佪旋四七，匠成草昧。轡策靈機，吹噓四氣。幽括沖默，舒闡粲尉。抑濁揚清，斟酌河渭。增之不溢，挹之不匱。與之不榮，奪之不瘁。故玄之所在，其樂不窮；玄之所去，器弊神逝……其唯玄道，可與為永」（《抱朴子·暢玄》）等，這都極盡能事的在為該終極實體進行徵象或擬比的工作，而該終極實體的實際狀態（在讀者來說）卻又不得其解。後者（指詭異性），如「若有言語則有滯礙，若有滯礙則是魔界。若法不為一切言說所表者，乃無滯礙。何謂法不可言說？所謂第一義（指佛）。其第一義中亦無文字及義。若菩薩能行第一義諦，於一切法盡無所行，是為菩薩能過魔界，無所過故」（《大方等大集經》卷18，《大正藏》卷13: 123中）、「夫物之所以生，功之所以成，必生乎無形，形由乎無名；無形無名者，萬物之宗也（指道）。不溫不涼，不宮不商。聽之不可得而聞，視之不可得而彰，體之不可得而知，味之不可得而嘗。故其為物也則混成，為象也則無形，為音也則希聲，為味也則無呈，故能為品物之宗主，包通天地，靡使不經也」（《雲笈七籤》卷1）等，這也都使出餘力的在為該終極實體無法以語言表述而進行辯解或飾窘的工作，殊不知它已經埋下了自我矛盾的因子。

佛道二教的神祕話語所隱含的自我矛盾，是以雙面性詭論出現的。也就是它一方面顯示實際已知該終極實體是怎麼一回事而卻說該終極實體不可言說或無所形名；另一方面又讓人感覺裏頭含有實際不知該終極實體是怎麼一回事卻再三盛稱該終極實體而最後又說該終極實體不可言說或無所形名（盛稱該終極實體時，儼然已知該終極實體是怎麼一回事，卻又聲明該終極實體不可言說或無所形名，顯然是個詭論）。可見佛道二教的神祕話語如果成立，那麼必然隱含上述這一雙面性詭論。由於這種詭論是「隱式」的（一般語意學者或語言哲學者所指出的大都僅限於「顯式」的存有詭論——它是當人們嘗試將神祕的終極實體加以理性化，並使用抽象的有限性的語言加以表達，或在提升到那玄之又玄的不可思議之境的過程時所形成的；如《大正藏》卷48：348中～349上《六祖法寶壇經》第1品所載神秀語「身是菩提樹，心如明鏡臺。時時勤拂拭，勿使惹塵埃」和慧能語「菩提本無樹，明鏡亦非臺。本來無一物，何處惹塵埃」，當中所提及的「菩提」既是有又是無，顯現的就是存有詭論），不像「顯式」的詭論那麼容易化解（可以把它看作和諧對比的統一體），通常也難以被察覺（參見周慶華，1997a：118～122），以至如今還沒有看到其他論者有過這方面的省悟。換句話說，佛道二教所見的神祕話語不能免除這種詭論，勢必有礙於它們的傳播；而論者在這個環節上不能有所辨詰，相關的論述恐怕也會流於虛發。

四、佛道二教神祕話語的指涉問題

就佛道二教神祕話語所顯現的弔詭（矛盾）來說，有些論者嘗試從該終極實體超越現象界「所以無法指實」來為它圓說。如（以相關佛教的部分為例）「蓋謂可以言語文字發表者，全為現象界之事；實在（實體）者決不可得而寫象也。又實在與現象，或云同，或云異，云一，云不一，皆不得當。又謂有謂空、亦有亦空、非有非空、謂圓、謂真、謂善，皆非實在之真相。是等意義，各經論皆有之。如法相宗謂廢詮談旨；三論宗謂言亡慮絕；天臺宗謂百非俱遣，四句皆離；禪宗不立文字；華嚴宗謂果分不可說；真言宗謂出過言語道；淨土宗謂不可稱，不可說，不可思議：皆知此般之消息者也」（蔣維喬，1993：40～41）、「（《大乘起信論》云）『言真如（佛的別名）者，亦無有相；謂言說之極，因言遣言；此真如體無有可遣，以一切法悉皆真故；亦無可立，以一切法皆同如故。』由此，結論謂：『當知一切法不可說，不可念故，名為真如。』『不可說』、『不可念』，即法之實相非『認知對象』之意也……（然）一切言說雖不能真描述此『真如』，但有破除妄執作用，故亦可方便施設：此亦即《大般若經》中說『施設言說』之意也」（勞思光，1980：299）等，就是屬於這個「理數」。但這只不過是「換句話說」，並沒有起任何化解該弔詭的功效。此外，還有從語意分析「第一義諦」必屬絕對的形上體而附和該神祕話語不能指實的，如「凡是絕對的形上體不但不可言說，而且不可思議……因為既然它是絕對的形上體，如果我來看它、言說它，那麼我便成了能看見、能言說的主體，它便成了被我看、被我言說的客體，這樣就構成了主客能所的對立。因為至少有我這個看它的人、說它的人站在它外面與它對立，它就不是絕對的了。所以佛說第一義不可說，也是同樣道理……如果我用腦筋來思考它的道理，我是能思考的主體，道是被我思考的客體，同樣也構成了主客能所的對立」（巴壺天，1988：136～137），正是一個顯著的例子。然而，這卻忽略了佛道二教還是為該終極實體說了許多話（見前），而且煞有其事的告訴人該終極實體的存在狀態（雖然頗嫌模糊且多用象徵或比擬的方式）。因此，論者所期待讀者跟他一樣無視佛道二教構設的詭論，就成了一種過度樂觀的估算。

以人類現有的經驗衡量，佛道二教如果不預設該終極實體的實際狀態，是無從「說服」信徒衷心皈依的；而一旦要預設該終極實體的實際狀態，它們立刻就會面臨該預設如何可能的問題（也就是該終極實體確如所指的存在嗎）。於是在這個環節上，也就有了我們再論說的空間。換句話說，我們不妨比照一神教論者的質問方式，將指涉「佛」、「道」這些終極實體的神祕話語，予以通盤的檢視討論，看看這裏面到底藏了什麼「玄機」。

假使佛道二教還是堅持該終極實體不可言說或無所形名，那麼這就可以從兩種立場給予定位剖析：首先是從同情（同其情）的解說的立場來說，所謂「不可言說」或「無所形名」，基本上是一個後設語言命題。在語言哲學裏，這種後設語言命題是以「O相對於L為不可說（不可言傳）」的形式出現，意思是O無法藉L表達。換句話說，所有有關O的語句沒有表達什麼事實或經驗。而這裏O可指現象、經驗或物體，如：

1. 二元論者也許會認為心靈的特性相對於生理學上的謂語來說是不可表達的。
2. Predicate Calculus相對於命題邏輯來說為不可表達。
3. $\sqrt{2}$ 相對於有理數來說為不可表達。
4. $X^2 = -1$ 相對於只有實數的數論來說為不可言傳。
5. 我們的確很容易想像地球上或其他星球上存在許多事物是我們作夢也想不到的；這些事物可以說相對於我們的語言是不可表達的（參見黃宣範，1983: 128～129）。

其次是從不同情的解說的立場來說，所謂「不可言說」或「無所形名」，不啻太模糊不清、太具伸縮性，同時有把「佛」、「道」解為「套套絡基」（沒有說什麼）的嫌疑（也就是拿「不可言說」或「無所形名」和「佛」「道」互相解釋）。因此，為了避免這些弊病，不妨作些修正，使該命題顯得更可以理解，如：

1.「佛」、「道」無法用非隱喻式的方法加以刻劃。
2.「佛」、「道」無法像科學一樣作非常精確的描述。
3.「佛」、「道」只能用很抽象的詞語加以描寫。

換句話說，佛道二教不宜簡單地說「某某不可言說或無所形名」，除非事先弄清楚什麼才算是可以言說或有所形名的東西或現象，或什麼樣的謂語、刻劃是不可言說或無所形名論者可以容許或不可以容許的謂語（參見黃宣範，1983: 136～137；周慶華，1997a: 117～118）。

經由這一番的「釐清」和「補充」，佛道二教的神祕話語應當比原先被構設時更好理解。只是它依舊無法擺脫前面所說的雙面性詭論性質，我們還是得進一步追問該神祕話語所指涉的終極實體究竟如何才能經驗得到。大體上，這些神祕話語被構設時就有別於一神教的情況。一神教所說的「上帝」，是作為一個異己的超越的實體而存在；而佛道二教所說的「佛」「道」，是作為一個非異己的既超越又內在的實體而存在。彼此有體驗上的有距離和無距離的差異，也有觀察上的非方便和方便的不同。因此，後者（指「佛」「道」）理當比前者（指「上帝」）更容易解決是否實際存在的問題。但又不然，佛道二教為「佛」「道」所構設相關的神祕話語仍然不是一個不證自明的命題，如「如來能拔一切煩惱習氣根原，故名為佛」（《優婆塞戒經》卷1，《大正藏》卷24: 1038中）、「觀自在菩薩，行深般若波羅蜜多時，照見五蘊皆空（成佛），度一切苦厄」（《般若波羅蜜多心經》，《大正藏》卷8: 848下）、「自性迷即是眾生，自性覺即是佛」（《六祖法寶壇經》第3品，《大正藏》卷48: 352中）、「道之生人，本皆精氣也，皆有神也，假相名為人。愚人不知還全其神氣，故失道也。能還反其神氣，即終其天年」（《太平經・分別形容邪自消清身行法》）、「人所稟軀，體本一無（指道）。元精雲布，因氣託初。陰陽為度，魂魄所展。陽神曰魂，陰神曰魄。魂之與魄，互為室宅。性主處內，立置鄞鄂。情主營外，築垣城郭。城郭完全，人物乃安。爰斯之時，情合乾坤」（《參同契・養性立命章》）、「道者，虛無之至真也。術者，變化之玄伎也。道無形，因術以濟人；人有靈，因修而會道」（《雲笈七籤》卷45引《祕要訣法》）等，這都說到「佛」「道」該一既超越又內在的特性（也就是它們既存在於宇宙萬物之上，又內在於宇宙萬物之中），但它卻無從保證該「佛」「道」的必然存在。所謂的「必然存在」，仍得通過檢驗予以證實，而佛道二教至今還不見能提供普遍有效的檢驗方法，毋寧是一大遺憾！

五、解決神祕話語指涉問題的方案

對於這個問題，也許我們可以這樣想：佛道二教所說的「佛」「道」無法證實和一神教所說的「上帝」無法證實是類似的（同樣的它們也都無法否證），而基於人求知的經驗，勢必會要求它們能夠證實。這好比聖奧古斯丁（St. Augustine）和聖多瑪斯（St. Thomas）所說的「沒有先行的知識，便沒有信仰。如果一個人什麼都不了解，他也不可能相信上帝」和「一個人若是根本不了解某個命題的話，他也不可能相信或表示贊同」（皮柏（J. Pieper），1985: 7 引）。因此，試著來為它們設想可能的解決方案，也就有相當的迫切性。

目前個人所知，在一神教方面已經有兩種主要的解決方法：一種是訴諸信仰以維護上帝的存在，如「在《聖經》作者眼中，想用邏輯的論證證明上帝的存在，乃是一件幾近荒謬的事。

因為他們相信在他們生活中一切事情上，他們已經與上帝建立了關係，上帝也已經與他們建立了關係。上帝在他們的認識裏，是一個與他們本身意志交互影響的活動意志；是一個絕對已經存在了的實體……在他們思考上帝時，上帝是一個被他們經驗到了的實體，而不是一個憑推論而出的元目……（而）一個有信仰的人，雖已意識到他在上帝的意向中生活、行動、獲得存在，但若仍企圖證明上帝的存在，那麼其愚魯正如一個人其妻子與家庭雖已給他帶來了何等巨大的意義，但這個丈夫卻還是想用一個哲學證明來證明他愛妻與家庭的存在一樣」（希克，1991: 109～110），所說的就是這個意思。換句話說，上帝是你相信祂存在，祂就存在（相反的，你不相信祂存在，祂就不存在）。這未嘗不是一種省事的「好辦法」，但它也有未盡的問題（詳後）。另一種是憑著「製造差異」以證明上帝的存在，如「如果堅持追問：這種實在界的所謂『存在』是什麼意思？我想，希克所說的『製造差異』是最好的答覆。我們說『桌子存在』，因為桌子使我們繞它而行，不能直走過去；這就是它所製造的差異。我們說『勇敢存在』，或者『這個人是勇敢的』，因為當大家看到小孩掉在水中時，只有他躍入水中救人；這就是勇氣或其他不可見的德行所製造的差異。勇敢平時不呈現，但不呈現並非不存在，否則一切勇敢的事蹟無由而生。那麼宗教語言所謂的『上帝存在』、『上帝是愛』之類的話，是否也製造了差異?答案是肯定的……(上帝)在人類過去的、現在的、與可以想見之未來的經驗中，不斷製造差異，因而其所指也是存在的」(臺灣大學哲學系主編，1988: 117)，所說的就是這個意思。換句話說，上帝存在的認定是緣於祂能顯現愛一類德行而製造了差異所致。這在相當程度上難以反駁，但也不夠理想。理由就在上帝的愛也得靠信仰才行，它不過比前一種辦法多一層轉折或多一點條件限制而已，彼此並沒有「質」上的差別。

這樣說來，一般所論及的信仰問題〔詳見郭蒂尼（**R. Guardin**），1984；田力克（**J. P. Tillich**），1994；杜普瑞（**L. Dupr**），1996〕，結果也就為了用來守住最後一道防線，使得上帝的存在還能保有一絲希望。而從常情來衡量（不依據邏輯法則），訴諸信仰也的確是一種「不得不然」的方法，否則上帝的存在一事就無從為它保證什麼。反觀佛道二教所說的「佛」「道」又如何?在我看來，恐怕也不得不訴諸信仰以保障它們的存在。但這裏面還有一些疑點有待釐清：首先，該「佛」「道」如果確為「實有」的話，那麼人所感受到的「擺脫一切干擾」(指佛)和「精氣內蘊護體」(指道)的境界或情況，應該渾然到無從細數，最後只能像輪扁斲輪的感覺那樣「口不能言，有數存焉於其間」(《莊子．天道》)收場。這自然跟一神教信徒「喜獲」聖靈充滿而深感罪除的經驗不可同日而語。其次，即使有「擺脫一切干擾」和「精氣內蘊護體」

的感覺，它也不可能永保不變。好比西方從柏拉圖以來所說的抽象理念世界的不可恆久信賴一樣。也就是說，西方人所設定的宇宙中有個不變的事物（理念世界），其實只是一種戲設。因為事物不斷在變動，變動前不知為何（不知起源），變動後也不知為何（不知終極），主題我的推知，僅僅是一種片面之詞。由於主題我先預設了目的（理念世界），所以會把相關性的事物選出、串連，依循一些主觀的情見，作序次性的由此端推向彼端或由下層（直觀現象）推向上層（理念本體）的辯證活動。殊不知物物之間、人人之間、人物之間不僅互涉重重，而且當中並置未涉的同時仍然互為指證，這又不是序次性秩序所能表詮的（參見葉維廉，1988: 118～123）。佛道二教所說的「擺脫一切干擾」和「精氣內蘊護體」，也是近似這種情況；我們不能再相信佛道二教一向所傳遞的不變說。再次，「不可言說」或「無所形名」這類話頭，倘若還是不免要使用，那麼就得保留給每一次第的修行所能達致的境地的不確定性（也就是無從保證前後修行所趨入的境地是一樣的）。將以上這些都納入思考範圍，才能一併（連同前面所說的訴諸信仰）解決佛道二教所構設神祕話語的指涉問題。

「事實」上，佛道二教真正吸引人的地方是在它們所形塑的種種術數或修行方法，而不在「佛」「道」這些終極實體究竟能經驗到幾分；因為沒有人能說出該「佛」「道」的狀態是否

「恆常如斯」（畢竟那是靠每一次第的修行趨入並相信個別的感受為真下才可能的；此外，沒有任何可靠的保證它一定是「如何」）。因此，佛道二教仍無妨繼續傳播它們的佛法和道術；只是不必奢望大家都來相信有所謂的終極歸趨。而佛道二教能保有這樣「隨人信仰」的彈性空間，未必就不利於它們的發展（它們依然可以透過「優質」的佛法和道術的提供而吸引信徒的向心力）；何況任何一種宗教的存在和消失，背後還有「命」在呢！

第七章　歷代啟蒙教材中兒童觀念的演變及其意義

一、一個假定：兒童是虛構的對象

有一個現象，指向近代興起的新的政治體「國家」，它在地圖上是標畫出來的位置，在國際集會中是人格化了的主權政府。而它的存在，首先必須是國民肯同意他們自己是聯合一統的團體；但以一群人集合在一起為國家的定義，卻頗為令人困惑。如東歐國家被不同的激情族裔忠忱分裂，使人不得不概嘆：將一群人團結成一個國家的潛在力量究竟是什麼！這對於任何一個新興的國家來說，是關係重大的問題。因為別的國家視為當然的民族情操，新興的國家卻得自行創造出來；而別的國家的人可以從先人繼承的東西，新興的國家的人必須自創，也就是（自創）團結意義、一整套國家象徵物和活躍起來的政治熱情。以至不是國家造就了歷史，而是歷史造就了國家（參見艾坡比等，1996: 84～116）。而所謂「歷史」，不過是一種論述，而且是「移動的、有問題的論述」（參見詹京斯，1996: 55～88）；它完成於一群個別或集體的權力競逐者的手裏，同時採用了彼此可以辨認的在認識論、方法論、意識形態和實際操作上適得其所的方式。這把它縮小到任何一個特定事物的「沿革」的認知上，也同樣適用。

比如這裏所關注的兒童觀念，屢屢在人類學、語言學、心理學、教育學、傳播學等領域出現，而它被相互增刪內涵的情況，已經到了難以想像的地步（詳後）。很明顯這不是代表兒童是一個可被追尋的先驗性「真理」，而是代表兒童是一個隨機構設的後驗性「知識」，它所承載的終極性意向乃是人夢寐以求的權力（以及伴隨權力而來的相關利益的獲得）。倘若兒童觀念的存在，也像其他事物的存在（如民族、國家、法律、民主制度、婚姻之類）一樣帶有相當程度的縱深，那麼它也無從被「引」來保證什麼。因為這種縱深仍然是被建構的自圓其說的論述；在過去的存在中，並無法導出一種必然的解讀，只要目的改變、觀點改變，新的解讀就會隨著出現。因此，一個後起者的好奇心，就不宜表現在「兒童是什麼」的追問上，而得表現在

「兒童是為了誰」的檢視上。如果真的這麼做，勢必會發現所謂兒童的歷史是有問題的。因為它是有爭論的字眼和論述；也就是對不同的個人或群體來說，它具有不同的意義。根據這一點，顯然可以另外推測所有談論兒童的人，都在敘寫一種價值觀；而這種價值觀正是個別或集體的生命性格得以成形和延續的憑藉。

這不妨就以中國歷代啟蒙教材所預設或隱含的兒童觀念作為指標，看看兒童被建構的痕跡，然後再由本例推及今後我們運用兒童概念時應有的對策。整篇文章是以假定兒童是虛構的對象為出發點，並從歷代啟蒙教材中爬梳出相關的材料加以印證，而後將所得的啟發化為具體對策的研議當歸結處。至於本章仍不免於也是一種（歷史）建構的疑慮，我的自白是：不認同我的說法的人，都可以重新構設一套論述來相對諍；而我的自信，也僅止於因我的努力，可能使我的說法具有相互主觀性，而不會將它膨脹為具有絕對客觀性。「一言堂」的迷思，終將不致在我的身上重現。

二、歷代啟蒙教材中兒童觀念的成形蠡測

現代所盛行的「兒童」連稱，在古代另有「幼童」、「童兒」、「童孺」、「童子」、「孺子」等稱呼，如「沈友，字子正，吳郡人，年十一。華歆行風俗，見而異之……歆歎曰：『自桓靈來，未有幼童若此者！』」、「夏侯稱，字義權……好合聚童兒，為之渠帥。戲必為軍旅戰陣之事，有違者輒嚴以鞭捶，眾莫敢逆」、「沈璞，字道真。童孺，神意閑審。（梁）武帝召見，奇璞」、「童子，汝南謝廣、河南趙建，年十二，通經。詔以為二童應化，而皆拜郎中」、「劉廙，字恭嗣，南陽安眾人。年七歲，戲講堂上。穎川司馬德操，撫其頭曰：『孺子！孺子！』黃中通理，寧自知不？』」（並見李昉等《太平御覽》卷384、385）。而「兒童」一詞，除了連稱，也有分稱的，如「張既，字德容，為兒童，郡功曹游殷察異之」、「王充，字仲任，為兒童，遊戲不好狎侮，父誦奇之」、「陳群，字長文，穎川許昌人。祖父寔，父紀，叔父諶，皆有盛名。群為兒時，寔常奇之」、「謝尚，字仁祖，豫章太守鯤之子。幼有至性；八歲，風神夙悟。鯤嘗攜之送客，或曰：『此兒一座之顏回也！』尚應聲曰：『座無尼父，焉識

顏回！』賓客莫不嘆異」、「賈逵，字梁道，河東襄陵人。自為童，戲弄常設部伍，祖父習異之」、「（杜祭酒）君在孩抱之中，異於凡童，舉宗奇之」（同上）。至於「兒童」年齡的上下限，字辭書的說法和實際的記載略有出入。前者，有所謂「兒，孺子也（引申為幼小的稱呼）」、「童，男有辠（罪）曰奴，奴曰童，女曰妾（童假借為孺子）」（並見許慎《說文解字》）或「兒始能行曰孺。孺，濡也，言濡弱也」、「十五曰童，故禮有陽童。牛羊之無角者曰童，山無草木曰童，言未巾冠似之也；女子之未笄者亦稱之也」（並見劉熙《釋名‧釋長幼》）的說法；後者，以《太平御覽》卷384、385所載幼智故事為例，兒童從四、五歲的到十七、十八歲的都有（也就是未成年時期都稱為兒童）。這顯示了兒童年齡的斷限，在古代並不一致；不過，有關兒童屬於幼弱且智少（少數神童／聖童，另當別論）的群體，古人卻是連聲肯定的。

兒童究竟如何成為大家有意去關注的對象，應該是接著要探討的問題。如果以秦、漢才有專為兒童編撰的啟蒙教材為分界線，那麼姑且可以斷定相關兒童的意識，在這前後是有差距的。也就是說，在這前後兒童所被認知或期待的，會形成一個「遞增」式或「加添」式的對照局面。因為同樣是有待教育的兒童這樣的對象，在先秦時代，一方面被認為以成就聖賢為最終目標，一方面又被認為以自動向學為有效保證。所謂「弟子入則孝，出則弟，謹而信，汎愛眾，而親仁。行有餘力，則以學文」（《論語・學而》）、「哀公問弟子孰為好學。孔子對曰：『有顏回者好學；不遷怒，不貳過。不幸短命死矣！今也則亡，未聞好學者也』（《論語・雍也》）、「設為庠序學校以教之：庠者，養也。校者，教也。序者，射也。夏曰校，殷曰序，周曰庠，學則三代共之，皆所以明人倫也」（《孟子・滕文公》）、「學，惡乎始？惡乎終？曰：其數則始乎誦經，終乎讀禮；其義則始乎為士，終乎為聖人」（《荀子・勸學》）等，說的就是前者的意思；所謂「匪我求童蒙，童蒙求我」（《周易・蒙卦》）、「不憤不啟，不悱不發；舉一隅不以三隅反，則不復也」（《論語・述而》）、「教亦多術矣。予不屑之教誨也者，是亦教誨之而已矣」（《孟子・告子》）、「不問而告謂之傲，問一而告二謂之囋」（《荀子・勸學》）等，說的就是後者的意思。以成就聖賢為最終目標和以自動向學為有效保證，一個為目的，一個為方法，它所暗示的是沒有人能教他人成為聖賢（德業超常的人），只有靠當事人自課自勉，教師不過是從旁輔助並給予啟迪而已。而在這種情況下，兒童的存在也就不具有特殊的意義，它終究要被成人世界所收編，提早「體驗」（過）成人的生活，也許連「聊備一格」的機會都沒有。這在秦、漢以後，兒童被納進了有規畫的教育體系，開始編撰「適合」他們閱讀的教材，大家才逐漸意識到兒童的能耐和需求必須別為考量。於是就出現了一種經過遞增或加添的兒童觀，而且一改過去期以自學習慣為勉力督課模式，造成有別於先秦時代所看到的新景觀。

猜想兒童所以會在秦、漢以後佔去大家一部分的注意力，可能跟秦、漢以後大一統格局形成了，必須廣為設官分職，大量晉用人才以及積極培養人才有關。而既然是要培養人才，兒童這個層級自然不能略過，所有的啟蒙教材也就在為了因應兒童教育的前提下而被設計出來了。至於當中設計教材的人以及間或提供意見的人，在整個過程中會費心於斟酌兒童的能耐和需求而完成教材的編撰，那當然也是可以想見得到的。換句話說，啟蒙教材中所預設或隱含的兒童觀念，無非是在這一波要把兒童教育成「可用之才」的思潮中形成的。

從這一點也可以看出來，《禮記》一書所記載的「古之教者，家有塾，黨有庠，術有序，國有學。比年入學，中年考校，一年視離經辨志，三年視敬業樂群，五年視博習親師，七年視論學取友，謂之小成。九年知類通達，強立而不反，謂之大成」（《禮記‧學記》）、「子能食食，教以右手。能言，男唯女俞。男鞶革，女鞶絲。六年，教之數與方名。七年，男女不同席，不共食。八年，出入門戶，及即席飲食，必後長者，始教之讓。九年，教之數日。十年，出就外傅，居宿於外，學書計，衣不帛襦袴；禮帥初，朝夕學幼儀，請肄簡諒。十有三年，學樂，誦詩，舞勺。成童，舞象，學射御」（《禮記‧內則》）這類學習階次和教學科目，理當不是先秦時代的人所能規畫的（論者對於《禮記》）的成書年代，大多斷定不出戰國時代和西漢間，但又認為相關思想在戰國時代已經形成。這可能得有所保留。論者的意見，可見李曰剛等，1981；屈萬里，1984a；高明，1978），而是跟這裏所說的該波思潮同時出現的。畢竟在一些較可確信為先秦時代的文獻中（如《論語》、《孟子》、《荀子》等），還看不到有這類細膩且特別為學童設計的教育藍圖。

三、歷代啟蒙教材中兒童觀念的演變情況

啟蒙教材既然是專為兒童而編撰的，它勢必隱含著編撰者對兒童的看法，而可以讓我們一窺兒童觀念在不同時代演變的痕跡。這種演變的情況，以啟蒙教材越後出越「複雜」一點推測，姑且稱它為遞增式或加添式的（當然它也可能在個別情況下是遞減式或刪減式的——就某些較為簡略的啟蒙教材來說——但在整體上無疑是遞增式或加添式的）。

以現有的文獻來看，約略從秦、漢以後，就多半透過學校來培養國家所需要的人才；而學校又有所謂大學（後期又另有國子監和雜學）和小學（後期為府州縣學所包含）的分立。其中

小學，就是啟蒙階段（參見沈兼士，1986；楊樹藩，1986）。由於官設的學校有限，民間就普遍自設書館或蒙館（含私塾在內）；唐、宋以來，又多出一種體制外的書院（受學者大多不走致仕路），兼辦成人教育和啟蒙教育（參見佚名，1985）。啟蒙教育所使用的教材，今人就簡稱為啟蒙教材。在歷代史志所記載近似啟蒙教材的部分，多寡不一，內容也互有差異。擇要來說，秦、漢時代有《三蒼》（《蒼頡》、《訓纂》、《滂熹》）、《急就篇》、《孝經》、《論語》、《女誡》等等；六朝、隋、唐時代有《千字文》、《開蒙要訓》、《蒙求》、《太公家教》、《兔園冊》、《百一詩》、《雜鈔》、《雜字書》等等；宋、元時代有《三字經》、《百家姓》、《神童詩》、《千家詩》、《二十四孝》等等；明、清時代有《對相四言》、《朱子治家格言》、《日記故事》、《幼學瓊林》、《龍文鞭影》、《唐詩三百首》、《昔時賢文》、《女兒經》、《弟子規》等等（參見陳東原，1980；雷僑雲，1990；林文寶，1995）。這些啟蒙教材，先出的往往也為後代所沿用，並不是如上所述各時代分別使用。

綜觀這些啟蒙教材，約有為使學童得以識字、博學、修身和養生等嶄向。當中自然以識字為最基本的訴求，「漢興，蕭何草律，亦著其法，曰：『太史試學童，能諷書九千字以上，乃得為史。又以六體試之，課最者以為尚書御史、史書令史。吏民上書，字或不正，輒舉劾。』

六體者，古文、奇字、篆書、隸書、繆篆、蟲書，皆所以通古今文字、摹印章、書幡信也」（《漢書・藝文志》），因此，像《三蒼》、《急就篇》這些教材，就是專門為教導學童識字而編撰的。但後出也兼有同樣作用的《千字文》、《開蒙要訓》、《雜字書》、《對相四言》等等，卻多已涉及其他要項。就以《千字文》為例，所謂「金生麗水，玉出崑岡。劍號巨闕，珠稱夜光」、「女慕貞絜，男效才良。知過必改，得能莫忘」、「性靜情逸，心動神疲。守真志滿，逐物意移」等等，無不廣涉博物、世情和心性等成分，明顯是要學童兼行習取，使得識字、博學、修身和養身等「畢其功於一學」中。至於《兔園冊》、《百家姓》這些原為博學訴求的教材，以及《女誡》、《蒙求》、《太公家教》、《雜鈔》、《二十四孝》、《朱子治家格言》、《日記故事》、《龍文鞭影》、《昔時賢文》、《女兒經》、《弟子規》這些原為修身、養生訴求的教材（含以《孝經》、《論語》這些現成的典籍為教材在內）和《三字經》、《幼學瓊林》這些原為綜合訴求的教材，就不言可喻了。此外，唐、宋以來，又多出《百一詩》、《神童詩》、《千家詩》、《唐詩三百首》這些範本式的詩歌教材，大概是為了因應科考或美化人生而要學童預為學習的。

整體看來，歷代啟蒙教材的內涵，有幾個轉折：第一，它比先秦時代更有意識的要培養兒童成為通才（而不只限於要培養兒童為「但以德行著稱」一類的偏才），以至所期待於兒童的，識字不足，還得博學、修身和養生兼備才行。第二，在相關的博學、修身和養生的教材中，逐漸有增加「性質」方面的分量的趨勢，如《千字文》和《太公家教》一類教材，僅涉及天文、地理、歷史、倫常、教育、生活、娛樂和教忠教孝、禮敬仁愛、謙讓勤儉、行善持戒等方面；到了《幼學瓊林》一類教材，已經「擴充」到廣含天文、地輿、歲時、朝廷、文臣、武職、祖孫父子、兄弟、夫婦、叔侄、師生、朋友賓主、婚姻、女子、外戚、老壽幼慧、身體、衣服、人事、飲食、宮室、器用、珍寶、貧富、疾病死喪、文事、科第、制作、技藝、訟獄、釋道鬼神、鳥獸、花木等方面，幾乎要窮盡世事百物。又如《千字文》和《三字經》一類教材，才講到「資父事君，曰嚴與敬。孝當竭力，忠則盡命」、「樂殊貴賤，禮別尊卑。上和下睦，夫唱婦隨」、「孔懷兄弟，同氣連枝。交友投分，切磨箴規」和「親師友，習禮儀」、「孝於親，所當執」、「弟於長，宜先知」、「三綱者，君臣義，父子親，夫婦順」等正面的道理；到了《昔時賢文》一類教材，卻多了「逢人且說三分話，未可全拋一片心」、「命裏有時終須有，命裏無時莫強求」、「小時是兄弟，長大各鄉里」、「兒孫自有兒孫福，莫為兒孫作馬牛」、「今朝有酒今朝醉，明日愁來明日憂」、「父母恩深終有別，夫妻義重也分離」、「人生似烏同林宿，大限時來各自飛」、「人無千日好，花無百日紅」、「萬事不由人計較，一身都是命安排」等反面的警惕，無異把人生的光明面和黑暗面一起揭露了。第三，所多出的範本式的詩歌教材，又有難度越來越高的跡象（如後出的《唐詩三百首》，就比前出的《百一詩》、《神童詩》、《千家詩》等難解難學一些），顯然有要兒童「日取乎上」的用意或根本認為兒童一開始就能學一些高難度且精彩的詩作。

由於歷代啟蒙教材有這樣的轉折，它所預設或隱含的兒童觀念，自然也從比較實際的需要讀書識字，一路演變到稍涉理想的需要通達世事和安頓生命上。在這裏，我們可以感覺到兒童逐漸被期待為「全能」的成人的縮影。換句話說，兒童越來越被賦予多向度的能耐和世俗性的需求（當然兒童在後來科舉盛行時，也曾被「化約」成只須把自己練成一部將來可以採取功名的機器——《官場現形記》第一回敘述一位王鄉紳學八股文的經驗，頗能反映這種情況：「記得那一年，我纔十七歲，纔學著開筆做文章，從的史步通史老先生。這位史老先生，雖說是個貢生，不過十三場沒有中舉，一部《仁在堂文稿》（八股文範本），他卻滾瓜熟爛記在肚裏。我還記得我一開手，他教我讀的是〈制藝引全〉，是引人入門的法子，一天只教我讀半篇。因我記性不好，先生就把這篇文章裁了下來，用漿子糊在桌上，叫我低著頭想。偏偏念死念不熟。

為這上頭，也不知捱了多少打，罰了多少跪，到如今才掙得個兩榜進士」——但這仍無妨於兒童在人的「潛意識」裏所賦予的多向度能耐和世俗性需求）。至於兒童本身能否消受大人這類「過多」的期待或「周全」的要求，大家就沒有進一步去追問了。

四、相關事實對原假定驗證的程度

所以說歷代啟蒙教材背後隱含著對兒童有越來越過多的期待或周全的要求，主要有兩個判定的準據：第一，在歷代啟蒙教材中，後出的所加添的「三十不豪，四十不富，五十將相尋死路」、「會使不在家豪富，風流不用著衣多」（並見《昔時賢文》）、「李益設防妻之計，常撒冷灰；（楊）志堅摛送婦之詞，任撩新髮」、「魚水合歡，情何款密；絲蘿有託，意甚綢繆」、「欲逞所長，謂之心煩技癢；絕無情慾，謂之槁木死灰」、「臥榻之側，豈容他人鼾睡」、「榮於華袞，乃《春秋》一字之褒；嚴於斧鉞，乃《春秋》一字之貶」、「辟穀絕粒，神仙能服氣煉形；不滅不生，釋氏唯明心見性」（並見《幼學瓊林》卷2、3、4）這類大概只有成人才有感受的事件或道理，卻「強」要兒童提早來熟悉，無異於緣木求魚。第二，大人固然可以設想啟蒙教育是為了「教人以灑掃、應對、進退之節，愛親、敬長、隆師、親友之道，皆所以為修身、齊家、治國、平天下之本。而必使其講而習之於幼稚之時，欲其習與智長，化與心成，而無扞格不勝之患也」（張伯行《小學集解》卷1），但實際上卻可能發生「兒童冬學鬧比鄰，據案愚儒卻自珍」（陸游〈秋日郊居〉，《劍南詩稿》卷25）或「先生偶出門，小子滿堂舞」（錢慎齋增訂《繪圖解人頤》卷下），甚至還「有一等學生，強頭掘腦，教東做西，無廉無恥，說是說非」（同上）。這樣一來，兒童念書不過是吟哦佔畢「有樣」，解意會心「全無」，徒然讓大人枉拋一片心。而這也等於間接證成了前面所作的「兒童是虛構的對象」的假定。也就是說，大人所設想的兒童的能耐和需求，跟兒童實際有的能耐和需求有差距；而兒童是由大人所劃出的一個層級，它既然難以在現實中找出相符應的對象，那麼就可以說兒童是大人所虛構的（實際上那些被稱為兒童的年幼者，不會知道他是大人所說的那個樣子）。

或許有人會認為兒童不盡都是玩愒歲月，也有突破昏蒙而力爭上游的，如東漢的王充「為小兒，與儕倫遨戲，不好狎侮。儕倫好掩雀捕蟬，戲錢林熙，充獨不肯，誧（王充父親）奇之。六歲教書，恭愿仁順，禮敬具備，矜莊寂寥，有臣人之志。父未嘗笞，母未嘗非，閭里未嘗讓。八歲出於書館；書館小僮百人以上，皆以過失袒謫，或以書醜得鞭。充書日進，又無過失。手書既成，辭師受《論語》、《尚書》，日諷千字。經明德就，謝師而專門，援筆而眾奇；所讀文書，亦日博多」（王充《論衡・自紀》）、近代的胡適「我才滿三歲零幾個月，就在我四叔父介如先生的學堂裏讀書了……但我在學堂並不算最低級的學生，因為我進學堂之前已認得近一千字了。因為我的程度不算『破蒙』的學生，故我不須念《三字經》、《千字文》、《百家姓》、《神童詩》一類的書。我念的第一部書是我父親自己編的一部四言韻文，叫做《學為人詩》……我念的第二部書也是我父親編的一部四言韻文，名叫《原學》，是一部略述哲理的書……我念的第三部書叫做《律詩六鈔》，我不記是誰選的了……我念的第四部書以下，除了《詩經》，就都是散文的了……後來我居然得著《水滸傳》全部。《三國演義》也看完了。從此以後，我到處借小說看……《周頌》、《尚書》、《周易》等書都是不能幫助我作通順文字的。但小說書卻給了我絕大的幫助……所以我到十四歲來上海開始作古文時，就能作很像樣的文字了」（胡適，1985: 20～30）等都是「好例子」。這的確會讓一般兒童「自嘆不如」；但我們別忽略了他們全是依照成人的標準在過生活（古代凡被稱為神童或聖童的，也都是這等模樣），看不出有什麼「自家面目」。也就是說，他們只「懂得」隨順大人的期待，而沒有「表現」出自己潛藏的風貌。因此，與其說這些事跡是例外，不如說這些事跡從側面證成了上述的假定。

不論是從啟蒙教材的內涵來看（本節所沒有提及的範本式的詩歌教材，認真說兒童更無從感受裏頭所有的詩藝的好處；因為它不知經作者幾番嘔心瀝血才寫成的，兒童勢必礙難領會），還是從兒童的實際表現來看，都可以證明「兒童」是被虛構的，也就是個人原先的假定獲得了驗證。至於這種驗證是否到達百分之百的程度，個人目前不敢專斷，但容許有斟酌或被質疑的餘地。

五、兒童觀念不定性所顯示的意義

其實，後人也無法說出兒童到底是什麼。凡是有所說的，都只顯示它在限定兒童這個對象，而不是兒童就一定是所說的那個樣子。對於這一點，只要排開各類說法，比對當中的差異，就可以感覺得到。因此，歷代啟蒙教材又透露了一個更有意思的信息，就是兒童觀念的不定性。兒童觀念的不定性，在較明顯的層次上，是因為設定者有價值觀或意識形態和教育動機的不同；而在較隱晦的層次上，是因為設定者所要藉機影響或支配他人的範圍略有廣狹的差異。這不妨從部分啟蒙教材中有關編撰者的序言或宣稱來窺見一斑：「吾性疏頑，教道無素，恆恐子穀負辱清朝。聖恩橫加，猥賜金紫，實非鄙人庶幾所望也。男能自謀矣，吾不復以為憂也；但傷諸女方當適人，而不漸訓誨，不聞婦禮，懼失容它門，取恥宗族。吾今疾在沉滯，性命無常，今汝曹如此，每用惆悵。閒作《女誡》七章，願諸女各寫一通，庶有補益，裨助汝身」（《女誡》）、「余乃生逢亂世，長值危時，忘鄉失土，波併流餘。只欲隱山學道，不能忍凍受飢；只欲揚名於後代，復無晏纓（嬰）之機；才輕德薄，不堪人師，徒消人食，浪費人衣。隨緣信業，且逐時之宜，輒以討論墳典，諫（揀）擇詩書，於經傍史，約禮時宜，為書一卷，助誘童兒，流方萬代，幸願思之」（《太公家教》）、「天子重英豪，文章教爾曹。萬般皆下品，唯有讀書高。少小須勤學，文章可立身……自小多才學，平生志氣高。別人懷寶劍，我有筆如刀……古有《千文》義，須知後學通。聖賢俱間出，以此發蒙童」（《神童詩》）、「世俗兒童就學，即授《千家詩》，取其易於成誦，故流傳不廢。但其詩隨手掇拾，工拙莫辨，且止七言律絕二種，而唐、宋又雜出其間，殊乖體製。因專就唐詩中膾炙人口之作，擇其尤要者，每體均數十首，共三百餘首，錄成一編，為家塾課本，俾兒童而習之，白首亦莫能廢；較《千家詩》不遠勝耶？諺云：『熟讀唐詩三百首，不會吟詩也會吟。』請以是編驗之」（《唐詩三百首・題辭》），所謂「但傷諸女方當適人，而不漸訓誨，不聞婦禮，懼失容它門，取恥宗門……閒作

《女誡》七章，願諸女各寫一通，庶有補益，裨助汝身」、「隨緣信業，且逐時之宜，輒以討論墳典，揀擇詩書，於經傍史，約禮時宜，為書一卷，助誘童兒，流方萬代，幸願思之」、「萬般皆下品，唯有讀書高。少小須勤學，文章可立身……別人懷寶劍，我有筆如刀……聖人俱間出，以此發蒙童」、「因專就唐詩中膾炙人口之作，擇其尤要者……錄成一編，為家塾課本，俾兒童而習之，白首亦莫能廢；較《千家詩》不遠勝耶？諺云：『熟讀唐詩三百首，不會吟詩也會吟。』請以是編驗之」等等，無不顯示了啟蒙教材編撰者所持殊異的動機、觀念和影響層次的兩面性。

如果我們把歷代啟蒙教材所透露的兒童觀念的不定性這一點，放在當前的情境來看，應當會有一番特別的意義。我們知道，兒童在當代已經被普遍用來建構各種有關的知識，如人類學者把兒童的智能看作是人類原始階段的智能而發展出一套人類的「演進」說〔見宋光宇，1990；宕夕爾（J. F. Donceel, S. J.），1989〕；語言學者把兒童的語言狀況視為人類語言的粗糙形態而模塑了語言的「向度」說（見沈步洲，1969；張世祿，1970；謝國平，1986）；心理學者把兒童的認知和道德能力區分為數個發展階段而樹立起心理的「遞變」說〔見杜聲鋒，1988；張春興，1989；杜加斯（K. Deaux）等，1990〕；教育學者把兒童的身心當成有待教養的對象而構設出一套套的「教育」說〔見布魯貝赫（J. S. Brubacher），1975；徐宗林，1990；楊國賜，1982；歐用生，1987；中華民國比較教育學會主編，1996〕；傳播學者把兒童評估為可以左右大眾傳播的一環而努力演繹著相關的「影響」說（見劉昶，1990；李茂政，1986；鄭貞銘主編，1989）等，這中間所存在的兒童觀念的差異，不啻可以跟歷代啟蒙教材所預設或隱含的不同的兒童觀念相「輝映」。此外，還有一些表面上針對兒童的能耐和需求而發掘出它具有複雜性或多向性的論述〔見唐納生（M. Donaldson），1996；蒙特梭利（M. Mantessori），1995；馬修斯（G. B. Matthews），1998；那伯漢（G. P. Nabban）等，1996；崔格德（J. G. Tracht），1996〕，實際上也不過是在展現有關兒童概念的較新設定，而這跟個人所推斷的兒童源於大人的虛構一點，無疑也可以相「貫通」〔這都應了波茲曼（N. Postman）所說的兒童是「社會製品」的話，見波滋曼，1994〕。不過，波氏又提到傳播科技的發展，已經使得在西方文明中所建構的兒童特色逐漸消逝。殊不知這種源流的追溯也是一種建構，以至所謂的「出現」和「消逝」的說法，就是他一手在導演（參見周慶華，1998: 173～187）。

這樣說來，歷代啟蒙教材中隱含的兒童觀念的不定性，就沒有成了當代逐漸要成形的「兒童是被建構的」相對共識的反證，古今可以「一以貫之」。而它終將要「促使」我們反省的是如何在利用兒童以及利用兒童的目的，還有背後所預設的權力意志怎樣才不會陷入逃避對諍的孤發僵局中。最後，本章所成就的，無異可以當作一個新版的文化符號學的範例，而暫且就此劃下句點。

第八章　古籍今譯的語言轉換問題

一、論題的緣起

大約從漢代開始，就有普遍的詁解古書或訓釋古書的事實存在，所累積的家數和成果也相當可觀，佔據了歷代史書藝文志或經籍志著錄篇幅的一大部分。這些詁解古書或訓釋古書的現象，基本上是一種語言的轉換，以讓讀者容易知解的語言取代所詁解或訓釋對象上較艱澀隱晦的語言。而由於繁簡的不同，以及間雜校勘、考據等內涵，以至出現了「傳」、「說」、「故」、「訓」、「記」、「注」、「解」、「箋」、「微」、「章句」、「集解」、「義疏」、「正義」、「疏」、「詮釋」等彼此多少有些差異的詁解或訓釋形態（參見胡樸安，1982；胡楚生，1980；張君炎，1986）。這種情況，發展到現代（新語體流行以來），又多出了一個句句「對譯」的對象，也就是通稱的語譯或白話譯解。不論它是不是受到現代翻譯洋書的影響或緣於新式教育中輔助教學的需要，都可以肯定它是由一些相關的學界（如文史學界）和出版界合作下所「模塑」出來的。

現代所出現的這類著作，多半標榜著它是「古籍今譯」或「古籍新譯」；而在內部中往往也配備「注釋」、「作者簡介」、「作法分析」等關係項，形成一種曠古所罕見的（雜）文體。雖然如此，它的重點還是在語譯部分，彼此形同兩個使用不同符號的文本（text）在相互對照。從表面上看，這兩個文本義似乎是「等值」的（差別只在前者使用的大多是今人所熟知的語言符號，而後者存在的大多是今人所陌生的語言符號），但實際上可能有相當大的差距，卻很少引起人的注意。如從事語譯的人，他必須確定自己所進行的語言轉換是等值的；倘若不能，當中就有差距存在的可能性。又如觀看語譯的人，他也必須相信譯語和原語是等值的，而這多少得透過對原語的揣摩而後才證明譯語的可靠；如果不是這樣，他就會減低對譯語的依賴程度，使得另一層次的差距形態的存在成為可能。此外，如譯語的形式結構、音韻格調、內外語境等等，都無法保證跟原語相應的話，它的等值性也會打折扣，而出現一種隱性的差距（相對於前面那些顯性的差距）。這些都是存在古籍今譯現象裏的問題，一直沒有人對它作過較為全面的探討，毋寧是一件可怪的事。現在個人願意嘗試來作一點鋪路的工作，也許能引發大家對古籍今譯這件事的深入反省。這是論題選定上的一個因緣。

其次，古籍今譯作為一個特定的案例，固然可以讓人透視它在語言轉換過程中所要面臨的一些問題，但同樣的自古以來所有的注釋行為也有相當成分的語言替代，甚至在各類批評著作中所完結的文本重建（描述）或文本詮釋（解釋）也難免有局部的語言置換，它們是否存在著問題，正好可以藉由對古籍今譯的考察而得以「觸類旁通」；進而為中國語言符號學（符號學通常分為語言符號學、一般符號學和文化符號學三類，參見李幼蒸，1993）在形式、意義的衍變或再製面相上揭露它可能的規模。這是論題選定上的另一個因緣。底下就將個人所掌握到的有關古籍今譯中或顯或隱的問題一一提出剖析。

二、古籍今譯的主體與客體

同樣是語言的轉換，古籍今譯跟一般所說的翻譯並不相等。通常「翻譯不只是語言的問題，在實際翻譯的過程中，更牽涉到文化差別、文體種類、溝通功能、人的心理等因素，就好像語言教學不只要語言本身好，還要顧及教學環境、功能及對象等因素，而有時候，環境的因素甚至決定教學所使用的語言」（胡功澤，1994: 3～4）；並且翻譯也不是一般的語言運用，它「是語際以意義轉換為軸心的語言運用：在任何情況下都涉及兩種或兩種以上的語言，即以原語為一方，以譯語或目的語為另一方，其中的核心問題是意義，並廣泛涉及形式、功能和文化各方面的問題，在每一個方面都永遠存在一個有沒有『信息轉換通道』的問題」（劉宓慶，1995: 31）。而古籍今譯固然重點也在意義及旁涉形式、功能等問題（偶爾也會遇到今語中沒有適當的詞可譯古語的情況。參見屈萬里，1984b: 凡例1），但它是在同一文化背景中進行的，大致不會發生像翻譯那樣可能存在著異文化「不可共量」（而使翻譯不可能）的問題。還有翻譯在進行語言轉換時，語際間的形式結構（語法）、音韻格調（語音）、內外語境（語用）等等的差距往往過大；相對的，這在古籍今譯方面就比較容易「仿效」或取得「幾近」的效果（即使譯語是「白話」而原語是「文言」，也仍是同一個語言系統，表面些許的不同並無損於本質的同一。參見張漢良，1986: 122）。因此，討論起來，翻譯可能要比古籍今譯「複雜」許多。不過，彼此都是在從事語言的轉換，所會觸及的主題／客體、訴求對象／限度、方法論、檢證標準、美學等等課題，應該都不可避免。在這一點上，彼此是可以相互借鏡（理論交流）的。現在就從古籍今譯的主體和客體談起；必要的話，也會以相關的翻譯觀念來對勘。

從理論上來說，古籍今譯中的主體是譯者，而古籍今譯中的客體是被譯者選中的古籍，二者因有主動／被動、主／從、先／後等等表面的分別，所以彼此是對立的；但在實際上，主體的視域要跟客體所顯示或隱含的視域相合而再現為譯語，使得譯語又變成另一個客體，這樣主體譯者和客體古籍就「融合」在譯語這個新客體裏而取消了彼此的區別。可見這裏有一些思辨方面的糾纏，不是一般人所想像的那麼容易區隔（這也當通於語際翻譯，但論述語際翻譯的人，往往也是將主客體對立論述就交差了事。見楊耐冬，1981；金隄，1989；吳新祥等，1990）。首先，主體譯者在語譯過程中，他固然要將客體古籍加以信息解碼，然後重新編碼，而成就一個新客體譯語，但問題是主體憑什麼能夠將客體信息解碼而重新給予編碼？其次，客體古籍究竟含有那些信息可被解碼？而在解碼時如何確定該信息量都來自客體古籍？再次，譯語和原語是否等值，以誰的判定為主？而這種判定又保證了什麼（也就是等值性是否絕對必要）？

第一個問題，我們可能會想到主體譯者要受到客體古籍的制約，同時他也有相當的能動性。前者如客體古籍有內涵意義、形式結構、音韻格調、內外語境等等信息量，主體譯者在重新編碼時，應該從這些信息量著手，從而受到對方的限制；後者如主體譯者跟語際翻譯的主體譯者相似，多少都具有情（美感）、知（識見）、才（功力）、志（毅力）等條件，可以使重新編碼本身成為一個創造性活動（尤其在才方面，主體譯者可以透過他的語言分析能力、藝術鑑賞能力、語文表達和修辭能力等等，將原語加以再創造。參見劉宓慶，1995: 251～276；黃宣範，1985: 217～242），由此彰顯主體譯者的能動性。然而，主體譯者所受到客體古籍的制約，可能只是一個假象；而主體譯者的能動性所展現的再創造和原創造之間，也沒有一個必然性的階次關係。理由是主體譯者在重新編碼時所獲得的信息量，可能都來自他的「前結構」而不關該信息量的客觀性。這個前結構，也就是當代哲學詮釋學所說的「前有」（指人絕不會生活在真空中，在他有自我意識或反省意識之前，他已置身於他的世界。因此，他不是從虛無開始了解和詮釋的，他的所有知識、經驗等等，都會影響他、形成他的東西）、「前見」（指在前有這一存在視域中包含了許多的可能性，怎樣去詮釋，必然要有一個特定的角度和觀點作為入手處）和「前設」（指在詮釋某事物時，總是對它預先已有一個假設，然後才能把它詮釋「作為」某物）等等所合成的（參見張汝倫，1988；殷鼎，1990），它無疑是主體譯者重新編碼前解碼所以可能的必要條件，而「客體古籍的制約」云云就不啻成了「烏有之事」。如果實情確是這樣，那麼譯語和原語之間次第轉換的關係也就不存在，彼此都是一次性的創造。

第二個問題，我們可能也會想到客體古籍含有內涵意義、形式結構、音韻格調、內外語境等等大家普遍能認可的信息；而在解碼時只要把內涵意義這一部分掌握住，起碼也就保證了重新編碼時所獲得的基本信息來自客體古籍。然而，所謂內涵意義、形式結構、音韻格調、內外語境等等雖然是語言組構（創造）時所內蘊或外顯「必有」的信息，但對於個別項信息到底是怎麼一回事卻有不同的說法，導至我們必須重新看待或評估它的合法基礎所在。如內涵意義部分，就有從簡單的區分為系統義和指稱義或指稱義和意念義及用法義等幾類到複雜的區分為十餘類或數十類（見俞建章等，1990；黃宣範，1983；李幼蒸，1993；伍謙光，1994；李安宅，1978；葉維廉，1988），這顯示是人在賦予意義類型，而不是該意義類型具有什麼先驗性或客觀性。又如內外語境部分，也有從上下文的搭配關係「推擴」到組構語言者的意圖、情感、世界觀、存在處境、所不自覺的個人慾望和信念及夾帶的社會價值觀和社會關係等等（見劉宓慶，1993；朱光潛，1981；周慶華，1994；臺灣大學哲學系編，1988），同樣的這也沒有什麼理則可說，全賴論者的需要而設定。又如形式結構和音韻格調部分，語言學家或修辭學家不斷的在指出韻律、意象、隱喻、象徵等等概念〔見韋勒克（R. Wellek）等，1987；王夢鷗，1976b；黃慶萱，1983〕，記號學家努力的在揭發文本的表義過程及其所依賴的原理原則等架構（見高辛勇，1987；古添洪，1984），美學家積極的在條陳形式特徵方面的許多美感經驗〔見姚一葦，1985a；門羅（T. Munro），1987〕，紛紛紜紜，可見它也是在人的設定中成為可被言說的對象。正因為這樣，客體古籍所含有的信息（甚至包括原先大家所認可的內涵意義、形式結構、音韻格調、內外語境等等這些較優先的信息）就充滿著不確定性和可變異性，最後可能要由主體譯者基於權力意志而權為擇定。換句話說，權力意志（及其連帶的謀取利益或行使教化）最後或終極的保證了一切言說（論述）成為可能（參見周慶華，1996a；1996b；1997b），語譯古籍這件事也不例外。至於重新編碼時所獲得的信息是否來自客體古籍，也無從求證（旁觀者如有認同的，也只顯示旁觀者和譯者的背景相近，可以「溝通」，並不代表信息本身具有絕對客觀性），它由譯者的前結構和權力意志（企圖「影響」別人、「支配」別人）合而決定了它的存在。

第三個問題，我們可能也會想到主體譯者只要「真切」掌握客體古籍的內涵意義來重新編碼，同時旁觀者經由他對客體古籍的揣摩而證明所編碼的的當，自然就可以宣告譯語和原語是等值的；而這種等值也就是語譯所以存在的基本要求。然而，客體古籍的內涵意義既然權在人的設想，主體譯者憑什麼說他所掌握的就是客體古籍所有的？同樣的，旁觀者所認可的也不能就這樣推論出客體古籍必然是如此，他不過是跟主體譯者有相同或相近的認知，一起將所謂的等值一事營造出一個「相互主觀性」來（相互主觀性幾乎可說是語言符號或非語言符號「意義」判定的通例。參見何秀煌，1988: 23）。倘若有背景相異的人，他不加以認可，一樣也可以期待或邀得「同夥人」營造出另一個非等值認知上的「相互主觀性」來。在這種情況下，等值性的判定也就沒有絕對的保證；而它在可能存在著連相互主觀性都不具備的前提下，追求（問）等值性顯然也就沒有多大意義了。

由上述可知，古籍今譯的主體和客體的分立，只是一個簡化思考下的結果；而譯語和原語等值與否的追究，也預告它將徒勞無功。因此，有關古籍今譯的主體和客體的重新理解，可能或理當是主體譯者假借客體古籍構設了一個文本（原稱它為譯語），以便遂行他的權力意志（連帶謀取利益或行使教化）。旁觀者如果加以附和而忽略對方的意圖，不是有意成為「共謀」，就是無意當了「幫手」。

三、古籍今譯的訴求對象與限度

古籍今譯這件事的出發點既然是在主體譯者要假借客體古籍構設一個新文本來遂行他的權力意志，那麼所構設的新文本自然有它的訴求對象，也就是讀者或接受者。這一點，可以從一些刊印古籍今譯叢書的出版社所發布的緣起或總序中窺見一二：「近數十年來，我國在政治、經濟、科技各方面雖均有長足的進步，但仍存在著一個隱憂，那就是：我們已逐漸失去中國人的氣質和自信；中國文化的氣息一代比一代淡弱。其中原因固然很多，而不能讀懂中國典籍，應該是最主要的因素。由於語言文字、生活環境、教育方式等種種的演變，古人容易了解的書籍，我們現在讀來，往往覺得艱深難解。而身為中國人，不去接觸或讀不懂中國典籍，自然無從認識自己的民族與文化，甚至會產生誤解，這就無異於切斷個人通往民族大生命的血脈，而導至個人的生命不能與民族的大動脈同其跳動。因此，在二十多年前，本局即聘請學有專長的教授，著手古籍注譯的工作……」（謝冰瑩等，1988:〈刊印古籍今注新譯叢書緣起〉1～2）、「古籍蘊藏著古代中國人智慧精華，顯示中華文化根基深厚，亦給予今日中國人以榮譽與自信。然而由於語言文字之演變，今日閱讀古籍者，每苦其晦澀難解，今注今譯為一解決可行之途徑。今注，釋其文，可明個別詞句；今譯，解其義，可通達大體。兩者相互為用，可使古籍易讀易懂，有助於國人對固有文化正確了解，增加其對固有文化之信心，進而注入新的精神，使中華文化成為世界上最受人仰慕之文化。此一創造性工作……分別約請專家執筆，由雲老親任主編……」（毛子水，1986:〈重印古籍今注今譯序〉1～2）。撇開「能與民族的大動脈同其跳動」、「使中華文化成為世界上最受人仰慕之文化」一類較為冠冕堂皇的話（畢竟一個人能不能認識自己的文化和自己的文化能不能在世界上綻放光芒，當中有太多的變數存在，不是「隨意」發發想望就行了），都可以看出所有古籍今譯的案例，無不是為了給無法直接閱讀古籍的人看的。個別的古籍今譯，表面上也就定位在為當今沒有能耐「讀懂」古籍的讀者服務一點上。

雖然如此，對於所謂沒有能耐讀懂古籍的讀者，還可以推衍出三種情況：第一是他完全無法閱讀古籍；第二是他只能閱讀古籍的局部；第三是他能閱讀古籍卻沒有十足的把握。這三類讀者，應該都是古籍今譯所訴求的，只是結果會不太一樣。如第一類讀者，他只有片面接受譯語，而無從判斷譯語和原語之間存在著什麼樣的關係或彼此是否有差距；主體譯者所能影響或支配的人，大多在這裏面。又如第二類讀者，他對於譯語不是接受就是半信半疑，同時他多少也能感覺到譯語和原語之間可能存在著什麼樣的關係或彼此可能有的差距；主體譯者所能影響或支配的人，在這裏面就相對的減少。又如第三類讀者，他主要是以譯語作為參照系，以便調整對原語的認知，比較不關係迎拒或信疑的問題；主體譯者所能影響或支配的人，幾乎不可能在這裏面。顯然古籍今譯的訴求對象，最後還是第一類讀者和第二類讀者為主（如果是第三類讀者，主體譯者很可能會「白費力氣」）。然而，換個角度來看，倘若第一類讀者和第二類讀者連譯語的理解都有問題的話，主體譯者的意圖勢必不可能實現（無法遂行權力意志），而古籍今譯和讀者之間的影響或支配關係也一樣不可能存在。因此，這就必須侷限在前結構相似或接近的讀者，才會是古籍今譯真正或實際所訴求的。既然是這樣，那麼古籍今譯被接受的有效性，就只是建立在一個相互主觀的基礎上（而不關譯語和原語之間存有什麼等值與否一類的問題）。換句話說，讀者的前結構中如果沒有相關的資源可以用來理解譯語，即使主體譯者如何

「誇稱」他在語譯古籍，也無法取得對方的信賴（這只要想想不識字或識字不多的小孩感應不到譯語的存在，就可以替他們推及「語譯古籍」這件事的毫無意義）。

以這點作為前提，我們還可以聯想當中是否存有某些比較隱微而同時兼具理論和實際上的限度。大致上，這可以分兩方面說：第一，主體譯者只能期待能夠理解語譯的內涵意義的讀者，而無從進一步聲稱該語譯的內涵意義對應著或等同於原語的內涵意義（它只能留給讀者自己去判斷——等到他的前結構中具有古籍相關的知識，他也許就可以斷定語譯本身是否「可信」）。在這種情況下，所有已經存在或將要存在的語譯，也只是個文本罷了，不宜再輕易的當它是從原語「轉換」而來的。第二，譯語和原語既然使用不同的語言符號，彼此的形式結構、音韻格調、內外語境等等自然有距離（雖然偶爾也有相逼近的可能），這就無法要求讀者一定要認同譯語和原語的轉換和被轉換的關係（從而確立主體譯者在「語譯古籍」的事實）。而從內涵意義可以由人多元設定來看，形式結構、音韻格調、內外語境等等稍為更動，必然會牽連或轉移某一層面的意義，使得譯語的「次第」性根本不可能存在；也就是所謂譯語，也是原語（跟古籍原語不一樣的原語），大家所盛傳的「古籍今譯」不過是個「美麗的錯誤」！

四、古籍今譯的方法論

「相互主觀性」終將是一切有關古籍今譯的理解、認知，甚至討論的基礎；否則，我們就得停止所有相關的思考活動（依照前面的分析，根本沒有「古籍今譯」這回事）。正因為靠相互主觀性在保證，本節所要談的古籍今譯的方法論和下兩節所要談的古籍今譯的檢證標準及美學，才不致淪於無謂。換句話說，古籍今譯如果有所謂方法論、檢證標準、美學等等，是假定或限定主體譯者和客體古籍的原創者有相近的前結構，可以使譯語和原語在共時上頻相對勘；而同樣具有類似的前結構的讀者，也得以參與認取或排斥、嘆賞或指謬等等行列。

在語際翻譯中，方法論的基本任務，「是探求雙語轉換的各種手段；闡明各種手段的基本作用機制理據，闡明方法論研究的理論原則和基本指導思想」（劉宓慶，1993：191）。古籍今譯既然也涉及語言的「轉換」，在方法論上當也相仿（照理語際翻譯的方法論也得由相互主觀性作保證）。不過，今人所談語際翻譯的一些手段（方法）是否可靠還無法一一驗證，倘若移用到古籍今譯上卻明顯有相當大的難題。如常被提起的常規手段，「指雙語在轉換時信息通道的暢通或基本暢通，其條件是語義結構的同構（或基本同構）、表達形式（語言表層結構的同構或基本同構）和語言情景的相同（或基本相同）……符合以上條件的常規手段是對應……對應在語序和句序上的延申，就是所謂『同步』」（同上，195～196）。不論是對應還是同步，在古籍今譯中因為有內涵意義（語義結構）的不確定（見前），根本無法給予「精準」的評估，也就是譯語和原語之間的對應或同步關係並沒有先驗的或絕對客觀的標準可以據為判斷。又如另一個更受重視的變通手段，「（它）是對語際轉換非常規條件的某種經過權衡的解決辦法或對策。因此變通手段的可行性標準就是對策性。所謂『非常規條件』指雙語在轉換時信息通道不暢通，原因是語法及語義系統的異構、表達形式以及語言情景的差異」，而它可包含「分切、轉換、轉移、還原、闡釋、融合、引申、反轉、替代、拆離、增補、省略及重複、重組和移植」等等（同上，196、204）。同樣的，在古籍今譯中既然有內涵意義不確定的情況，那麼所謂的分切、轉換、轉移、還原、闡釋、融合、引申、反轉、替代、拆離、增補、省略及重複、重組和移植等等自然成了無從檢證的神話了。最後仍然要回到前面所說的相互主觀性上；也就是在語譯古籍的過程中，主體譯者只能勉力運用他所能想出的手段去從事「語言轉換」的工作，而期待具有相近背景的讀者來接受它，此外不可能有什麼「放諸四海而皆準」的方法可資運用（以及普遍邀得所有人的認同）。

這不妨舉幾個例子來作「印證」。首先是《大戴禮記・勸學》中的一段話「珠者，陰之陽也，故勝火；玉者，陽之陰也，故勝水。其化如神；故天子藏珠玉，諸侯藏金石，大夫畜犬馬，百姓藏布帛。不然，則強者能守之，知者能秉之，賤其所貴，而貴其所賤；不然，矜寡孤獨不得焉」，有位譯者語譯為：

> 珠是陰中的陽，所以能勝火；玉是陽中的陰，所以能勝水；珠玉的功化如同神一樣的奇妙，所以天子儲藏的是珠玉，諸侯儲藏的是金石，大夫蓄養的是狗馬，百姓儲藏的是布帛。如果不是這樣，就是強大有力的人能保有它，智慧過人的人能拿到它，把貴重的弄成廉賤了，把廉賤的弄成貴重了；如果不是這樣，那些老而無妻、老而無夫、老而無子、幼而無父的人就得不到了（高明，1984: 278）。

不知道這段譯語實際所引起的回響怎麼樣，以我個人的經驗來判斷，它不但「譯猶未譯」，而且還有點矛盾或不解處。如「珠者，陰之陽也，故勝火；玉者，陽之陰也，故勝水」句，究竟

「陰之陽」是指什麼，為何能「勝火」；而「陽之陰」又指什麼，為何能「勝水」，從譯語來看也不得其解。雖然譯者在兩處注釋中提到「《淮南子．說山》高誘注：『玉，陽中之陰，故能潤澤草木。珠，陰中之陽，有光明，故岸不枯。』」、「《國語．楚語》：『珠足以禦水災，玉足以庇陰嘉穀，使無水旱之災。』韋昭注：『珠，水精。』《周禮．玉府》鄭玄注：『玉是陽精之純者，食之以禦水氣。』賈公彥疏：『玉是火精。』」（同上，276、277～278），但這並沒有說出「陰之陽」、「陽之陰」的具體狀況（反而注釋所引「玉是陽精之純者」和原語「玉者，陽之陰也」有相互干擾的現象）。又如「珠玉」在原語中顯然是作為喻體的，可能在譬喻「勸學」中的什麼，但從譯語來看也得不到絲毫的提示，原創者相關的「意圖」或「情感」，更不知託寓何處。又如「強者能守之，知者能秉之，賤其所貴，而貴其所賤」，這跟「天子藏珠玉」的差別在那裏？珠玉在不同人手裏為何會有不同的功用？從譯語來看依然「如墜五里霧中」。此外，如果珠玉不適合一般人所擁有（包括諸侯、大夫、百姓等等），就不應該遺憾「矜寡孤獨不得焉」，而現在卻出現這一矛盾現象，譯語又「解」了什麼？全然沒有。可見主體譯者必須儘量使譯語具有相互主觀性，以邀得背景相近的人的認同；否則語譯古籍又有什麼意義？

其次是《老子》首章「道可道，非常道；名可名，非常名。無，名天地之始；有，名萬物之母。故常無，欲以觀其妙；常有，欲以觀其徼。此兩者，同出而異名，同謂之玄。玄之又玄，眾妙之門」，有位譯者語譯為：

「道」是不能解說的，可以解說的「道」，便不是永久不變的「道」；「名」是不能稱謂的，可以稱謂的「名」，便不是永久不變的「名」。「無」，是天地形成的本始；「有」，是萬物創生的根源。所以常處於「無」，以觀照道體的奧妙莫測；常處於「有」，以觀照道用的廣大無際。「無」和「有」名稱雖然不同，卻都是來自於道，都可以說是幽微深遠。幽微深遠到極點，那就是所有的道理和一切的變化的根本（道）了（余培林，1978: 18）。

這段譯語一樣有讓人無從意會的感覺。如原語「無，名天地之始；有，名萬物之母」中兩個「名」字，仿照譯者前面的譯法，應該是「稱謂」的意思；所以這兩句理當譯為「無，是用來稱謂天地的起始；有，是用來稱謂萬物的根源」，但譯者卻譯為「『無』，是天地形成的本始；

『有』，是萬物創生的根源」，無異將「無」、「有」等同於「道」，攪亂了整個思辨的脈絡。又如原語「故常無，欲以觀其妙；常有，欲以觀其徼」，譯者所譯的，在他的注釋中有一番辨解：「『妙』，『精微莫測』的意思。『徼』，陸德明曰：『邊也。』引申有『廣大無際』的意思。『妙』形容道之體（無）；『徼』形成道之用（有）。這兩句的意思是：『常處於「無」，以觀照道體的奧妙莫測；常處於「有」，以觀照道用的廣大無際。』又這兩句古人多以『無欲』、『有欲』為句，而讀成『故常無欲，以觀其妙；常有欲，以觀其徼。』這樣的斷法，無論在文字上或意義上都說不通。就文字上說，與上文不能相貫，『故』字也沒有著落。就意義上說，老子固主張『無欲』，但卻絕不贊成『有欲』……所以以『無欲』、『有欲』為句，完全不合老子思想。此處應承上文以『無』、『有』為句。《莊子•天下》云：『老聃聞其風而悅之，建之以常無有，主之以太一。』『常無有』，就是本章的『常無』、『常有』」（同上，17～18）。姑且不論這段辨解是否有效（前人以「無欲」、「有欲」為句，如果能具有相互主觀性，今人如何能說它「不通」呢），就說譯語中的「常處於『無』」、「常處於『有』」就令人費解！因為「無」、「有」既然是「道」的體用（譯者所說），那麼人只能體察默會而無法滯處，譯者的說法實在不知根據什麼。又如原語「此兩者，同出而異名，同謂之玄。玄之又玄，眾妙之門」，順著前面的語脈來看，它應當是在說「無」、「有」雖然名號不同，但都是出於為稱謂「道」的緣故；它們也都可說是很玄奧的，所有微妙的事物統統得透過它們才知道是怎麼可能的。然而，譯者卻譯成「『無』和『有』名稱雖然不同，卻都來自於道，都可以說是幽微深遠。幽微深遠到極點，那就是所有的道理和一切的變化的根本（道）了」這樣「不知所云」的句子。這也可見譯者的譯語如果缺乏相互主觀性，終究會白忙一場。

再次是《晉書・王羲之傳》所載〈蘭亭集序〉（並收於吳楚材《古文觀止》）結尾「每覽昔人興感之由，若合一契，未嘗不臨文嗟悼，不能喻之於懷。固知一死生為虛誕，齊彭殤為妄作。後之視今，亦猶今之視昔，悲夫！故列敘時人，錄其所述；雖世殊事異，所以興懷，其致一也。後之覽者，亦將有感於斯文」，有位譯者語譯為：

我每次觀察古人感慨的原因，就如同契約的驗合那樣吻合，沒有一次不對著文章嘆息悲傷的，自己也不知道是什麼緣故。我很知道把死生看作一樣是謊話，把長壽早夭看作齊等也是亂說。後來的人看現在，也像現在的人看從前，真是可悲的事！所以列敘當時聚會的人，紀錄大家所作的詩，雖然將來的時代不同，事情有異，可是感觸的原因是一樣的！後世讀這篇文章的人，或許也會對它有所感動吧（謝冰瑩等，1988: 363）。

比較原語和譯語，恐怕譯語要更難以捉摸。如原語「後之視今，亦猶今之視昔，悲夫」，按上下語脈來看，當是原創者在設想後人看今人「一死生為虛誕，齊彭殤為妄作」，正如今人看前人「一死生為虛誕，齊彭殤為妄作」，真讓人感到悲哀！但譯者所譯的「後來的人看現在，也像現在的人看從前，真是可悲的事」卻不見「悲」在何處或所「悲」何來，直把原創者寓含的「無法釋懷於死生壽夭」一事為萬代人所不免的感慨，「輕率」的加以遮掩了。又如原語「雖世殊事異，所以興懷，其致一也」，應該也是承接上文而說的，意指當時眾人的詩作所記敘的世事雖然是多有差異，但藉該世事以抒發懷抱的旨趣卻是一致的；然而，譯者所譯的「雖然將來的時代不同，事情有異，可是感觸的原因是一樣的」，硬是把它分為兩截，頓時變得不可理解！又如原語「後之覽者，亦將有感於斯文」中的「斯文」，指的應是眾人的詩作，而譯者卻譯為原創者這篇序，強要原創者誇耀自己文章的了不起，實在「莫名其妙」。這也可見譯者的譯語倘若不具備相互主觀性，想要博得讀者的信賴就會有困難。

五、古籍今譯的檢證標準

再看古籍今譯的過程中或結束後，總要加以檢證，以「確保」它的可靠；而檢證必須有檢證的標準，才有辦法進行。這在語際翻譯方面，是先確立翻譯的程序，然後核對每一程序的對應情況，自然的建立起檢證的標準：「從實際上說，翻譯的全過程可以分為理解與表達兩個大的階段。將原語的一個句子翻譯成目的語的典型過程可以分為以下六步：(1)理解階段：緊縮主幹、辨析詞義、分析句型、捋清脈絡；(2)表達階段：調整搭配、潤飾詞語。此外，程序論還包括『終端檢驗』工作」（劉宓慶，1993: 166）。所謂的「終端檢驗」，指的是「對照原語將譯文逐字逐句地加以審校，以核實原意在目的語中的對應落實」（同一，188）。但以「對應」作為檢證標準卻有困難，並且在原語的內涵意義不確定的情況下，連「對應」本身也無法檢證。最後只得以期待譯語能具有相互主觀性，來取代對客觀的檢證標準的追求。換句話說，翻譯是不可能有客觀的檢證標準的，但它可以在相互主觀的前提下，由譯者來認定譯語對原語是否忠實或由讀者來裁定譯語跟原語是否等值。古籍今譯的檢證標準，也當這樣看待。因此，像前節所引三個例子，雖然在我的理解中還缺少相互主觀性（不能獲得我的認同），但不可否認它有在某一特定時刻被他人接受而使它具有相互主觀性的可能。這麼一來，如果我們還要追問客觀的檢證標準在那裏，那就很不識趣了。

也許有譯者會堅決認為他的譯語對應著原語：因為「原語正是這樣說的」（偶爾還會援引他人對原語的同樣認知來強調譯語的可靠），所以「我的譯語也是這個意思」。問題是「原語正是這樣說的」，是由譯者的前結構在作保證，而不是原語具有絕對的客觀性（譯者如有援引他人說詞為證，也只表示他跟對方有類似或相近的前結構），以至接著所出示的「我的譯語也是這個意思」就成了循環論證。因此，譯語的檢證標準就不在原語，而在譯者的前結構。譯者的前結構，別人無從自動感應，於是譯者只能期待他的譯語能被有相近背景的讀者所接受，而無法確定他等值的轉換了原語，同時不准別人對原語有不同的理解。這也就是個人在前面一再論證古籍今譯要由相互主觀來保證它的可能性的原因。

為了容易彰顯這個道理，也不妨再舉幾個例子來作說明。首先是《尚書・湯誓》「王曰：『格爾眾庶，悉聽朕言。非台小子，敢行稱亂；有夏多罪，天命殛之……爾尚輔予一人，致天之罰，予其大賚汝。爾無不信，朕不食言。爾不從誓言，予則孥戮汝，罔有攸赦。』」，有位譯者語譯為：

王說：「告訴你們眾人，都來聽我的談話。並不是我這青年人，敢去作亂；只因夏國的罪惡多端，老天命令我去伐滅他……希望你們輔佐著我個人，來推行老天的刑罰，我將要重重的賞賜你們。你們不要不相信，我不會說謊的。你們如果不聽從我的誓言，我就要連你們的兒子都殺死，沒有一個能得到赦免的（屈萬里，1984b: 49~51）。

依照譯者的說法，這篇是商湯討伐夏桀時的誓師之辭。但末段提到「爾無不信，朕不食言」，卻不確定是單獨針對商湯利誘眾人（所謂「爾尚輔予一人，致天之罰，予其大賚汝」）一事而說的，還是單獨針對商湯威脅眾人（所謂「爾不從誓言，予則孥戮汝，罔有攸赦」）一事而說的，或是同時針對商湯威脅利誘眾人二事而說的。譯者只譯為「你們不要不相信，我不會說謊的」，並沒有「承上」或「啟下」或「連上下」，使得語意有中斷的感覺。但我這樣說並無意於追究「原意」（原創者的意思——倘若原創者能在場，他也可能在別人詢問時「失憶」或「說謊」而讓他的說詞變得不可信），也無意於比較譯者和我對原語理解上的差距，只是想指出譯者無從獨斷的宣告他的語譯是以原語為根據的（也就是原語不是他自我檢證語譯是否可靠的標準——他的前結構才是）。同樣的，這裏我所分辨構設的種種說詞，也是出於我的前結構而不關所討論對象是否如此。讀者信或不信，只好聽便了。

其次是《論語．八佾》「子夏問曰：『「巧笑倩兮，美目盼兮，素以為絢兮。」何謂也？』子曰：『繪事後素。』曰：『禮後乎？』子曰：『起予者商也，始可與言詩已矣！』」，有位譯者語譯為：

> 子夏問道：「『巧笑倩兮，美目盼兮，素以為絢兮。』這三句詩是什麼意思？」孔子說：「畫繪的工作，最後以素成文。」子夏說：「禮文是修養的最後一著吧？」孔子說：「你這話啟發我！你是一個可以說詩的人！」（毛子水，1986: 33）

譯者還有兩處「補充」式的注釋：「按：這三句詩的意思應是：一個有美頰和秀目的女子，得素以益顯文采。子夏似疑素不足為文采，所以發問……（樸質以為絢，就是保留最近於天然的美而不加什麼裝飾。這種樸質的文采，亦是審美的人所貴重的）……」、「（末句）現行的論語版本都作『起予者商也』；漢石經沒有『者』字。按：沒有『者』字，則『商也』連下讀，和『賜也始可與言詩已矣』句法一樣」（同上，32、33）。前者是在補充語譯中沒有語譯的部分，後者是在補充他的斷句根據的是漢石經。《論語》這一章向來頗多爭議，主要是圍繞在「繪事後素」一句上。它可以解為「繪畫先以素色為底」，也可以解為「繪畫最後以素色分布其間而完稿」，二者都足以用來說明「禮後」的聯想義。譯者採取的是後一種解釋（跟它相對的前一種解釋，是說人有倩盼美質，還得以禮儀來文飾，才是文質彬彬而可觀的人。參見謝冰瑩等，1987: 88），這自然是他的權宜選擇或認知所致，無從回過頭來「要求」原語給他保證什麼。還有他把末句譯為「你這話啟發我！你是一個可以說詩的人」，不定那是指子夏可以自己去說詩，還是指孔子可以為子夏說詩，這樣「籠統含糊」，更不可能由原語來作保證。

再次是《史記・淮陰侯列傳》贊語「太史公曰：吾如淮陰，淮陰人為余言，韓信雖為布衣時，其志與眾異。其母死，貧無以葬，然乃行營高敞地，令其旁可置萬家。余視其母冢，良然。假令韓信學道謙讓，不伐己功，不矜其能，則庶幾哉；於漢家勳可以比周、召、太公之徒，後世血食矣。不務出此，而天下已集，乃謀畔逆，夷滅宗族，不亦宜乎」，有位譯者語譯為：

> 太史公說道：我到淮陰去，淮陰地方的人對我說：韓信雖然還是個平民的時候，他的志向、抱負就和一般人不一樣。他的母親死了，窮得沒有錢來辦喪葬的事，然而他卻各處去尋求又高又寬敞的墳地，要讓那墳地旁邊可以安頓得下一萬家。我去參觀他母親的墳地，果真像人們所說的。假如韓信學一些道家的謙讓之道，不誇耀自己的功勞，不驕傲自己的才能，那他對漢家的功勳，真可以上比周公、召公、姜太公等的對周朝的貢獻，子子孫孫，都可以一直享受殊榮，獲得祭祀；不朝這方面去努力，而在天下大局已定，才來陰謀叛逆，殺了他的全家，不也真是罪有應得嗎（白話史記編輯委員會主編，1989: 1306）？

太史公這段話，前人另有解讀：「天下已集，豈可為逆於其必不可為叛之時；而夷其宗族，豈有心肝人所宜出哉！讀此數語，韓信心跡、劉季呂雉手段，昭然若揭矣。文家反覆辨論，反不若此言之宛轉痛快」（瀧川龜太郎，1983: 1074引李笠說）。按照這個說法，太史公「不亦宜乎」

云云就是反話，他真正要說的是劉邦、呂雉等人謀害韓信的手段卑劣至極，而韓信也死得含冤莫白。這點在譯語中絲毫沒有透露，而讀到「不朝這方面去努力，而在天下大局已定，才來陰謀叛逆，殺了他的全家，不也真是罪有應得嗎」時，彷彿覺得太史公一個人在背後拊掌稱快，實在很不對味！這樣語譯又譯出了什麼？當然，譯者是有權這麼語譯的，我只是要說即使像本譯語這樣「切近」於原語，譯者也是無從以原語作為標準來檢證它的可靠。

六、古籍今譯的美學

有關古籍今譯眾問題的探究，到最後可能就是剩下美學一環了。這是因為文章各有形式技巧上的特徵，它如何可被轉換，必然要成為一個我們連帶得關心的問題。其中又以審美標準的考慮為美學的關鍵課題。這在語際翻譯方面，主要是以「相對性」（模擬式形式美或對應式形式美）、「時代性」（具有時代感）、「社會性」（符合社會價值觀）、「依附性」（審美再現原語）等等作為審美標準（參見劉宓慶，1993：256～257）。古籍今譯既然以「語言轉換」為它的行世標記，應當也有相仿的美學要求。只是在「意義對應」優先的前提下，「形式對應」也就可有可無了。而實際上，在語譯的過程中，再高明的譯者也無法絕對「保留」原語的形式結構、音韻格調，甚至整體上所顯現的藝術特徵（風格）。對於這一點，本來也不需要過於苛求（否則就無法進行語譯古籍的工作），但基於語言的組構仍有相當程度要依賴形式結構、音韻格調及整體的藝術特徵來吸引人，所以略作討論還是必要的。

以整體的藝術特徵來說（形式結構和音韻格調太過複雜，無從論起），前人曾作過這樣的歸納或規範：「夫文本同而末異，蓋奏議宜雅，書論宜理，銘誄尚實，詩賦欲麗」（曹丕〈典論論文〉）、「詩緣情而綺靡，賦體物而瀏亮，碑披文以相質，誄纏緜而悽愴，銘博約而溫潤，箴頓挫而清壯，頌優游以彬蔚，論精微而朗暢，奏平徹以閑雅，說煒煒而譎誑」（陸機〈文賦〉），「若總其歸塗，則數窮八體：一曰典雅，二曰遠奧，三曰精約，四曰顯附，五曰繁縟，六曰壯麗，七曰新奇，八曰輕靡。典雅者，鎔式經誥，方軌儒門者也；遠奧者，複采曲文，經理玄宗者也；精約者，覈字省句，剖析毫釐者也；顯附者，詞直義暢，切理厭心者也；繁縟者，博喻釀采，煒燁枝派者也；壯麗者，高論宏裁，卓爍異采者也；新奇者，擯古競今，危側趣詭者也；輕靡者，浮文弱植，縹緲附俗者也」（劉勰《文心雕龍．體性》）、「告語之體各有宜也……其得於陽與剛之美者，則其文如霆，如電，如長風之出谷，如崇山峻崖，如決大川，如奔騏驥；其光也，如杲日，如火，如金鏐鐵；其於人也，如憑高視遠，如君而朝萬眾，如鼓萬勇士而戰之。其得於陰與柔之美者，則其文如升初日，如清風，如雲，如霞，如煙，如幽林曲澗，如淪，如漾，如珠玉之耀，如鴻鵠之鳴而入寥廓；其於人也，漻乎其如嘆，邈乎其如有思，暖乎其如喜，愀乎其如悲」（姚鼐〈復魯絜非書〉）。這有的涉及個別文類的藝術特徵（如曹丕、陸機等人所說），有的涉及總體文類（或不區分文類）的藝術特徵（如劉勰、姚鼐等人所說），雖然無法據以找出具體的例證，但從相互主觀的角度來看，作品和作品間還是有特徵上的差異存在，語譯古籍難免要在這個環節上遭受考驗。

姑且舉幾個例子來作剖析。首先是王勃〈滕王閣序〉中一段「披繡闥，俯雕甍。山原曠其盈視，川澤紆其駭矚。閭閻撲地，鐘鳴鼎食之家；舸艦迷津，青雀黃龍之舳。虹銷雨霽，彩徹區明。落霞與孤鶩齊飛，秋水共長天一色。漁舟唱晚，響窮彭蠡之濱；雁陣驚寒，聲斷衡陽之浦」，有位譯者語譯為：

> 打開華麗的門扉，往下看雕鏤得很美的屋棟。開闊的山野，都收入眼簾。遠看河川湖水的流注，心目都受震動。到處都是民房，盡是敲鐘擺席吃飯的富貴人家。大船

兵艦，瀰漫著渡口，都是畫著青雀黃龍的大彩船。虹消失了，雨停止了，夕陽照遍大地。落霞和那孤單的野鶩，一齊飛舞，秋天的碧水，和那無邊的藍天，接連成一種顏色，讓人分不出天地。漁船上的人，唱著晚歌，若遠若近，聲音一直傳到鄱陽湖邊；成行的雁群，因感到寒冷，或橫或斜地飛著，陣陣的叫聲，漸漸消失在衡陽的水濱（謝冰瑩等，1988: 394）。

原語為駢四儷六體，讀來有「錦心繡口」且神駭目迷的感覺；譯語雖然也略顯精鍊，但少了一分彩麗奔競的情調。尤其原語中「落霞與孤鶩齊飛，秋水共長天一色」二句，所描繪傳釋的那種孤絕蒼闊的景象，到了譯語「落霞和那孤單的野鶩，一齊飛舞，秋天的碧水，和那無邊的藍天，接連成一種顏色，讓人分不出天地」中已消失殆盡。原語的形式技巧、音韻格調固然無法再現，但連整體的藝術特徵也無法對應，這樣的語譯是否該持續下去？

其次是李白〈月下獨酌〉「花間一壺酒，獨酌無相親。舉杯邀明月，對影成三人。月既不解飲，影徒隨我身。暫伴月將影，行樂須及春。我歌月徘徊，我舞影零亂。醒時同交歡，醉後各分散。永結無情遊，相期邈雲漢」，有位譯者語譯為：

> 我在花間置一壺酒，獨酌自飲，沒有人陪伴，我只好舉杯邀明月，對著月下自己的身影，合起來便算是三個人。但月兒不解喝酒的樂趣，身影也徒自跟隨著我。但我也只好暫時將月兒的身影作為伴侶，因為人生行樂，當趁美好的時辰。我唱歌，月兒在天上徘徊，我跳舞，月下的影子錯落搖動；清醒時，我和明月、影子一同歡樂，酒醉後，我便和它們各自分離。我願和它們結為忘情的好友，相互期會在高渺的天河間相見，再也不分離了（邱燮友，1987: 12）。

原語為古體五言詩，隔句押韻，全文透著一股閑愁寂寞的情緒；譯語出以散句，不再保有原語悠然迴繞的節奏。其中原語「我歌月徘徊，我舞影零亂」二句所透將出來的（藉歌舞顯現的）醉態及「永結無情遊，相期邈雲漢」二句所流瀉而下的孤情（落得只能「與月偕遊」），分別在譯語「我唱歌，月兒在天上徘徊，我跳舞，月下的影子錯落搖動」和「我願和它們結為忘情的好友，相互期會在高渺的天河間相見，再也不分離了」中淡薄了許多（譯語顯得有幾分的清醒和悅樂，似乎不是原語所含有的）。在整體的藝術特徵上，這段譯語和原語也有一段不小的距離。

再次是崔顥〈黃鶴樓〉「昔人已乘黃鶴去，此地空餘黃鶴樓。黃鶴一去不復返，白雲千載空悠悠。晴川歷歷漢陽樹，芳草萋萋鸚鵡洲。日暮鄉關何處是？煙波江上使人愁」，有位譯者語譯為：

從前有位仙人乘著黃鶴離開這裏，因此此地只留下一座黃鶴樓了。黃鶴一去，就沒有再回來過，千年以後，白雲依然久久地等待。在晴天，江水很清明，映照著漢陽的樹木，鸚鵡洲上，芳草長得挺茂密。傍晚時分，我想望望家鄉，但又在那裏呢？只見江上風煙迷漫，更使人發愁（同上，261）。

原語為近體七律，隔句押韻，中間兩聯對仗，全文隱含有「前不見古人，後不見來者」的蒼涼感；譯語長短句錯落，嘽緩了原語茫茫蕩蕩的氣勢。其中原語「黃鶴一去不復返，白雲千載空悠悠。晴川歷歷漢陽樹，芳草萋萋鸚鵡洲」二聯內情急迫空悵，而譯者所譯「黃鶴一去，就沒有再回來過，千年以後，白雲依然久久地等待。在晴天，江水很清明，映照著漢陽的樹木，鸚鵡洲上，芳草長得挺茂密」卻有幾分像燕語呢喃，沒了那種激情。原語整體的藝術特徵，幾乎不再譯語中「重現」。

七、結　語

根據上面所述，古籍今譯的主體／客體的認定、訴求對象／限度的反省、方法論的建構、檢證標準的探究、美學的評估等等，雖然複雜多變，但大體還是可以從權力意志和相互主觀性兩個線索來理解它的可能性。也就是主體譯者的權力意志（兼利益欲望或教化信念）促使古籍今譯的出現，而相互主觀性是古籍今譯所能被期待和被認同的唯一前提。此外，我們無從去追問古籍今譯的是非對錯或客觀不客觀。正因為古籍今譯是權力意志的發用，所以古籍今譯就成了一種策略運作；也正因為古籍今譯只能在相互主觀中獲得保證，所以古籍今譯也就只有權宜性而沒有絕對性。如果還有可以進一步思考的空間，可能就在對諍主體譯者權力意志的合理性，以及如何使古籍今譯的相互主觀性得以增強（讓更多人對譯語更有信心）。

事實上，透過本論述對古籍今譯的省察分辨，也可以得知我們一般在課堂上口譯古籍或私下吟哦古籍所存在的問題（口譯古籍或吟哦古籍跟刊刻的語譯古籍，所要面對的問題，大多是一樣的），而有多一點的自覺能力。其次，我們還可以觸類旁通的了解到古來各種注釋行為或批評行為是如何可能的（注釋行為或批評行為所涉及的語言替代或語言置換，也跟古籍今譯的語言轉換情況類似，彼此可以對勘），從而掌握傳統語言符號學在形式、意義的衍變或再製面相上所存在的心理機制（出於權力意志）和本體論特徵（為因應現實需要）。

第九章　當代中國古典小說研究的話語檢測

一、小說／敘事理論的架構

小說作為一種文類，在理論層次上，常因為各人認知或意識形態的不同，而有微異或迴異的見解。這種情況，基本上沒有辦法加以有效的調和（除非那一天大家緣於某種原因而自動或被迫齊一了信仰），只好任由人繼續他的「信仰抉擇」或「意識形態鬥爭」。如果說還有什麼可以考慮的，那大概就是儘量完密後發的論說（且具有高度可信的前提），以便邀得眾人的賞愛。

根據這一點，我們可以「發展」出一些對小說的後設性或後後設性的觀照。前者（指後設性的觀照），目的在於再製或重塑小說這種文類，後者（指後後設性的觀照），目的在於調整或新創小說作品的研究。而從後者往往要預設前者或前者往往會左右後者來看，所謂「發展」云云，那真成了我們在面對「小說」時唯一可期待或有理想的擔負。這對個人現在要以「當代中國古典小說研究」為討論對象來說，同樣為「真」。

這首先（依理）要處理的是：小說這種文類究竟有沒有已定的特徵可供辨認？如果沒有，又該如何因應？這個問題，顯然不太容易回答，但無妨以這樣的進路來思考：有關小說這種文類，它的內涵和指涉，可能「複雜」（不確定）到我們難以想像的地步。如內涵部分，在中國向來就有「殘叢小語」或「街談巷語，道聽途說者之所造」的「小道」及「務為奇觀」或「易感人心」而不能以「小道視之」等相對立的說法（參見胡懷琛，1975: 8～9；周慶華，1996a: 223～224）；而在西方也有所謂「用散文形式寫成且具有一定長度的虛構作品」或「用散文寫作的喜劇性史詩」或「想像性的敘事文學」等不盡一致的說法〔參見福勒（R. Fowler），1987: 178～179；韋勒克等，1987: 364〕。又如指涉部分，在中國從漢代開始，有人將〈伊尹說〉、〈鬻子說〉、〈周考〉、〈青史子〉、〈師曠〉……等等歸入小說（《漢書・藝文志》），以後歷代都有「增刪」，明朝胡應麟更將它綜核為「志怪」（如《搜神記》、《述異記》之類）、「傳奇」（如〈鶯鶯傳〉、〈霍小玉傳〉之類）、「雜錄」（如《世說新語》、《語林》之類）、「叢談」（如《容齋隨筆》、《夢溪筆談》之類）、「辯訂」（如《資暇錄》、《辯疑》之類）、「箴規」（如《顏氏家訓》、《省心》之類）等六類（見《少室山房筆叢》卷28），清朝四庫館臣又別為歸納出「敘述雜事」（如《西京雜記》、《世說新語》之類）、「記錄異聞」（如《山海經》、《穆天子傳》之類）、「綴緝瑣語」（如《博物志》、《神異經》之類）等三類（見《四庫全書總目提要・子部・小說類》），到了近人所撰文學史幾乎都把兩漢以前的神話傳說、魏晉南北朝的志怪、唐的傳奇、宋元的平話（話本）、明清的章回體等悉數稱為小說（見胡雲翼，1982；譚正璧，1982；馮沅君，1982；劉大杰，1979；王忠林等，1978；孟瑤，1977）；而在西方見於一般百科全書，所指稱的小說也琳瑯滿目，包括民間故事（含神話、傳奇）、寓言、故事、短篇小說、長篇小說、隨筆、小品文、劇本、史詩（敘事詩）等等（參見周慶華，1994: 214～215）。面對這種情況，大體上只能把小說當作一個「相對開放型」的文類，任由談論者作限定後的使用，而不再像一般人對待某些概念一樣，硬加給它「本質定義」或「實指定義」。

既然小說可以在限定中繼續成為討論的對象，那麼這裏基於論說的方便，也就有再製或重塑小說的空間。整個思考的方向，約略是將小說暫且定位在一種「指示語句的評價使用」（指示某種情境，讓讀者產生一種見解和態度，而影響他的主張和行動）（參見徐道鄰，1980: 155～164）；而在細部上還可以「分出」許多元素。這些元素，包括敘事觀點（又有全知觀點、限制觀點和旁知觀點等區分）、敘事方式（又有順敘、倒敘、插敘和意識流等區分）、敘事結構（又有情節結構、背景結構、氛圍結構等區分）及語言面意涵（包含故事和主題等）、非語言面意涵（包含情感、意圖、世界觀、存在處境、個人潛意識和集體潛意識等）等可供觀察的「形式」及可供理解的「意義」〔參見彭歌，1980: 90～106；李喬，1986: 128～130；龔鵬程，1987a: 148～150；佛斯特（E. M. Forster）1993: 37～154；劉昌元，1987: 251；周慶華，1994: 221～229〕。而為了美學上的考慮，還容許強化「故事動機」（使事件或主題達到它們最高的故事效率；其他如以寫景來作性格或氣氛的映襯、增強，也是一樣的）、「寫實動機」（賦予對人性真實、對人生事件真實和對人生經驗真實等「真實感」）、「藝術動機」（以「多義」或「歧義」激起讀者的美感；另外使某種因素「新奇化」或「脫窠臼」，也是同樣的作用）和「題旨動機」（主題的深刻化）等（參見高辛勇，1987: 47～51；劉昌元，1987: 271～287；周慶華，1994: 229～232）。在還沒有更「有效」的說法出現以前，這個理論架構無妨可以用來充作認知小說的基礎。而一些標題為「小說美學」或「敘事理論」的著作（見葉朗，1987；金健人，1988；盛子潮，1993；徐岱，1992；羅鋼，1994），正好徵候了另有一種可相互對勘或相互補充的情境。

二、中國古典小說可辨認的性格

所謂中國古典小說中的「小說」，它可以看作是先有「中國古典小說」而後才有的，也可以看作是本來就有的（而所謂「中國古典小說」，不過是以它作為衡量的準據而後確定的）。顯然前一種情況缺乏經驗的基礎（也就是中國傳統上只有分稱的「神話傳說」、「志怪」、「傳奇」、「平話」、「章回體」等作品，而沒有統稱的「小說」作品），那麼只剩後一種情況能獲得檢證。換句話說，凡是談論中國古典小說的人，無不心中先有「小說」的觀念，然後才把中國傳統上某些作品詮解為小說。

有這一點認知，勢必會檢查出一些相關的論說，藏著很「明顯」的盲點。如「我國小說，起源於神話、六朝志怪，全為記述文，小說之形態，未曾完備，至唐代始有較完整之形式，此為中國小說進化之第一期。自白話小說行於宋代，至元明清而章回小說大盛，小說至此遂為文藝之獨立形式，此中國小說進化之二期。迨新文藝運動以後，因受外國小說影響而有新的作風，此為中國小說進化的第三期」（蔣祖怡，1987: 31），所謂進化的期別、完備與否等說法，都不是「事實」，而是論者以現代小說的觀念去衡量的結果；但論者卻認為情況「正是如此」，這就是一種盲點。又如「在中國的文學中，小說二字，沒有確切的界說。在胡應麟、紀曉嵐一班人，雖然也把小說劃過界、分過類，但是他們的界說太寬，竟把一切的零碎作品，都容納到小說裏面，因此《考訂》、《家訓》等類，也算是小說，這是什麼話！近人對於小說的界說，又太嚴了，以為中國的小說，從《宣和遺事》、《京本通俗小說》起，以前沒有小說的，以後就是《三國》、《水滸》、《紅樓》、《儒林》等為小說界的重要作品，我以為這樣固然可以把胡、紀諸人的話，打掃得乾淨；但是在小說史上說來，不能說以前沒有小說」（范煙橋，1983: 胡寄塵序2），所謂界說太嚴、界說太寬等說法，也不是「必然如此」，而是論者以他所設想的（理想）小說的觀念去折衝的結果；但論者卻認為有一種「中間型」小說的存在，這也是一種盲點。又如「中國文言小說的產生遠較白話小說為早。從現存作品看，它大約萌生於戰國初中期，兩漢時期走向成熟，魏晉南北朝時期形成第一次創作高峰。它產生伊始，即為作家個人創作的書面文學，不像『說話』那樣帶有集體加工的性質，也不需要時時顧及聽眾的趣味，這就使它比後者富於主體表現的品格。同時它的語言也不是當時通行的口語，而是為一般文化水平（準）較低者所不易理解的文言。用這種典雅的語言描寫的故事，舉現實生活之間天然地形成一種距離。此外，它不像白話小說那樣由民間賦、變文等俗文學傳承而來，而是更多地受到古文傳統和詩騷傳統的影響，從而在審美追求上也更易與古典詩文『言志』、『緣情』、『以氣為主』、『不平則鳴』等側重表現的觀點相一致」（俞汝捷，1991: 13～14），所謂文言／白話、表現／反映等說法，也不是「先驗的現象」，而是論者以近代以來相關的文學（小說）觀念去解釋的結果；但論者卻認為古代小說正這樣體現著，這更是一種盲點。顯然類似以上這些「觸處」可疑的觀點，再也不能藉來理解中國傳統的小說。

從上面的分辨，可以得知中國古典小說如果有所謂「特性」的話，那麼它是論者所賦予而後才有的，並不是原來就有這樣的特性。因此，當我們說中國古典小說有什麼「可辨認的性格」時，就表示那是我們先行賦予該格性，而後才據以為引導讀者來「辨認」它。這在個人的論說中，也是這樣。而為了顯示前後一貫的論述，我所說的中國古典小說，是指志怪、傳奇、平話、章回體等被前人所「定型」過的作品（不然至少也是相關文學史著作裏所形塑指稱的作品），著重在它的「敘事」成分（這樣才能符應前節所理出的敘事理論架構）。既然已經表明志怪、傳奇、平話、章回體等是在所指稱的範圍，相對上就不論同樣帶有敘事成分的傳記（包括史官的傳述和私人的自白等）、劇本、敘事詩一類東西。倘若有人覺得把後者納入比較可以「自圓其說」（一如上舉百科全書所「做」的那樣），也未嘗不可。至於「古典」一詞，在這裏沒有特別的意涵（如「古代經典」或「古代典範」之類），只約略等同於「傳統」或「以前」一義而已。

除了稱名上可以這般看待，還有在小說本身的形式和意義方面，也可以略作底下這樣的提領：晚清有人提到「我國小說體裁，往往先將書中主人翁之姓氏來歷敘述一番，然後詳其事於後；或亦有楔子、引子、詞章、言論之屬，以為之冠者，蓋非如是則無下手處矣。陳陳相因，幾於千篇一律，當然讀者所共知。此篇（《毒蛇圈》）為法國小說鉅子鮑福所著，乃其起筆處即就父女問答之詞，憑空落墨，恍如奇峰突兀，從天外飛來；又如燃放花炮，火星亂起。然細察之，皆有條理，自非能手，不能出比。雖然，此亦歐西小說家之常態耳」（陳平原，1990: 42引）、「此（《奇案開場》）歐洛克試手探奇者也。文先言殺人者之敗露，下卷始敘其由，令讀者駭其前而必繹其後，而書中故為停頓蓄積，待結穴處，始一一點清其發覺之故，令讀者恍然，此顧虎頭所謂傳神阿堵也。寥寥僅三萬餘字，借之破睡亦佳」（阿英編，1989: 243），這言下之意西方小說常常（或偶爾）採用倒敘手法，而中國小說幾乎都不採用倒敘手法（千篇一律採用順敘手法），彼此自有差異；又「偵探小說，東洋人所謂舶來品也。已出版者，不下數十種，而群推《福爾摩斯探案》為最佳。余謂其佳處全在『華生筆記』四字。一案之破，動經時日，雖著名偵探家，必有疑所不當疑，為所不當為，令人閱之索然寡歡者。作者乃從華生一邊寫來，只須福終日外出，已足了之，是謂善於趨避。且探案全恃理想規畫，如何發縱，如何指示，一一明寫於前，則雖犯人弋獲，亦覺索然意盡。福案每於獲犯後，詳述其理想規畫，則前此無益之理想、無益之規畫，均可不敘，遂覺福爾摩斯若先知，若神聖矣。是謂善於鋪敘。因華生本局外人，一切福之秘密，可不早宣示，絕非勉強，而華生既茫然不知，忽然罪人斯得，驚奇自出意外。截樹尋根，前事必須說明，是皆由其布局之巧，有以致之，遂令讀者亦為驚奇不置。余故曰：其佳處全在『華生筆記』四字也」（阿英編，1989: 430），這言下之意西方小說家懂得採取限制觀點來安排小說情節，而中國小說家幾乎都不懂得採取限制觀點來安排小說情節（只懂得採取全知觀點來安排小說情節），彼此也自有不同；又「英國大文豪佐治賓哈威云：『小說之程度愈高，則寫內面之事情愈多，寫外面之生活愈少，故觀其書中兩者分量之比例，而書之價值可得而定矣。』可謂知言。持此以料揀中國小說，則唯《紅樓夢》得其一二耳，餘皆不足語於是也」（阿英編，1989: 310～311）、「施耐庵著《水滸》，從史進入手，點染數十人，咸歷落有致。至於後者，則一丘之貉，不復分疏其人，意索才盡，亦精神不能持久而周遍之故……若是書（《塊肉餘生錄》）持敘家常至瑣屑無奇之事蹟，自不善操筆者為之，且懨懨生人睡魔，而迭更司乃能化腐為奇，撮散作整，收五蟲萬怪，融匯之以精神，真特筆也」（阿英編，1989: 254），這言下之意西方小說能兼顧或別為凸出人物性格的刻畫和背景氛圍的描寫，而中國小說幾乎都不能兼顧或別為凸出人物性格的刻畫和背景氛圍的描寫（但以情節為結構中心），彼此也自有區隔。所謂「幾乎千篇一律採用順敘手法」、「幾乎只懂得採取全知觀點來安排小說情節」、「幾乎但以情節為結構中心」等等，正好可藉來「框定」個人所認為中國古典小說的形式特徵部分（暫且不論引文中所見論者對西方小說的「驚奇」或「嘆服」之情）（參見周慶華，1996a: 59～62）。至於意義特徵部分，有待讀者詮釋的主題、情感、意圖、世界觀、存在處境、個人潛意識和集體潛意識等成分，不便一一論述，僅就只要透過描述（複述）就可以成形的故事成分來說，中國古典小說中故事的內涵不外在「志」怪、「傳」奇、「敘」事等等（此類題材大多有別於西方小說的題材，也可算「獨樹一幟」）。此外，大概就沒有較為特別的東西可說了。而以上這些，合而「成」了中國古典小說可辨認的性格。

三、當代中國古典小說研究的風氣概況

就當代大中國圈來說，研究中國古典小說的人士，主要集中在中文學界，其次是外文學界，研究成果也不缺乏（以近二十年為例，每年都有古典文學或相關的學術研討會，有關古典小說的論文都不曾短少，而學位論文或其他的學術論著，也常見以古典小說為討論對象）。但這並不是當代才有的現象，而是略有前後脈絡可考察的。

論者普遍認為這是從晚清以來，一些學者（如梁啟超、魯迅、胡適、孫楷第、譚正璧、鄭振鐸等）極力於研究中國古典小說所帶起的風潮延續至今的緣故（見馬幼垣，1987: 256～257；林明德，1989: 366～367；周啟志等，1992: 324～325；鄭明娳主編，1993b: 22～24）。這並沒有什麼可懷疑的地方，但也僅觸及整個事件的一個面相。其他的像近代以來國人所引進西方各種學科研究方法的刺激、中文系所和外文系所相繼成立後自然「分得」部分的研究人力（在外文系所方面，主要緣於比較文學的關係而兼涉及對中國古典小說的研究）、傳播機制和文

化機制願意帶動或促進相關的研究（如傳播媒體或出版社肯刊登或出版相關的論著，而學校或主管當局也肯接受相關的論著而授予學位或准予升等），以及資訊交流頻繁便利和人內在某種不易褪去的「念舊情懷」等等，都是當代研究中國古典小說的風氣得以不衰的可能的面相。

順著這一點，還可以考得研究者的取向也有些進展。這不妨從蔣祖怡對四〇年代以前的中國古典小說研究的觀察說起。蔣氏認為「研究整理中國小說的風氣，在清末才開始，梁啟超曾有一篇〈小說與群治之關係〉，使當時蔑視小說的風尚，為之一變。他在《中國歷史研究法》一書中亦提出小說可以作為重要的史料……此種看法，與明末金人瑞之批《水滸》、《西廂》的態度大不相同。而小說之評價，因此而日高。民國以後，政體既已改革，思想因隨之而奔放……此時，對於小說之態度，一為如梁氏之研究其思想（意義），一為如林紓之研究其文筆。承新文化運動以後，胡適、蔡元培、陳獨秀等對於舊小說捨二者而弗由，專事考證鉤沉之學。蓋因舊小說至此時，雖甚發達，而作者久湮，源流莫明，稽考之功，自為當時的急務。於是對於小說的研究，分為四種態度：(1)考證每部書的故事源流及作者生平，如胡適的〈水滸傳考證〉等；(2)研究每部小說的版本及演化之跡，如鄭振鐸的〈三國志的幾種版本〉；(3)研究中國小說的歷史，如魯迅《小說史略》；(4)綴輯舊聞，抄輯散逸，如蔣瑞藻《小說考證》、魯迅《古小說鉤沉》」（蔣祖怡，1987：129～130），這大體上可以獲得大多數人的認可（具有相互主觀性），而且還可以把他所說的前後幾種研究取向合併為「研究其形式」、「研究其意義」和「研究其背景」等三類。這在當代（以我們所存在的時空為準——取其「平均數」約為近五十年，且僅限於大中國地區），又有新的「開展」：首先，仍有延續晚清以來的三類研究取向，如柳存仁的《明清中國通俗小說版本研究》、朱星等的《金瓶梅考證》、趙岡的《紅樓夢新探》、王三慶的《紅樓夢版本研究》等，就偏重外圍問題的考證；夏志清等的《文人小說與中國文化》、余英時的《紅樓夢的兩個世界》、龔鵬程等的《中國小說史論叢》等，就偏重內部意義結構的探討；陳平原的《中國小說敘事模式的轉變》，就偏重內部敘事模式的分析（當然，也有兼重考證及意義和模式的探討分析的，如賈文昭等的《中國古典小說藝術欣賞》、侯健的《中國小說研究》、白海珍等的《文化精神與小說觀念——中西小說觀念的比較》、劉開榮的《唐代小說研究》、樂蘅軍的《宋代話本研究》、趙聰的《中國五大小說之研究》、李辰冬的《三國水滸與西遊》、陶君起的《三國演義研究》、鄭明娳的《西遊記探原》、孫述宇的《金瓶梅的藝術》、王關仕的《紅樓夢研究》、胡萬川的《平妖傳研究》、陳益源的《元明中篇傳奇小說研究》等都是；此外，還有揉合以上三種研究取向而撰作小說史的，如孟瑤的《中國小說史》、楊子堅的《新編中國古代小說史》、齊裕焜主編的《中國古代小說演變史》、徐君慧的《中國小說史》等都是）。但無論如何這些或多或少都作得比前人更為精密且多樣化。其次，運用了前人所不及的某些西方的理論來說解古典小說，如張漢良的《比較文學理論與實踐》、周英雄的《結構主義與中國文學》、古添洪的《記號詩學》、洪淑苓等的《古典文學與性別研究》等書中的部分篇章，就分別採擷西方的精神分析學批評（神話原型理論）、結構主義、記號學（符號學）、女性主義等理論作為解析作品的依據，而這已經超過前人所能想像的範圍。再次，嘗試重新建構一套古典小說的美學（這套美學所要處理的問題，包括小說是什麼？小說是寫什麼的？小說怎麼寫人？小說的寫作有什麼規律？有沒有靈感這個東西？小說的構思從那裏開始？小說的結構又如何？小說的主題怎麼安排？小說和讀者的關係又怎樣？小說是不是應該有美？什麼是小說的美？小說的美和小說的真是什麼關係？小說的美和小說的善是什麼關係？小說要不要寫醜？怎樣寫醜？醜和真、善是什麼關係？小說要不要寫惡？怎樣寫惡？惡和真是什麼關係？惡和美是什麼關係？小說要不要有傳奇性？傳奇性和真實性是什麼關係？小說要不要有意境？意境和典型是什麼關係？小說的敘述怎樣才符合審美的要求？小說的語言怎樣才符合審美的要求？以及小說的美學風貌、小說藝術的形式美、小說中的壯美和優美、小說中的悲劇性和喜劇性、小說的社會作用、小說欣賞的美感心理等等。見葉朗，1987: 2～11），如葉朗的《中國小說美學》、周啟志等的《中國通俗小說理論綱要》、楊義的《中國敘事學》等，明顯都有這樣的企圖。

上述第一種研究取向，使得中國古典小說的研究得以賡續，並且看來還有點可以「源遠流長」的樣子。而第二種研究取向，也使得某些人所相信的尋求中西「共同的文學規律」或「共同的美學據點」（見葉維廉，1983；何冠驥，1989: 3～11）逐漸成為「可能」。至於第三種研究取向，則對於中國古典小說的美學理論或敘事理論的建立可以有某種程度的「貢獻」或「激勵作用」。

四、侷限於紀念碑與舶來品的研究視野

然而，中國古典小說的研究就只是這樣嗎？所謂「就只是這樣嗎？」，又是怎樣的問題？我們「知道」從五四以來，小說創作已經廣為吸收西方小說的敘事模式，不再侷限於傳統那些範疇（詳見第二節），而造成小說的繁多面貌（參見夏志清，1979；葉維廉，1977；王德威，

1986；蔡源煌，1989；鄭明娳主編，1993b）。在這種情況下，古典小說又有多少成分可用來「滋養」現代小說？如果找不出來或只能找到極微小可用來滋養現代小說的成分，那麼又何必「浪費心力」去研究古典小說？因此，上述問題就蘊涵著現有的中國古典小說的研究是「不足夠」或「意義匱乏」的（參見周慶華，1996a: 227）。

再從另一個角度來看，現有的中國古典小說的研究，不論是從事外圍問題的考證或內部意義結構的探討或內部敘事模式的分析，還是從事援引西方的理論來解析作品，或是從事新的小說美學的建構，都不免於只是一種「話語」（論述或言說）而已。所謂「文學理論家、批評家和教師們，這些人與其說是學說的供應商，不如說是某種話語的保管人。他們的工作是保存這一種話語，他們認為有必要對之加以擴充和發揮，並捍衛它，使它免遭其他話語形式的破壞，以引導新來的學生入門並決定他們是否成功地掌握它。話語本身沒有確切的所指，這不是說它不體現什麼主張；它是一個能指的網絡，能夠包容所有的意思、對象和實踐。某些作品被看作比其他作品更服從這種話語，因而被挑選出來，這些作品於是被稱作文學或『文學準則』。人們通常把這種準則看作十分固定，甚至在不同時代也是永恆不變的。這在某種意義上具有諷刺意味，因為文學批評話語沒有確切的所指，但它如果想要的話，卻可以把注意力或多或少地轉向任何一種作品。準則的某些最熱心的保護者已經不時地表明如何使這種話語作用於『非文學』作品」〔伊格頓（T. Eagleton），1987: 192～193〕，以至像「在中國，小說的前身是故事和寓言，並且由此分別開創了兩種不同的小說觀念的發展道路：一種重客觀事件的描述；一種重主觀意識的外化。當小說重在客觀事件描述時，它是發揚故事的傳統，小說成為再現社會生活的藝術化了的歷史；當小說重在主觀意識的外化時，它是發揚寓言的傳統，小說成為表現人們的情感和願望的散文體的詩。小說就在詩與歷史之間徘徊，構成螺旋上升的曲線，於是我們從探索小說文體發展歷史軌跡中找到了古代寓言與志怪小說、傳奇小說的相通之處；又找到了故事與宋元話本小說的相通之處」（寧宗一主編，1995: 6）是一種（為影響、支配讀者而權作選擇的）話語；「於目前，國內的小說研究風氣日盛之時，批評家們正忙著用外國傳進來的批評方法：新批評、象徵主義、神話模型、寓言、原始基型、心理分析、結構主義、解構主義，乃至記號學、現象詮釋學等等來探測古典小說。而美國的批評家，卻正熱衷於中國的評點式批評。所以金聖嘆、毛宗崗、張竹坡都在美國熱門起來了。實在說，不必等到外國人看重，我們就應知道中國的評點式批評法是值得整理、研究的，蓋古典小說來自難以分割的傳統文化，經常表現出我國民族深邃精微之處。我們相信生長於傳統文化中的學者，更有資格與能力感受小說的精華」（鄭明娳，1987: 295～296）也是一種話語；而「歷來的文學史家和評家很少從文體角度研究小說的審美特徵。迄今為止，我們還沒有一部這樣的文言小說史和白話小說史。人們注意到文言小說與白話小說屬於兩種不同的文體，但不太注意由此帶來的審美差異。中國古代小說理論受詩論、文論的影響，無論談何種文體的小說，都常常強調其表現的功能。如蒲松齡自稱《聊齋志異》為『孤憤』之書；李贄稱《水滸傳》者，發憤之所作也；二知道人據此加以發揮：『蒲聊齋之孤憤，假鬼狐以發之；施耐庵之孤憤，假盜賊以發之；曹雪芹之孤憤，假兒女以發之——同是一把辛酸淚也』……凡此皆可追溯到『緣情』說，即認為作品是作者怨憤之情的抒發和表現。現代的研究者則多從反映論出發，強調小說再現生活的功能。不但像《水滸傳》、《紅樓夢》之類的白話小說被認為是『真實而又生動地反映出北宋末年一次農民起義的生長、發展和失敗的全部過程』、『生動而又真實地描繪出一幅封建家族衰敗歷史的圖卷』，而且像唐傳奇、《聊齋志異》這樣的文言小說，也被認為是『反映著各種不同的生活面』、『從各自不同的方面反映了當時的廣闊的社會生活』，甚至六朝志怪也被認為『反映了社會生活中的某些重要方面』……筆者認為這樣的研究難以達到正確的結論，因為儘管一切藝術都是主體表現與客體再現的統一，但門類、體裁、樣式不同，其功能的側重也就各異」（俞汝捷，1991:

11～12）更是多種話語的「競勝」（也就是表現論、反映論和多元論等在「相互較量」）。既然是話語，那麼也就沒有必然性；而它會不會被接受，更權在讀者。換句話說，研究者只能期待發揮影響力，而無從回過頭來自我膨脹所論具有什麼絕對性或客觀性。

就當研究者還沒有察覺到自己不過是在維護或發展一種話語時，另一個問題也跟著發生了，就是彼此不斷在爭誰所見為「真」（而不知彼此都是帶著哲學詮釋學所說的「先見」或「前結構」在進行研究，結果都不為典要——但可以具有相互主觀性，也就是能獲得知識背景相近的人的認同。有關「先見」或「前結構」說，參見張汝倫，1988；殷鼎，1990）。這可從底下幾個例子以見一斑：「王國維引用叔本華的理論，以悲劇的角度來討論《紅樓夢》，認為《紅樓夢》所提供的解脫之道是出世，即是拒絕生活之欲。其實，〈枕中記〉、〈南柯太守傳〉、《紅樓夢》都表達了一個相同的主題——窒慾」（劉燕萍，1996: 自序iv）、「明清的小說評點數量相當多，其中也有一些評點是毫無價值的。例如《西遊記》的評點，清代有好幾部：陳士斌的《西遊真詮》、汪象旭的《西遊證道書》、張書紳的《新說西遊記》、劉一明的《西遊原旨》、張含章的《通易西遊正旨》等。這些評點，把《西遊記》歪曲成一部講佛學的書，或一部講道教的書，或一部講《易經》的書，胡言亂語，不堪卒讀」（葉朗，1987: 21）、「其他絕大多數的作品不是缺乏資料，就是根本不值得花功夫去作全面研究（原注：清末小說《九尾龜》就是一例），或僅應視為一大課題的一部分去處理，如明末清初的大批才子佳人小說，連貫起來可以把這類小說的來龍去脈和特質弄清楚，分別去讀則沒有幾部值得費神」（馬幼垣，1987: 257～258）。類似這種所見是否為真（或合理）的爭論，都離不開爭論者想影響、支配別人的企圖。正如尼采所提示的，並無所謂「純粹的認知」；認知本身就是一種詮釋和評價的活動，一種意義和價值的設置建構。因此，大家所認定的「真相」，從來就不是什麼純粹的「真相」，而是一個意義價值界定的範疇。這個範疇，已形同一個崇高的「理念」，它不僅僅是可作為討論相關問題的依據，更是指導行動、定位行動主體的最高價值體系。而當大家在爭論誰所認定的「真相」才是真的「真相」時，那並不是它更客觀或更真確，而是因為它更理想或更崇高。換句話說，真相的判定並不是認知層面上的「真／假」問題，而是價值層面上的「信仰抉擇」或「意識形態鬥爭」問題（參見路況，1993: 122～123）。因此，我們也就可以從這裏切入而進行檢討。

大體上，從事中國古典小說的外圍問題的考證或內部意義結構的探討或內部敘事模式的分析的人，無非是把中國古典小說視為隱式的「紀念碑」，而經由他的「掀揭」或「除塵」而終於「顯露」出來；不然就是他直覺得為中國古典小說樹立一座「紀念碑」（以為號召眾人的憑弔和仰念）而如期的「模塑」了它的樣子。至於從事援引西方的理論來解析中國古典小說或嘗試重新建構中國古典小說美學的人，則無形中將中國古典小說移置而變成「舶來品」了（所謂的「美學」觀念，也是外來的，所以併在一起討論）。這就形成兩種研究的視野：一種是「紀念碑」的視野，一種是「舶來品」的視野。而彼此還可以在方法論上，構成某種程度的交集（前一種研究形態所採用的方法，多半也是西方式的）。但正如前面所分辨的，各種研究都不為典要（且讀者要不要接受也充滿著不確定性），而現代小說的創作所能從該類研究獲得啟發的機會也微乎其微，以至所謂「當代中國古典小說研究」照理就不宜「循舊」再盲目的施展了。這種情況，無妨說是受到上述兩種研究視野的侷限所致。倘若我們還不放棄對中國古典小說的研究，那麼就得考慮超越上述兩種視野，也許才有「遠景」可以期待。

五、超越兩種視野的必要性與方向

根據經驗，小說創作是一個組構文本的過程，而小說研究（批評）是一個重組（描述）、解析、評價文本的過程，二者的關係約略有三種情況：(1)是小說創作自為小說創作，而小說研究自為小說研究，彼此形成二條平行線；(2)是小說創作片面影響了小說研究，或小說研究片面影響了小說創作，彼此形成一個單向影響的關係；(3)是小說創作影響了小說研究，而小說研究又回過頭來影響了小說創作（或小說研究影響了小說創作，而小說創作又回過頭來影響了小說研究），彼此形成一個辯證的關係。在這幾種關係中，除了小說研究（正）影響小說創作（不論是單向影響或雙向影響），其餘不大會是研究者所「希望」的（當然，研究者可以「專挑」小說的非語言面意涵去研究，從而透視「人的心理狀況」、「社會背景」、「文化氣息」等等內涵；但這經由其他文本的研究，也能達到相同的目的，不必特別標榜是「小說」文本研究才行，以至這類研究可以「別為期待」——而不是題名為「小說研究」所「該」有的期待）。因此，所謂的「超越」云云，主要是從研究者的立場來說的。

大家應該不難看出：中國現代小說，已經歷了各種寫實主義（拘括一般寫實主義、社會寫實主義、社會主義寫實主義等等）、超現實主義、魔幻寫實主義和後設小說等寫作模式，而這遠非中國古典小說所能相「比擬」。本來二者也不必有高下優劣的分判（也就是傳統式的寫作自為傳統式的寫作，西方式的寫作自為西方式的寫作，彼此不必「相干」），但現在有誰還願意走回頭路（包括整個文化機制和傳播機制也能容納）？如果沒有人願意走回頭路，那麼研究中國古典小說又要影響誰？如果影響不了誰，那麼豈不是要宣告中國古典小說研究的「破產」？這在試圖為中國古典小說樹立紀念碑的研究形態方面固然不必說了（它所能作用的層面或所能左右的人太少了），就是將（部分）中國古典小說視同舶來品的研究形態方面也不會有起色。試想當我們說唐傳奇（如〈步飛煙〉、〈霍小玉傳〉、〈枕中記〉等）中有「悲劇元素」或「悲劇意識」（詳見劉燕萍，1996），或者說宋元平話（如《京本通俗小說》中的〈碾玉觀音〉）及擬平話（如《二刻拍案驚奇》中的「懵教官」故事）中有「對等原理」及「（文學和社會的）對應關係」（詳見古添洪，1984；周英雄，1983），或者說明清章回體（如《水滸傳》、《玉嬌梨》等）中有「神話儀式色彩」或「父權潛意識」（詳見張漢良，1986；鍾慧玲主編，1997），此後又怎麼樣？它依然無法藉來滋養現代小說（反而是現代小說所能提供給這類研究解析的元素還更多呢）。因此，假使中國古典小說的研究還要持續下去，那麼超越上述兩種視野也就有高度的必要性；否則，只好在紀念碑和舶來品間繼續「蹉跎歲月」。

至於超越上述兩種視野的方向，無疑有多種的可能，但依個人目前對文壇的觀察，比較迫切需要努力的，就是開發新的類型（參見周慶華，1997c）。這種類型，可以顯現在小說的「形式」上，也可以顯現在小說的「意義」上，還可以顯現在小說整體的文本上（也就是兼及形式和意義）。而現代小說一路走來，盡依違在西方的各種寫實主義、超現實主義、魔幻寫實主義和後設小說之間，幾乎沒有了自己的特性；而走回頭路，大家又不甘願（那倒能顯示有「別」於西方的地方，卻早被大家揚棄了），以至「兩頭」都落空了。為了使中國小說能在世界文壇上再跟人一較長短，捨棄新類型的開發，恐怕就沒有第二條路可走了。而這一點，應該可以寄託一部分希望在古典小說的研究上。雖然既有的研究者還沒有（不知）發覺可以藉來形塑新類型的成分，未必代表將來的研究者也缺乏這樣的能耐。因此，這裏所指出的方向，無妨大家把它當作一塊試金石，期待在往後的日子裏有所斬獲。

第十章　民俗文化的教育價值

一、民俗文化的涵義與指涉

在中國傳統上，民俗一詞，早已見於《管子》、《禮記》、《韓非子》、《戰國策》、《史記》、《漢書》等文獻中。這些文獻常提及「風」、「俗」、「習」或「風俗」、「習俗」、「民俗」；偶爾還將「風俗」和「民俗」並提。可見民俗和風俗是相通的；前者包括受自然地理環境影響而形成的「風」和受人文社會環境影響而產生的「俗」，也就是一般人所稱呼的風俗習慣（參見張紫晨，1985；王文寶，1987；烏丙安，1988）。但到了現代，因為引進西方的民俗學，而開始有人紛紛在為民俗重作界定。

首先，民俗「升格」為一種文化現象，所謂「民俗是一種具有傳承性的社會文化現象，可以稱之為民俗文化，它是民族文化的重要組成部分」（陳啟新，1996: 1）、「民俗是創造於民間又傳承於民間的世代相習的傳統文化現象。它作為一種模式化了的行為準則和生活方式，是一種社會的規範體系。它是在長期歷史發展過程中積澱下來，成為代代相傳的民眾慣習，是民族心理的外部表現」（牛愛忠等，1995: 27）等，正透露了民俗已被「導引」脫離模糊且素樸的風俗習慣而往同樣帶有創造性的民間文化（以有別於精英文化）去自我定位；顯然這是現代人在重新賦予民俗的意涵，而不是民俗一向就是這副模樣。

其次，民俗升格為一種文化現象後，有關它的範圍也成了眾人爭論的對象。如有的主張把民俗分為宗教、人事、生活、制度、生業和職業、社會、藝術等七大類；有的主張把民俗分為飲食、衣服、制度、宗教、婚冠、喪葬、祭祀、蠱毒、言語、義俠、遊說、學風、仕宦、佛老、奴婢、詩歌、門第、名節、美術、稅役、賭博、遊宴、巫覡、朋黨、結社、拳搏等二十六個方面；有的主張把民俗分為社會生活志（包括服飾、飲食、居住、交通、器用、一般生活、婚嫁、喪葬、祭祀、幫會、社交、節令、遊戲、娛樂、遊神賽會、宗教、信仰、迷信、忌諱等）、民間文藝志（包括歌謠、諺語、謎語、歇後語、急口令、繪畫、雕塑、鑄造、陶瓷、建築、音樂、戲劇、刺繡、編織等）、叢談（包括傳說、故事、寓言、神話、童話等）等三大類（見陳啟新，1996: 6～7引陳錫襄、張亮采、傅振倫等說）。而不同意的人，就另外再立一個分類系統，以至有關民俗的範圍演變到言人人殊的地步。

再次，由於民俗已被認定為一種文化，以至它的可能的支系也被「泛濫」的冠上文化的名稱，如酒文化、煙文化、食文化、茶文化、服飾文化、居家文化、性文化、夢文化、神文化、鬼文化、樂文化、江湖文化、買辦文化、官場文化、青樓文化、武俠文化、痞子文化、山文化、水文化、花文化、名勝文化、名剎文化、閑情文化、市井文化、節日文化、生肖文化（以上為北京中國經濟出版社所出版書名）、鳥文化（見陳勤建，1996）、生殖崇拜文化（見趙國華，1996）、符咒文化（見劉曉明，1995）、神祕文化（見王步貴，1993）等。似乎找得出的東西，都逕以文化相稱呼。雖然有關文化的定義，向來就眾說紛紜（參見殷海光，1979；沈清松，1986；黃文山，1986；李春泰，1996；孫凱飛，1997），但大體上它已趨向於被二分為精神面和物質面或三分為理念層、制度層和器物層或五分為終極信仰、觀念系統、規範系統、表現系統和行動系統（參見周慶華，1997b: 69～76）；尤其五分法部分特別具有「統攝性」，可以藉來說明人類所有的創造物。現在民俗學者動輒稱呼某某為文化，真不知它是那個門子的文化，讓人不禁要困惑莫名。

從上述可以得知，民俗或民俗文化的涵義和指涉，還處在不定的狀態。任何後出的論說，不是權宜的從既有說法中選擇一種作為依據，就是另作界定以便建立體系。這在本章中原來也可以比照辦理，但基於個人著重在民俗文化的教育價值的討論（而不是企圖樹立一套民俗文化的理論），不免要把上述課題暫時略過，而僅以精英文化（由知識分子或社會精英所創造的各項成就）作為它相對的對照系，並且容許它的範圍（指涉）有廣狹或可以伸縮的空間。

二、民俗文化的變異性與非教育性

不論民俗文化是否像論者所說這麼有「規律」的在生發演變著：「世界上每個民族都在各自的『精神氣候』中生活，創造了各具特色的巫術信仰、生產消費、商業貿易、衣食住行、人生禮儀、歲時節令和民間遊藝等方面的風俗習慣……而所有的各民族習俗，除了具有民族區別、階級差異、人類共同性的內部特徵外，還具有歷史性、地方性、傳承性、變異性的外部特點」（牛愛忠等，1995: 27～28）、「人類進入階級社會後，人們除了繼承先前流傳下來的民俗外，還往往由於社會發展的需要而不斷產生出新的民俗，這種需要既有出於政治或經濟的原因，也有出於宗教等的原因。然而不管出於那種原因，當它一經約定俗成之後，便會對社會和人發生巨大的作用，並且世代相傳下來」（陳啟新，1996: 3），它都不是任何人所能掌控或刻意去引導的（不像精英文化可以由個別或集體的知識分子或社會精英有意的去模塑成形）。換句話說，民俗文化的存在，充滿著變異性，隨時都有可能在某些變數（如天災、人禍、社會劇變、政治干擾、文化交流等）的介入下產生質變或量變。

除了變異性，民俗文化在整體文化上並不具有可以增加「光彩」或促進改善「體質」的地位，也就是它還不足以成為教育所能援引的資源。原因是教育都為了傳承精緻的文化或開創精緻的文化，而民俗文化的通俗性或淺易性是不夠格作為教育內涵的。對於民俗文化的這種非教育性，可以從古來的文獻中找到不少的例證，如「君民者，章好以示民俗，慎惡以御民之淫，則民不惑矣」（《禮記・緇衣》）、「變民風，化民俗」（《漢書・董仲舒傳》）、「故正得失，動天地，感鬼神，莫近於詩。先王以是經夫婦，成孝敬，厚人倫，美教化，移風俗」（《毛詩・序》）等，所謂「章好以示民俗」（指國君要以具有典範的東西給民眾學習）、「化民俗」、「移風俗」

等等，都說明了民俗（風俗）是需要給予改變提升它的境界的。此外，古人對於凡是涉及「俗」的事物，也都在某種程度上加以譴責或引以為戒，如「諸病可醫，俗不可醫。囂塵近市，則其地俗；藻采炫人，則其物俗；藉勢利之聲援，飾衣冠之傀儡，則其人俗」（袁潔《蠡莊詩話》）、「平、奇、濃、淡、巧、拙、清、濁，無不可為詩，而無不可為雅。詩無一格，而雅亦無一格，唯不可涉於俗」（葉燮〈汪秋原浪齋二集詩序〉，《已畦文集》卷9）、「畫與詩者皆士人陶寫性情之事；故凡可入詩者皆可入畫。然則畫而俗如詩之惡，何可不急為去之耶」（沈宗騫〈山水〉，《芥舟學畫編》卷3）、「琴中雅俗之辨，爭在纖微。喜工柔媚則俗，落指重指則俗，性好炎鬧則俗，指拘局促則俗，取音相厲則俗，入弦倉卒則俗，指法不式則俗，氣質浮躁則俗，種種俗態，未易枚舉。但能認得靜、遠、淡、逸四字，有正始之風，斯俗情悉去，臻於大雅矣」（徐上瀛《琴譜》）等，恰可以為證。在這種情況下，民俗文化怎麼可能成為教育所需要的資源？

換個角度看，人縱然有凡俗和高雅的區分，而個別的嗜好也可以千差萬別（它正如底下兩則文獻所描述的：「詩文有雅學，有俗學。雅學大費工夫，真實而闇然，見者難識，不便於人事之用。俗學不費工力，虛偽而的然，能悅眾目，便於人事之用。世之知詩者難得，故雅學之門，可以羅雀，後鮮繼者；俗學之門，簫鼓如雷，衣鉢不絕」（吳喬《圍爐詩話》卷1）、「客有歌於郢中者，其始曰〈下里〉〈巴人〉，國中屬而和者數千人；其為〈陽阿〉〈薤露〉，國中屬而和者數百人；其為〈陽春〉〈白雪〉，國中屬而和者，不過數十人；引商刻羽，雜以流徵，國中屬而和者，不過數人而已。是以其曲彌高，其和彌寡」（宋玉〈對楚王問〉，《增補六臣注文選》卷45），但一旦提到教育，總不分彼此的要以優質的東西作為教材，這才能對發展文化有正面和提升的作用；而民俗文化在先天條件上已不及精英文化優勢，以它為教材簡直是不可思議的事。再說民俗文化既然是民眾「日行」且「熟知」的，以它為教材在後天條件上也不如精英文化那樣必要和看俏。後者，特別還有地域的限制（也就是各地區的民俗文化會有異質色彩），即使進行「流通」（也就是由博物館之類的單位予以選擇保存而供他方民眾觀賞），也難以產生什麼可稱道的效果。它好比有人所考察到的這樣：

> 常民文化（民俗文化）一旦進入博物館，成為值得保存於博物館中之重要事物，其原本短暫、個別的生命，得到延長；更因其地域的性質，而可以發展成人類知識與物質成就的某一個特定的代表……然而，常民文化終究是動態的與變遷的……「博

物館化」之後的常民生活方式，有可能失去生命，成為文化中「式樣化」的表徵，再也見不著其繼續成長與發展的潛力（王嵩山，1992: 29～30）。

換句話說，民俗文化一經離開原地區，就會失去它的「活力」，循至僅供「憑弔」而無從啟發人參與它的「生命的躍動」（因為它已經過時）；至於同一地區的人，該地區的民俗文化，就不需多此一舉的去加以學習（因為那就是他們的生活方式）。

三、改變非教育性的時代背景

然而，民俗文化從近代以來卻「一反常態」的一再被提倡推廣，這又是怎麼回事？對於這一點，大概得從民俗學的出現說起。根據學者的考證，民俗學源自十九世紀後期西方人對風俗習慣、民間藝文、甚至兒童文學（特指童話部分）的研究（參見陶立璠，1987；關敬吾，1986；陳啟新，1996），而約於二十世紀二〇年代傳入中國。當時正值五四前後新文化運動和蓬勃發展期，一些具有「先進」思想的知識分子，相繼展開徵集、刊登和研究一向被認為不登大雅之堂的民間歌謠的活動。爾後，則有相關的學會和研究機構的成立，並創辦民俗刊物和開設民俗研習班，進一步從事教育推廣和培養人才的工作。1949以後，海峽分隔兩岸，臺灣和大陸仍斷斷續續有人在作民俗學的研究（參見婁子匡等，1987；朱介凡，1984；曾永義，1980；譚達先，1992；鍾敬文主編，1980）；尤其是七〇年代後期，大陸進入後文革時期（新時期），積極擴大採錄、研究和宣傳民間文藝，造成一股不小的重視民俗文化的風潮。但大陸這股重視民俗文化的風潮，背後是有政治力在推動的，而且帶有特殊的目的：「中國共產黨仍相信所有的論述應具有教誨的功能。他們用心地採討傳統民謠、故事、戲劇等論述形式，將這些不同形式的論述轉化為轉達共產教義的工具」（佛思等，1996: 321）。民俗文化從非教育性一變而具有教育性，就是從這一（前後）波為倡導新文學（反對封建文化的革命運動）和宣傳共黨教義所開啟和確立的。

臺灣一地，大約是從八〇年代後期才開始盛行民俗文化的研究。這多少都受到海峽對岸的刺激（兩岸相關的學者和學術交流，也從這時起陸續進行），但對於對方的這一企圖卻極少了解，而常常「隨人起哄」的高估了民俗文化的（教育）價值（參見周慶華，1998: 255～256）。畢竟倡導新文學和宣傳共黨教義，在基本層面上都有「啟迪民智」的企圖（彼此也就在這裏有了內在理路的相通），只是中共再把它轉為政治的工具（包括教化工作和操控整體民俗文化研究的方向）；而臺灣從八〇年代後期以來，政治解嚴，社會開放，資訊來源多元化，民眾再也不需像大陸那樣利用民俗文化來教育他們什麼，以至學者極力呼籲的「搶救」民俗文物或民間文學以便作為教化民眾的教材和建設臺灣文化的基礎（詳見陳益源，1997；磺溪文化學會編，1997），也就變得很可笑！他們大概不知道民俗文化本來就存活在民間，如果要變質或消失，也是環境要它變質或消失，以人為的力量刻意去保存它們，終究只會徒然浪費力氣（難怪一般社會大眾對此類呼籲的反應都很冷淡）。好比二〇年代以來，大家所採錄、整理的歌謠、傳說、故事等等，除了在論著上陳列著「好看」（給讀者一點新鮮感），到底又教育了民眾什麼？恐怕很難數得出吧！

為了一改民俗文化原來的非教育性為教育性，今人所見的這種研究取向，已經不是古代偶爾有人唱唱「反調」說民俗文化也有它可愛的一面所能相比（如「夫詩者，天地自然之音也。今途咢而巷謳，勞呻而康吟，一唱而群和者，其真也，斯之謂風也」（李夢陽〈詩集自序〉，《李空同全集》卷50）、「山歌雖俚甚矣，獨非鄭、衛之遺歟」（馮夢龍《山歌‧序》）、「憂而詞哀，樂而詞褻，此今古同情也……故風出謠口，真詩只在民間」（李開先〈市井艷詞序〉，

《李開先集》卷6）等，都在稱讚文人學士所鄙斥的俗調俚詞、山歌民謠，但它都沒有後續的教育推廣的作為——即使有也不容易引發廣大的回響。參見周慶華，1996: 93～139〕；它的盲目性和耗費人力、物力、財力，到今天仍不見有人作一徹底的反省，使得民俗文化的研究充滿著不確定感，也無從對它發出比較有效的期待。

四、當今傳播與推廣的情況

雖然民俗文化不具有什麼可稱道的教育功能，但它的某些能娛樂民眾的成分（如它的地域色彩、族群特性和宗教質素等），卻成了當今傳播媒介的「寵兒」。舉凡報刊、雜誌、廣播、電視、電影等等，都少不了要加以採擷報導或融會再製，以至民俗文化又一躍變成浮華社會的商品；而民眾在消費之餘，還可以將它掛在嘴邊藉以炫耀自己的「見多識廣」。

至於民俗文化的推廣方面，除了部分大專院校的研究人力直接間接的（以他們的研究成果）向社會作了推介，還有各縣市立文化中心所舉辦的經常性的民俗活動和結合學者編撰出版的民俗叢書也頗有帶動風氣的作用。此外，公私立博物館對於民俗文物的收藏展示及一些出版社策畫出版的「民俗采風系列」或「民間知識叢書」和部分相關的社團在幕後推動，也給民俗文化的推廣投入不小的變數。後者（指相關的社團），以臺灣一地為例，諸如中國民族音樂學會、中國越劇學會、中華古箏學會、中華民俗工藝協會、中華民俗茶文化學會、中華民國三石書藝學會、中華民國工筆畫學會、中華民國臺灣歌仔會、中華民國臺灣語文學會、中華民國民間文學學會、中華民國花藝設計學會、中華民國阿美族母語研究學會、中華民國南風學會、中華民國建築學會、中華民國美術設計學會、中華民國音樂協會、中華書法教育學會、中華民國茶藝學會、中華民國造形藝術教育學會、中華民國陶業研究學會、中華民國陶藝協會、中華民國漫畫協會、中華民國藝石協會、中華客家臺灣文化學會、中華書畫印藝學會、中華漫畫藝術推廣協會、中華戲劇學會等，它們在幕後有意無意的推廣民俗文化的工作，不言可喻。而較為可觀的出版品部分，也以臺灣一地為例，臺中、彰化縣立文化中心出版了三十幾冊民間文學集，遠流出版公司出版了一套四十冊《中國民間故事全集》，施合鄭民俗文化基金會出版了民俗曲藝叢書八十種，百觀出版社（跟大陸天津人民出版社合作）出版了中國民俗采風套書多種，臺原出版社出版了協和臺灣叢刊和臺灣智慧叢刊數十種等，這對於推廣民俗文化的「貢獻」，自然也可想而知。

以上所述，無非在說明民俗文化在當今傳播和推廣上的「蓬勃」情況；至於它實際獲得多少回響，則無從考察起，也許只是當事人和少數研究者在「相濡以沫」或「互相酬唱」而已。以至看到「時代的快速進步之下，傳統的美術、工藝與（民俗）文化，面臨了難以持續的大難題……在這種種難題與僵局之下，要重振傳統文化，重新獲得現代人的肯定，甚至立足在世界的舞臺上，就不能光靠政府的政策與態度，而是我們每個人都有責任付出關心與努力，用現代化的方法與現代人的觀點，提升傳統文化的品質，再締造本土文化的光輝」（劉還月，1989:「協和臺灣叢刊」發行人序5～6）這類「超脫俗流」的想望（一般人都不作如此想），就只能寄予同情，此外無法想像它一旦遂行後會是什麼樣子。還有民俗文化固然在當代受到知識分子或社會精英的青睞，但它在海峽兩岸卻略有「歸趨」上的差異。「民俗是綜合的文化現象，代表一地區或一民族的群體生活行為，事關群體生活的共同準則。所以民俗除與文化傳承有其密切關係之外，也往往被用來探測社會、民心傾向；於是采風擷俗除為了民俗研究目的之外，也是歷代政府、文化指導階層、知識分子相當注意的事」（高壽仙，1994:「中國民俗采風」總序1），這是臺灣一地常見的論調，對於民俗文化的傳播和推廣幾乎不預設可能的進程（也就是只要是民俗文化都得加以保存和發揚）；「民俗負面的社會功能往往反映在一些封建迷信陋俗上。這類陋俗既污染社會環境，敗壞風氣，又給人們的身心健康以有害的影響。例如打卦、占卜、算命、測字、相臉、祀神、祭鬼等陋俗，都會使人誤入歧途，置人於災難的泥淖之中。封建迷信活動既源於宗教，但又與真正的宗教活動有很大的區別；巫婆神漢從事這類活動旨在詐騙錢財。又如婚喪習俗的鋪張浪費以及換親和停屍待葬的俗行，都會有損於經濟，破壞人際關係，污染環境」（陳啟新，1996: 52～53），這是大陸一地常見的論調，從唯物論立場出發對於民俗文化中涉及神祕的成分加以撻伐和揚棄，顯然在傳播和推廣民俗文化上特別預設了進程（也就是被他們判定為「迷信陋俗」的部分就會予以戒絕和疏導）。但不論如何，這都不了解教育的「嚴肅」意義（得「取乎上」才有發展遠景），民俗文化（不管海峽兩岸有所綜取或截取）在躋進教育殿堂的過程中，勢必會失落它原有的活力和扭曲教育的方向。

五、重估民俗文化的教育價值

當然，民俗文化不會像個人所說的這麼不堪，它還是可以發揮教育的功能；只是它得在一番「提煉」後，進入教育體系才可望對教育有所「資助」。換句話說，我們必須從民俗文化中尋找或挖掘有助於發展精緻文化的質素，帶入正規教育中，冀望它能發生作用，而不是一味的認定所有民俗文化在先天上就具有教育價值（或否定部分不符合所預設立場的民俗文化在後天上可以具有教育價值）。

要找例子來印證這個道理，事實上也不難。如民間的巫術、宗教信仰部分，一般人類學者或社會學者或宗教學者都認為它事涉迷信（見宋光宇，1995；李亦園，1996；瞿海源，1997），卻無法解釋這種「迷信」為何可以延續幾千年而不中輟？相關的討論想以科學「有驗無驗」的標準來衡量，都難免「不得其平」。何況這跟一神教信徒信仰上帝或跟科學家信仰科學萬能，同樣都是「信」，也同樣都是一種（藉以存在的）生活方式，彼此豈有質上的區別？因此，我們不妨改變一下敵視的態度，將它「通神」、「拜神」、「信神」的道理研究清楚（參見周慶華，1999b；鄭志明，1997），藉為活絡精緻文化的血脈，讓它多一點神祕色彩，以便知識分子或社會精英也能「坦泰」的面對人生的橫逆。好比《論語・雍也》記載「伯牛有疾，子問之。自牖執其手，曰：『亡之，命矣夫！斯人也，而有斯疾也！斯人也，而有斯疾也！』」又〈先進〉記載「顏淵死，子曰：『噫！天喪予！天喪予！』」及《史記・孔子世家》記載「子路死於衛。孔子病，子貢請見。孔子方負杖逍遙於門，曰：『賜，汝來何其晚也？』孔子因嘆，歌曰：『太山壞乎！梁柱摧乎！哲人萎乎！』因以涕下……後七日卒」等，讓我們看到的是一幅慨嘆「上天的決意不公」的景象，而當事人正是「通達」一世的孔子。倘若孔子也能看透一切有「命」在（或有某一冥冥中的力量在主導），他的這些「憤怨」、「哀嘆」不就可以免了？在這一點上，一般民眾凡是相信神明的存在的，都能聽任安排而不徒然抗拒，所表現的才稱得上「道地」的通達，知識分子或社會精英還有得（向他們）學習呢！又如當今還在「走紅看俏」的民間文學研究，只能停留在一般思想內涵的探討或藝術技巧的分析，根本無益於文學的發展（當今文學的面貌已經繁複到難以計數的地步，民間文學那丁點素樸的文學質素如何能相比呢）。倒是民間文學中可能存在而有待發掘的「反影響」成分（如敦煌變文中的〈孔子項託相問書〉把孔子寫得像一個猥鄙的小人，充分顯現它的戲謔的性格；又如話本小說中的〈快嘴李翠蓮記〉極力去模塑一個敢於衝破父權網羅的女子李翠蓮的「不世出」形象，也充分顯現它的反設計的色彩），對於文學的創新不啻可以提供足堪借鏡的資源（參見周慶華，1996a: 195～211；洪淑苓等，1997: 195～235），而這也需要文學人全力來「認知」，才不會錯過更新文學創作的機會。

大體上，所謂民俗文化的價值，不是先驗或自明的，而是人基於某種需要（如為圓足一種論述，以便謀取利益或樹立權威或行使教化）所賦予的。個人不滿於現有一些泛說民俗文化的教育性的論調，而構設了這段說詞，所顯示的也只是一種重新賦予民俗文化價值的作為，可取與否，則有待讀者去決定。但就論述本身必須自我圓滿一點來說，個人把民俗文化界定在有助於發展精英文化上才值得去注意，所找出的神祕色彩、反影響成分等，不妨將它們帶入教育體系以觀後效，正是對於民俗文化價值的重估。由於它是牽涉教育的，所以姑且說上述那些神祕色彩、反影響等是民俗文化的教育價值所在。而依照這個模式，也許還可以繼續發掘民俗文化中「有用」的成分，那就期待有心人一起來努力探取了。

第十一章 結論

一、主要內容的回顧

本書標題為《中國符號學》，並不純為理論演繹的興趣，而是在一個可能的理論框架下，容納一些特定的案例，以便容易看出中國符號學所能顯現的精神意涵以及跨學科研究對中國符號學的發展所具有的啟迪上的意義。其中〈意義的生成與衍變〉一章，特就語言符號的核心「意義」進行揭發論辯，可以藉為明白中西方有關意義論的差異所在。而〈歷史文本的建構與解構〉、〈倫理話語的經驗性與理論性〉和〈傳統雅俗文學觀念的定性與定量問題〉三章，則分別選取文本、話語和觀念來觀看它們實際的運作情況。題材是中國的（偶有取材自西方，全是為了對觀或比較）；所冠「歷史」、「倫理」和「傳統雅俗文學」等限制詞，都帶有隨機性；至於後置詞（如「建構與解構」、「經驗性與理論性」和「定性與定量問題」等），則兼有對主題詞在「與人交接」時所會顯露疲相的揭示（也就是容易為人所疏忽，所以特別予以闡述）。此外，〈宗教神祕話語的指涉問題〉和〈歷代啟蒙教材中兒童觀念的演變及其意義〉二章，則展現了探討話語和觀念的另一種方式；而〈古籍今譯的語言轉換問題〉、〈當代中國古典小說研究的話語檢測〉和〈民俗文化的教育價值〉三章，則針對今人所從事的一些特定符號的置換、使用和評價等工作的檢討，結果當有助於今後大家對同類課題的深入思考。

中國符號學的研究，可以假定它千頭萬緒，也可以假定它駕馭不難，而這都能因此而鋪展出一副中國符號學的面貌來。只是它究竟能否為中國符號學的理論建樹更進一境，那就有待時間的考驗了。個人勉力從事這件工作，不時覺得心力俱疲，所提出的成果也僅如上述所見。在這末尾，毋寧要再自我警示「別輕忽它的艱難」，畢竟還有太多課題未曾接觸；而所接觸的課題，也可能還有未曾想及的層面。

二、未來的展望

所謂「未來的展望」，並不包括未曾接觸的課題或已經接觸的課題而無力想及的層面（這些既然是我所不知或無緣接觸，就不須奢言什麼「展望」），而是就我在論述過程中所發現的一些可以繼續擴大或深化處理的問題，聊為發出一點預期，以便自己（或其他有興趣的人）異日再作努力。

首先，觀念、話語和文本，展現了語言符號的「三種」運作方式，彼此如何形成一種「內在的對話」？也就是說，它們實際上是常一起被運作的，而當它們一起被運作時，如何「各持其分」或「各隨其機」？個人只分別討論它們各別運作的情況，而不及它們「同臺演出」的部分，應該再進一步處理。

其次，任何符號的生產和接受，背後都有一些機制在，但這些機制在異時中究竟會不會起變化？個人在書中只指出該機制的存在，而未能更細為考察異時空中的可能的差別相，毋乃需要多費心探索。

再次，語言符號和語言符號的轉換問題，經個人的討論，固然已略無餘韻；但語言符號和非語言符號的轉換又如何？歷史上存在著詩／畫對譯、說話／音樂互通、文字／建築相配等現象，它們到底是如何可能的？能繼續給予理論的說明嗎？顯然這也有待「分力」以赴。

再次，民俗研究在當今正方興未艾，個人所掌握的也僅止於它的被「過度期待」，而對於它實際流行時遭遇民眾心靈所起的「化學反應」，卻一概未通一詞。這理應連上宗教學、民族學、人類學等再深入探究，才可望對民俗存在的意義有契合式的了解。

以上所舉，不過犖犖大者，所「遺漏」的一定不少。但談展望本就沒有什麼定準，能擠出這數項，基本上也交代得過去了。這一切，都是為自己能力的侷限預作傷悼。此外，沒有什麼大道理可說。

附錄一　繪畫符號的意義問題

一、論題的緣起

如果我們把談論繪畫的歷史，從孔子師生「繪事後素」「禮後」的對話算起，已經有兩千多年。其間跟繪畫有關的各種話題，幾乎都有人談過了①。而在西方，一部綿延一、二十世紀的美學史，繪畫跟詩、戲劇、音樂、雕塑、建築等藝術一樣，始終是眾人談論的對象②，積累下來的論述成果，也不在少數。今天個人還要對它多所置喙，顯然得有相當充足的理由，不然如何顯示本文的意義和價值？

這也許要從一個事實說起。陳善《捫蝨新語》記載：「唐人詩有『嫩綠枝頭紅一點，動人春色不須多』之句。聞舊時嘗以此試畫工，眾工競於花卉上妝點春色，皆不中選。唯一人於危亭縹緲，綠楊隱映之處，畫一美婦人，憑欄而立，眾工遂服。此可謂善體詩人之意矣。」③唐人詩「嫩綠枝頭紅一點，動人春色不須多」，是否僅止於字面意思，還是別有其他意思，對讀者來說，並沒有絕對的把握。這時有畫工「越過」字面意思，畫一美婦人站在綠楊掩映處，立刻博得大家的嘆服，而讓那些只知在花卉上妝點春色的畫工相形見絀。到底是誰善體「詩人之意」？是那位畫美婦人以檃栝春色的畫工。還是其他畫花卉來表現春色的畫工？如果把上面兩句詩除去，那幅有美婦人的畫作，是否還會被大家評為第一？前者個人不敢像論者那麼肯定的下一判斷，後者個人卻有八成把握大家仍會給有美婦人的畫作第一。因為美婦人加上春風駘蕩是會撩人遐思的，而那些「再現」的花卉只合塞斷讀者的機趣。也就是說，只有花卉的畫作意淺（或意少），而有美婦人的畫作意深（或意多），這一意深意淺，就決定了畫作的高下④。

在前人的畫論裏，個人看到很多類似這樣的話：「古人之寄興與筆墨。」⑤「一覽意盡，于繪事何趣焉？」⑥「觀古人作畫，以人物為最。既創一圖，亦必有題有名，然後方漸畫山水。山水之中未嘗不以人物點綴。揆諸古人用意皆有深心，不空作畫圖觀耳。」⑦「畫之為藝，世之專門名家者，多能曲盡其形似，而至其意態情性之所聚，天機之所寓，悠然不可探索者，非雅人勝士，超然有見乎塵俗之外者，莫之能至。」⑧「營邱李成世業儒，胸次磊落有大志，寓意于山水。凡煙雲變滅，水石幽閒，平遠險易之形，風雨晦明之態，莫不曲盡其妙。」⑨這些都不是在論畫本身，而是論畫所隱含的東西。畫所隱含的東西，有人稱它為「興」，有人稱它為「意」，有人稱它為「意態情性」、「天機」⑩。這些稱呼，彼此或渺不相涉，或相互包攝，或異名同實⑪，看來頗為紛亂。不過，只要知道它們不是畫本身，就不至於摸不到邊際。這跟上面那個例子相似，都要我們把注意力集中在畫所隱含的東西上。而畫所隱含的東西不論多或少，一定有「意」這一項。因此，畫意就成了一個被人經常討論的對象。只是畫意到底是什麼，它存在那裏，它又是怎麼發生的，還有它在創作和欣賞（批評）中具有什麼地位，卻不見有人作過全面而深入的探討，以至畫意在繪畫理論中還得不到妥善的「安頓」。現在個人把它提出來討論，正好可以彌補這個缺憾。如果成功了，往後的繪畫創作或欣賞，多少要先考慮清楚這個問題才有可能，否則繪畫創作無所謂創作，而繪畫欣賞也無所謂欣賞。

二、畫意的意義

個人所以要探討畫意這個問題，有一個基本的假定，就是畫意是繪畫創作和欣賞的一個重要變數。我們「控制」了這個變數，就能便利於繪畫創作和欣賞。現在就要來證明這個假定。首先，看看畫意到底是什麼。

如果我們不跟某些人一樣，把畫作當作一個「命題」或內在的「直覺」或「審美客體」，而把它當作一個「材料物」⑫，就可以依一般觀看「材料物」的方式來看它。我們知道「材料物」是藝術家運用適當的媒材組構成的，而組構本身就是「材料物」的形式。雖然如此，「材料物」的形式並不是一種無意義的組構，我們會看出裏頭有「題材」，也會看出裏頭有「主題」（觀念），甚至還會看出裏頭有藝術家的「主張」（思想或立場）、「精神態度」，以及藝術家的「存在處境」和潛在的「社會價值觀」等。這些「題材」、「主題」、「主張」、「精神態度」、「存在處境」和「社會價值觀」等，可以合稱為「材料物」的意義。就繪畫來說，它所內涵的意義，當然也指這幾項。不過，為了方便論說，大家都分別加以指實，只剩下「主題」、「主張」被冠以畫意的名稱。

把畫作的「主題」和畫家的「主張」稱為畫意的，這在前人的論說中，觸處可見：「蕭條澹泊，此難畫之意，畫者得之，覽者未必識也。」⑬「唐人畫〈李八百妹洗□黃庭經圖〉，曾於司德用家見一本，萬山中一白衣婦人，踞地臨溪，洗一本經，經之亮光燭天，殊不知其意也。」⑭「今人遂以倪畫為簡筆可畫而忽之矣。且問此直直數筆，又不富貴，又不委曲穠至，此其意當在何處?應之曰：『正在此耳。』請問迂老何人，迂老而出筆，無一非意之所之也。」⑮「前人有題後畫，當未畫而意先；今人有畫無題，即強題而意索。布局觀乎縑楮，命意寓於規程。」⑯「蓋筆墨本是寫人之胸襟，胸襟既開闊，則立意自無凡。」⑰「人能以畫寓意，明牕淨几，描寫景物，或觀佳山水處，胸中便生景象；或觀名花折枝，想其態度綽約，枝梗轉折，向日舒笑，迎風欹斜，含煙弄雨，初開殘落，布置筆端，不覺妙合天趣，自是一樂。」⑱以上所提到的意，就畫作來說，就是「主題」；就畫家來說，就是「主張」。而在不分別的情況下，「主題」和「主張」經常是一樣的，古人只用一個意字來指稱。

以意字來指稱畫作的「主題」和畫家的「主張」，不免讓人聯想到詩文的「主題」和詩文家的「主張」也稱為意⑲，彼此是否可以互通?這一點，古人大致都給予肯定，所謂「意者若何?猶作文者當求古人立言之旨。」⑳「蓋畫之有蹊徑，如書之有結構，文之有柱意也。」㉑「畫謂之無聲詩，乃賢哲寄興，有神品，有能品。」㉒「詩人用寄比興，因以繪事，自相表裏。」㉓「凡作畫者，多究心筆墨，而於章法位置，往往忽之。不知古人丘壑生發不已，時出新意，別開生面，皆胸中先成章法位置之妙也。一如作文在立意布局，新警乃佳，不然綴詞徒工，不過陳言而已。」㉔「詩文有真偽，書畫亦有真偽，不可不知。真者必有大作意發之性靈者，偽作多檃栝蹊徑，全無內蘊。」㉕都在說明畫作的「主題」、畫家的「主張」和詩文的「主題」、詩文家的「主張」是相通的㉖。因此，畫意、文意、詩意也就三者一體㉗，無從分別了。

至於畫作的「題材」，自有人物、花鳥、山水等名目給予指實；而畫家的「精神態度」、「存在處境」和潛在的「社會價值觀」等，也在西方哲學詮釋學、方法詮釋學、批判詮釋學的發展過程中，由詮釋語言符號擴及詮釋非語言符號，而有所揭露㉘，不必跟慣稱畫意的「主題」、「主張」相混淆。雖然畫家的「精神態度」、「存在處境」以及潛在的「社會價值觀」等，都要透過「主題」、「主張」去追溯，可以稱為深一層的畫意，但是「精神態度」、「存在處境」、「社會價值觀」等，遠不如「主題」、「主張」容易掌握，一般畫家少有這些自覺，而觀眾也不會刻意深求，以至畫意一項，只存「主題」、「主張」，其餘難得有人以畫意相稱。

三、畫意的存在

明白了畫意指的是畫作的「主題」和畫家的「主張」，接著要看看畫意存在那裏。這個問題顯然比前面那個問題複雜。因為前面那個問題只是純粹討論畫意所指是什麼，這個問題還要進一步討論畫意由誰來認定。換句話說，畫意的存在，必須預設一個畫意認定者，不然無從知道畫意的存在，這已經不全是理論的推演，而要有一點事實的依據。

從繪畫創作的過程來看，除了創作者偶有神來之筆而不求寄興[29]，大多會事先構思，布局立意，而後形諸筆端。這樣的畫作，所有筆畫都先在創作者心中醞釀，直到成熟，才展現於畫布。這種情況，前人稱它為「意在筆先」：「作畫須先立意，若先不能立意而遽然下筆，則胸無主宰，手心相錯，斷無足取。夫意者，筆之意也。先立其意而後落筆，所謂意在筆先也。」[30]「作畫時須意在筆先，或先畫路徑，或先畫水口，或樹木屋宇，四面布置粗定，然後以山之開合向背湊之，自然一氣渾成，無重疊堆砌之病矣。」[31]「未落筆時先須立意，一幅之中有氣有筆有景，種種具於胸中，到筆著紙時，直追出心中之畫，理法相生，氣機流暢，自不與凡俗等。」㉜「意在筆先」的「意」，既不是「主題」，也不是「主張」，而是筆畫所指涉的事物。筆畫所指涉的事物，可以是人物、山水、花鳥等具象物，也可以是人物、山水、花鳥等具象物所透顯出來的神韻風采㉝。如果該筆畫不求逼真人物、山水、花鳥等具象物，而特別傳其神韻風采，那就是「意筆」了㉞。「意筆」相對的是「工筆」㉟，這在前人的繪畫理論和實踐中，曾經有很明顯的分殊㊱。然而，不論是「意筆」，還是「工筆」，都要合而指向前面所說的「主題」和「主張」，才稱得上畫意，這就要進一步加以分辨了。

我們知道繪畫中的一筆一畫，固然有它特殊的用意，可以引發欣賞者無窮的聯想㊲，但是一筆一畫不足以看出「主題」和「主張」，必須聯合所有筆畫，以及畫面的間架結構，才能看出。換句話說，「主題」和「主張」不在個別的筆畫上，而在整體的筆畫結構間。這可以透過前人所說的話來理解：「一樹一石，必究其用意處。」㊳「蓋古人畫中人物，未嘗不寓意在我。」㊴「畫有四難……境顯意深，二難也……。」㊵這些意都切近（甚至相等）「主題」和「主張」，但無法直接在個別筆畫上看出，必須從整幅畫去加以掌握，所以才有「究」、「寓」以及「深」（不深）的問題。

既然畫意存在整體筆畫結構間，我們就要繼續問這是誰認定的？如果沒有人認定，是不是還有畫意的存在？顯然後一個問題不必論證，也可以斷言畫意必須有人認定，才能存在；否則，無所謂畫意，而個人的討論也不可能了。因此，只剩下由誰來認定的問題需要解決。

照理說，一幅畫作的「主題」，以及畫家要藉該「主題」來表達某種「主張」[41]，只有畫家本人清楚，其他人都得根據畫作來作推測。然而，畫家本人在創作前的「主張」，以及所擬構的「主題」，還沒有「實現」在畫作裏，不得稱為畫意，這時也無所謂畫意的問題。只有在畫作完成後，才能論及畫意。而當畫家在畫作完成後，論及該畫作的「主題」，以及所要表達的「主張」，他已經是一個觀眾的身分（畫家是該畫作的第一個欣賞者），所發表的評論，跟其他觀眾所發表的評論，並沒有兩樣：都是就畫作來談「主題」，以及背後的「主張」。只是彼此所認定的「主題」和「主張」可能有差異[42]。這樣看來，畫意可以肯定是由觀眾認定的。精確一點的說，畫意是由觀眾根據畫作的整體筆畫結構判定的。因此，我們可以得到這樣的結論：畫意存在觀眾對畫作「主題」和畫家「主張」的判斷裏。

四、畫意的來源

畫意存在觀眾對畫作「主題」和畫家「主張」的判斷裏，這已經無可置疑，理當可以繼續探討它在繪畫創作和欣賞中的地位。但是這裏還需要一項保證，就是確實有畫作的「主題」和畫家的「主張」，可以在觀眾的判斷中「呈現」出來。不然，畫意只是一個空概念，並沒有實質的意義。個人改以提問的方式來說，就是畫意是怎麼發生的？如果無法證明畫意的來源，一切的論說都將不能成立。

這個問題，必須從繪畫創作這一方面說起。繪畫創作在前人眼裏具有相當大的功用，所謂「夫畫者，成教化，助人倫，窮神變，測幽微，與六籍同功，四時並運，發於天然，非繇述作。」㊸「古云：『畫者，聖也。蓋以窮天地之至奧，顯日月之不照。揮纖毫之筆，則萬類由心；展方寸之能，則千里在掌，豈不為筆補造化者哉！」㊹句句聳人聽聞！即使當它是「誇張」，而不予採信，繪畫創作也還有寄閒情、陶心性等作用：「高人曠士，用以寄其閒情；學士大夫，亦時彰其絕業。」㊺「學畫所以養性情，且可滌煩襟，破孤悶，釋躁心，迎靜氣。」

㊻「畫雖藝事，古人原借以為陶淑心性之具，與詩實同用也。」㊼這是針對畫家來說。實際上，就觀眾來說，這些話也同樣為真。而為了能發揮這些作用，繪畫必須有寄託㊽；否則，無從令己令人興起高懷，而有益於情性的陶冶。這個寄託，就是前面所說的「主題」和「主張」。這樣看來，繪畫創作本身已經保證了畫意的存在，後來觀眾的認定，不過是「化隱為顯」而已。

雖然如此，我們還是不能忽略仍有「隨興」的畫作。這些畫作，在創作前並不被期望發揮什麼作用，根本沒有寄託不寄託的問題。如果是這樣，畫意的來源就要重新檢討了。換句話說，從創作的角度來看，實在無法肯定畫意是否內在於畫作中，而我們的論題很可能會變成一個假論題。，為了化解這個「危機」，必須確立畫意的來源才行。

要確立畫意的來源，顯然不能再從創作的角度去設想，而要改從欣賞的角度來考慮。我們知道一幅畫作可供欣賞的地方很多，如它的構圖、線條、設色，以及畫面所烘托的精神氣韻等。觀眾可以就任何一部分加以欣賞，而不必顧慮各部分間的關聯，以及這種關聯所要表現的是什麼。但是當觀眾想進一步對該畫作到底要表現什麼進行了解時，就涉及了畫意的問題。因為畫作所要表現的，就是畫意的所在。任何一個觀眾，都難免要把這一點納入他獨自看畫或跟人論畫的範圍裏。不然，他所欣賞的只是畫作的「某一部分」，還夠不上「全部」。而這一對畫意的「需求」，可以由觀眾自行決定，不必取得畫家的首肯。前人有段話說：「寫屋宇得幽逸之意，寫人物得恬適之意，寫漁樵得託隱之意，寫行旅估帆必先作閒曠山人為主，以見物外閒觀之意。」㊾所謂「幽逸之意」、「恬適之意」、「託隱之意」、「物外閒觀之意」。都是畫作所要表現的。就畫家來說，他可以不承認這些畫意是他所要表現的，但就觀眾來說，他看出了這些畫意，別人沒有理由加以否認。因此，我們可以確定觀眾對繪畫創作表現的了解意願，保證了畫意的必然發生㊿。如果有畫家提起自己畫作中的「主題」如何，以及要藉該「主題」來表達何種「主張」時，他已經暫失畫家的身分，而是十足的觀眾了。這仍然不會動搖這裏的論點。

五、畫意在繪畫創作和欣賞中的地位

以上個人討論了畫意是什麼、畫意存在那裏，以及畫意是怎麼發生的，現在要討論畫意在繪畫創作和欣賞中具有什麼地位。這一點是證成前面所說那個假定的最後一個步驟，所以要肯定它是繪畫創作和欣賞必須考慮的一個重要因素，才算達到寫這篇文章的目的㉛。

要肯定畫意是繪畫創作和欣賞必須考慮的重要因素，到底可能不可能？我們先從繪畫創作這一方面看起。根據前面所述，繪畫創作有一部分是有目的的，有一部分是沒有目的的。有目的的繪畫創作，就是藉著畫意來達到該目的。因此，畫家一定會妥為「安排」畫意，這沒有什麼問題。沒有目的的繪畫創作，可能出於一時的興緻，也可能出於非自主力量（如神力）的促使，這時儘管畫家不承認畫作中有任何畫意，但是我們知道畫意已經存在其中：前者可由潛意識加以解釋，後者可由神旨加以解釋。不過，這一部分不是畫家所能控制，我們可以把它排除在繪畫創作之外，或是「存而不論」。這樣說來，畫意是畫家有意識的從事繪畫創作時，必然要考慮的一個問題，同時為了令人看了「意興無窮」，他還要避免使畫意流於淺俗或寡少㉜；否則，無法得到觀眾較好的評價。

再從繪畫欣賞這一方面來看。觀眾看畫，可以停留在對畫作形式的直覺感受層次，不必牽涉跟畫意有關的任何問題。這時觀眾無須去了解畫作表現了什麼，也無須去推測畫家創作時的精神態度、存在處境，以及所隱藏的社會價值觀等。但是這種直覺感受只是繪畫欣賞的「片段」，而不是「全部」。繪畫欣賞的「全部」，還要加上「理解」才夠㉝。前人有段話說：「詩文以意為主，而氣附之，唯畫亦云。無論大小尺幅，皆有一意，故論詩者以意逆志，而看畫者以意尋意。古人格法，思乃過半。」㊺畫中是否只有一意，個人不敢輕易斷定，但是論者所說「以意尋意」㊻，正是要透過「理解」才有可能。也就是說，理解畫作的「主題」和畫家的「主張」（甚至畫家的「精神態度」、「存在處境」以及「社會價值觀」等），是整體繪畫欣賞不可缺少的部分，甚至比直覺感受還要重要。因為直覺感受只對畫作的構圖、用筆、設色等有所反應，還稱不上「了解」畫作。要「了解」畫作，必須掌握該畫作的「主題」和畫家的「主張」。而從人對繪畫創作心理的認知（繪畫創作是出於意志的行為），已經預設了人要「了解」畫作，才算懂得欣賞繪畫，這是停留在對畫作形式的直覺感受者，所不能相提並論的。

因此，我們可以肯定畫家從事繪畫創作，必須精心安排畫意；而觀眾從事繪畫欣賞，也要盡力挖掘畫意。任何一方忽略了這一點，就有虧自己的「職責」。至於觀眾所認定的畫意，經常異於畫家所寄寓的畫意㊼，可能引發觀眾和畫家的「衝突」；甚至觀眾彼此所認定的畫意也有差別，也可能激起觀眾相互的「辯難」。這並沒有妨礙，畢竟畫作的線條、色彩，有其約定俗成或客觀的意義，不是畫家所能專斷；而觀眾從不同角度觀看，得出不同的結果，也是很自然的事。

注釋

①《論語・八佾》說：「子夏問曰：『巧笑倩兮，美目盼兮，素以為絢兮。』何謂也？』子曰：『繪事後素。』曰：『禮後乎？』子曰：『起予者商也，始可與言詩已矣。』」這段有關詩、畫、禮的對話，歷來在語意上縱有許多爭議（見程樹德，1965: 137～140），但不影響它被認定是今天所見最早談論繪畫的文獻。至於前人所談過的話題，不論是泛論，還是專論，就傳統繪畫這一部分來看，可以說應有盡有（詳見俞劍華編，1984）。

②詳見朱光潛，1982。西方人甚至把繪畫當作文明的主要表現之一，而從繪畫的演化，可以看出部分文明的發展〔見克拉克（**K. Clark**），1989〕。

③收於注①所引俞劍華書，85。

④當然，這裏少不了要有一個前提，就是彼此的技巧（構圖、用筆、設色等）都相當高明，否則有美婦人的畫作不一定高於只有花卉的畫作。至於畫意深淺的標準，是根據是否耐人尋味而定（畫意多少、雅俗，幾乎也是根據這一標準）。

⑤見釋道濟，《苦瓜和尚畫語錄》，同注③，159。

⑥見布顏圖，《畫學心法問答》，同注③，218。

⑦見松年，《頤園論畫》，同注③，326。

⑧見練安，《金川玉屑集》，同注③，98。

⑨見湯垕，《畫鑑》，同注③，687。

⑩還有人稱它為「理」、「氣」(「氣韻」)、「趣」(「意趣」)、「神」等。王原祁《雨窗漫筆》：「作畫以理氣趣兼到為重，非是三者不入精妙神逸之品。」王世貞《藝苑卮言》：「山水以氣韻為主，形模寓乎其中。」謝肇淛《五雜俎》：「今人畫以意趣為宗。」王學浩《山南論畫》：「唐六如云：『畫當為山水傳神。』」(以上同注③，172、115、127、249)

⑪如「興」和「氣」，可以說渺不相涉；「理」和「意態情性」，可以說相互包攝；而「興」、「意」、「理」、「趣」、「意趣」或「氣」、「氣韻」、「神」、「天機」，可以說異名同實。這種劃分，也許不夠精當，但是大致可以看出前人使用詞彙的分際。

⑫畫作是藝術品之一，而把藝術品當作「材料物」，這是亞德烈（V. C. Aldrich）的主張（見亞德烈，1987: 47～98）。這比懷海德（A. N. Whitehead）所主張的「命題」或克羅齊（B. Croce）所主張的「直覺」或當代一般人所主張的「審美客體」(同上，171)，更接近事實。

⑬見歐陽修，《書畫譜》，同注③，42。

⑭見湯垕，《畫鑑》，同注③，481。

⑮見惲向，《虛齋名畫錄》，同注③，768。

⑯見湯貽汾，《畫筌析覽》同注③，832。

⑰見沈宗騫，《芥舟學畫編》同注③，901。

⑱見屠隆，《畫箋》同注③，124。

⑲參見劉昌元，1987：251～252。

⑳見張庚，《浦山論畫》同注③，225。

㉑見李修易，《小蓬萊閣畫鑑》同注③，276。

㉒見趙孟濚，《鐵網珊瑚》同注③，90。

㉓見王槩，《芥子園畫傳》同注③，1095。

㉔見方薰，《山靜居畫論》，同注③，233。

㉕同上，239。

㉖當然，畫作和詩文所採用的媒材以及表現的方式，迴然不同，不可混為一談。有關這一方面的論

述，參見萊辛（G. E. Lessing），1986。

㉗ 方薰《山靜居畫論》說：「古者圖史彰治亂，名德垂丹青。後之繪事，雖不逮古，然昔人所謂賢哲寄興，殆非庸俗能辨。故公壽多文曉畫，摩詰前身畫師，元潤悟筆意於六書，僧繇參畫理於〈筆陣〉。戴逵寫〈南都〉一賦，范宣嘆為有益：大年少腹笥數卷，山谷笑其無之。又謂畫格與文同一關紐，洵詩文書畫相為表裏者矣。」（同注③，229）有關畫意、文意、詩意三者一體的問題，這段話說得相當明白。

㉘ 參見臺灣大學哲學系主編，1988: 21 ~40。

㉙ 沈顥《畫麈》說：「郭熙云：『作畫先命題為上品，無題便不成畫。』此語近於膠柱。譬古人作詩，或有詩無題，即命題不可以無題題之。若題在詩先，其嚮不之天而之人乎？徐聲遠云：『晏坐絕詩，詩將自至。』麾之不去，得句成篇，題與無題，於詩何有？良工繪事，有布置而實無布置，無布置而實有布置。象之所有不必意，意之所有不必象。理不離於異見，事不關乎慧用。此中一著些子便判人天，何暇命題？或者脫局嘗心，攄詞拈語，固無不可。」（同注③，774）這段話看來有點玄奧，但是可以揣摩出它為無暇寄意者預留了餘地。

㉚ 見鄭績，《夢幻居畫學簡明》，同注③，944。

㉛見王學浩，《山南老屋畫論》，同注③，248。

㉜見蔣和，《學畫雜論》，同注③，278。

㉝周履靖《天形道貌》說：「畫耕夫牧豎，則有不識不知之意。若乃羽士高人，則有乘風吸露，披霞戴月，不染纖埃之氣。先須意定，然後下筆。」沈括《夢溪筆談》說：「歐陽公嘗得一古畫〈牡丹叢〉，其下有一貓，未知其精粗。丞相正肅吳公與歐公姻家，一見曰：『此正午牡丹也。何以明之？其花披哆而色燥，此日中時花也。貓眼黑睛如線，此正午貓眼也。有帶露花，則房斂而色澤。貓眼早暮則睛圓，日漸中狹長，正午則如一線耳。』此亦善求古人筆意也。」（以上同注③，495及1021）這兩段話可以作為上面所說的注腳。

㉞沈括《夢溪筆談》說：「書畫之妙，當以神會，難可以形器求也……謝赫云：『衛協之畫，雖不該備形妙，而有氣韻，凌跨群雄，曠代絕筆。』又歐文忠〈盤車圖〉詩云：『古畫畫意不畫形，梅詩詠物無隱情。忘形得意知者寡，不若見詩如見畫。』此真為識畫也。」（同注③，43）這頗能形容「意筆」的情況。

㉟在「意筆」和「工筆」之間，還有一種「逸筆」。何良俊《四友齋畫論》說：「倪雲林〈答張藻仲書〉曰：『……圖寫景物，曲折能盡狀其妙趣，蓋我則不能之。若草草點染，遺其驪黃牝牡之形色，則

又非所以為圖之意。僕之所謂畫者，不過逸筆草草，不求形似，聊以自娛耳……』（同注③，111）有人以書體來形容上述三種筆法，鄭績《夢幻居畫學簡明》說：「工筆如楷書，但求端正不難，難於筆活……意筆如草書，其流走雄壯，不難於有力，而難於靜定……所謂逸者，工意兩可也。蓋寫意應簡略而此筆頗繁，寫工應幼緻而此筆頗粗，蓋意不太意，工不太工，合成一法，妙在半工半意之間，故名為逸。」（同注③，570～573）。

㊱鄭燮《板橋題畫》說：「必極工而後能寫意，非不工而遂能寫意也。」董棨《養素居畫學鉤深》說：「畫何有工緻寫意之別？夫書畫尚同一源，何論同此畫而有工緻寫意之別耶？要之畫益工則筆愈見，筆法固無工粗之別，而賦色則有工粗之殊。然不可以筆法而論工粗也，畫師與畫工不同如此。」（以上同注③，1174及255）雖然有類似以上調和「意筆」和「工筆」的言論，但是不可否認前人很在意兩種筆法的劃分。這從前人留下的畫論和畫作裏，可以清楚的看出來。

㊲湯垕《畫鑑》說：「顧愷之畫如春蠶吐絲，初見甚平易，且形似時或有失；細視之，六法兼備，有不可以語言文字形容者。曾見〈初平叱〉、〈石圖〉、〈夏禹治水〉、〈洛神賦〉、〈小身天王〉，其筆意如春雲浮空，流水行地，皆出自然。」董其昌《畫眼》說：「右丞山水入神品，昔人所評：雲峰石色，迥出天機，筆意縱橫，參乎造化，唐代一人而已。」李肇亨〈題孔孫雪竹卷〉說：「孔孫寫

雪竹以渴筆就勢取之而不用渝暈，使人望之空白處皆雪也。古來未見此法，殆出心巧……古人云：『義理在無字句中。』即此之謂歟！」（以上同注③，476及724，1092）上面幾則說的就是這種情況。

㊳見孔衍栻，《石村畫訣》，同注③，976。

㊴見蔣驥，《讀畫紀聞》，同注③，319。

㊵見盛大士，《谿山臥遊錄》，同注③，258。

㊶「主題」是貫串「題材」的一般觀念，「主張」是畫家所辯護的思想或立場。兩者可以相等，也可以不等。當兩者相等時，畫作的「主題」就直接透顯了畫家的「主張」；當兩者不等時，畫作的「主題」只能表達畫家「主張」中的某一部分。這是就畫家的立場來說。如果就觀眾的立場來說，只能根據畫作的「主題」推測畫家的「主張」，而無法判斷畫作的「主題」是否只表達了畫家「主張」的某一部分。

㊷畫作中線條顏色的組合，常有其約定俗成或客觀的意義，畫家本人所認定的「主題」和「主張」，不一定獲得觀眾的認同（參見注⑲所引劉昌元書，226～228）。這一點，後面會再討論。

㊸見張彥遠，《歷代名畫記》，同注③，27。

㊹見韓拙，《山水純全集》，同注③，659。

㊺見王紱，《書畫傳習錄》，同注③，99。

㊻見王昱，《東莊論畫》，同注③，187。

㊼見沈宗騫，《芥舟學畫編》，同注③，890。

㊽盛大士《谿山臥遊錄》說：「作詩須有寄託，作畫亦然。旅雁孤飛，喻獨客之飄零無定也。閒鷗戲水，喻隱者之徜徉肆志也。松樹不見根，喻君子之在野也。雜樹崢嶸，喻小人之暱比也。江岸積雨而征帆不歸，刺時人之馳逐名利也。春雪甫霽而林花乍開，美賢人之乘時奮興也。」（同注③，263）由此可見一斑。

㊾同注㊼，902。

㊿觀眾對畫意的了解意願，固然受到一部分畫論所說繪畫為達成某些目的影響（如前所述），主要還是繪畫的形式是一種有意義的組構（出於畫家意志的創作），使觀眾在「先驗」上就有這種意願存在。

㉛至於想透過這篇文章影響以後的繪畫創作和欣賞，就不是個人所能掌握，只好等待讀者自己去斟酌了。

㉜淺俗，是指畫意人盡可能；寡少，是指畫意僅見「主題」，而不見「主張」（甚至「精神態度」、「存

在處境」以及「社會價值觀」等），這都無法讓人尋繹不盡。

㊸這是因為畫作是人為的藝術品，在本質上就限定了它是有意的創作，所以繪畫欣賞必然要涵蓋「理解」，始稱完全。參見姚一葦，1985b：1～15。

㊹見惲向，《寶迂齋書畫錄》，同注③，769。

㊺以現在的話來說，就是依畫作的「主題」推測畫家的「主張」（或畫家的「精神態度」、「存在處境」或「社會價值觀」等）。

㊻畫家所寄寓的畫意，不一定全是事先確定。沈宗騫《芥舟學畫編》說：「若士大夫之作，其始也曾無一點成意於胸中，及至運思動筆，物自來赴，其機神湊合之故，蓋有意計之所不及，語言之所難喻者，頃刻之間，高下流峙之神，盡為筆墨傳出。」（同注③，900）這類似前面所說非自主力量的促使那種情況。但是畫家在畫作完成後，不但「認同」它，並且還保留它，如同自己的「創作」。因此，個人也把這類畫作的畫意，視同畫家的安排。其實，這還可以包括畫作完成後，所蘊涵的畫意已經不是當初畫家所定的畫意（這沒有現成的例子，但可以透過鄭燮《板橋題畫》中一段話來「聯想」：「江館清秋，晨起看竹，煙光、日影、露氣，皆浮動於疏枝密枝之間。胸中勃勃，遂有畫意。其實胸中之竹，並不是眼中之竹也。因而磨墨展紙，落筆倏作變相，手中之竹，又不是胸中之

竹也。總之，意在筆先者，定則也；趣在法外者，化機也。獨畫云乎哉！」（同注③，1173）」。但是只要畫家留下它，就視同畫家所寄寓的。

附錄二　俠話語的神話性與社會功能

一、俠話語的出現

從來談論俠的人，都難免要面對這樣的問題：我所說的俠，到底是真實存在過的俠，還是歷史文獻上的俠，或是自己想像中的俠？如果是真實存在過的俠，又要如何確定他的「身分」，以便供人辨認？如果是歷史文獻上的俠，又要如何捉摸他的「形象」，以便供人尋繹？如果是自己想像中的俠，又要如何闡述他的「精神」，以便供人瞻仰？

當然，問題不會這麼單純。在大家確立俠的「身分」、「形象」和「精神」前，還得把俠的「外延義」和「內涵義」作一番釐清。俠的「外延義」，是指俠所指涉的對象；俠的「內涵義」，是指俠所指涉的對象的特性或本質。當俠指的是真實存在過的俠時，就只能確定他的

「身分」，而無法確定他的特性或本質。如果要確定俠的特性或本質，就必須把俠「抽象化」。但「抽象化」後的俠，已經不是真實存在的俠。因此，真實存在過的俠，就只有「身分」可說。當俠指的是歷史文獻上的俠時，也只能捉摸他的「形象」，而無法確定他的特性或本質。因為歷史文獻上的俠，是真實存在過的俠的記錄，而真實存在過的俠已經無法確定他的特性或本質，自然歷史文獻上的俠也無法確定他的特性或本質。因此，歷史文獻的俠，也只有「形象」可說。以上兩種俠，都無法論及「內涵義」。只有第三種俠，才能論及「內涵義」。這是因為第三種俠經由想像產生，已經「抽象化」了，既不同於個別存在的俠，也不同於個別存在的俠的記錄，所以有他一定的特性或本質。這種特性或本質，只有「精神」基礎，而沒有「物質」基礎。因此，談論自己想像中的俠，就只能談論他的「精神」。

這麼一來，談論真實存在過的俠和歷史文獻上的俠的人，必須把俠的「身分」和「形象」，加以確定和捕捉，好讓別人辨認和尋繹；而談論自己想像中的俠的人，也必須把俠的「精神」，作充分的闡述，好讓別人有所瞻仰。雖然如此，俠還是很難談論。因為第一個指出某人為俠的人是誰，已經無從考證；而他所以稱呼對方為俠的「道理」，也無從得知。後人凡是提及某人為俠，不但我們看到後難以確定是那一種俠，恐怕連他自己當初在指稱時也無法確定是那一種俠。這實在是很「弔詭」的事。然而，大家還是要談論俠，這又該怎麼辦？在這裏個人想到了一點，就是大家在談論俠時，不是先找到俠，然後才賦予俠某種「內涵義」，而是先賦予俠某種「內涵義」，然後才去找俠來談論。倘若不是這樣，個人可以肯定他根本無法談論俠。於是想談論俠的人，就有一條出路了：只要賦予俠某種「內涵義」，就可以找俠來「高談闊論」，而不必有所顧忌。

歷來談論俠的人，幾乎都是運用這一套「模式」。只是有些人有自覺，有些人沒有自覺罷了。現在個人也要運用這一套「模式」來談論俠。不過，個人會作得比較精密，不像前人那麼「粗糙」。換句話說，前人只是在談論俠，並不知道為什麼要這樣談論俠，也不知道這樣談論俠的目的何在；而個人對這些問題，都會有所反省和交代。

二、俠話語的源流考察

目前我們所看到最早提到俠的文獻是《韓非子》，而最早為俠作字義解釋的是許慎《說文解字》。《韓非子・五蠹》說：「儒以文亂法，俠以武犯禁。」《說文解字》說：「俠，俜也。」

（段玉裁注：「荀悅曰：『立氣齊，作威福，結私交，以立彊於世者，謂之遊俠。』如淳曰：『相與信為任，同是非為俠，所謂權行州里，力折公侯是也。』或曰：『任，氣力也。俠，甹也。』按：俠之言夾也；夾者，持也。經傳多假俠為夾，凡夾皆用俠。」）①依字義來推斷，俠是挾持的意思。人有所挾持（威脅、掠奪），必有不利於他人（所威脅、掠奪的對象），這是講究「法治」的社會所不容許，而俠卻視為常例，所以《韓非子》才會說「俠以武犯禁」②。這也許就是造俠字的人，所賦予俠的意義。

然而，俠的意義卻不止這一點，它還有別的意義。《淮南子・說山訓》說：「喜武非俠也。」司馬遷《史記・游俠列傳》說：「今游俠，其行雖不軌於正義，然其言必信，其行必果，已諾必誠，不愛其軀，赴士之阸困，既已存亡死生矣，而不矜其能，羞伐其德，蓋亦有足多者焉。」荀悅《漢紀・前漢孝武皇帝紀》說：「游俠之本，生於武毅，不撓久要，不忘平生之言，見危授命，以救時難而濟同類。以正行之者謂之武毅，其失之甚者至為盜賊也。」李德裕〈豪俠論〉說：「夫俠者，蓋非常人也。雖然以諾許人，必以節義為本。義非俠不立，俠非義不成，難兼之矣。」有人認為俠不崇尚武力；有人認為俠雖然不軌於正義，卻有多於個人私德；有人認為俠中有以武毅正行的，也有以盜賊邪行的；有人認為俠固然以赴人急難為己任，但也要有節義作為衡量標準。這樣看來，俠就不可能有固定的意義了。既然俠沒有固定的意義，而個人還想談論俠，到底又要怎麼談論？這可能要先了解別人是怎樣看待俠的。

如果我們把原始造俠字的人按下不談，就會發現大家都是應用前面所說先賦予俠「內涵義」再談論的「模式」來談論俠。而不同的人，可能賦予俠不同的「內涵義」，所以才會有上面這許多說法。

我們根據這些說法，也可以找到一些相應的對象。如《史記・游俠列傳》說：「近世延陵、孟嘗、春申、平原、信陵之徒，皆因王者親屬，藉於有土卿相之富厚，招天下賢者，顯名諸侯，不可謂不賢者矣。」這裏所舉季札及四公子，就是不崇尚武力的俠。又如陳懿典《讀史漫筆・刺客傳》說「〈刺客傳〉五人（曹沫、專諸、豫讓、聶政、荊軻），曹沫事成而生，以遭桓公；專諸、聶政事成而死。然專諸助篡，聶政借軀，報一人之仇，皆不軌於正義。」這裏所舉專諸、聶政等人，就是不軌於正義而有多於個人私德的俠。又如《史記・魏其武安侯列傳》說：「灌夫為人剛直使酒，不好面諛……好任俠，已然諾。諸所與交通，無非豪傑大猾。」《魏書・儒林傳》說：「李興業……性豪俠，重意氣，人有急難，委之歸命，便能容匿。」《隋書・劉權傳》說：「權少有俠氣，重然諾，藏亡匿死，吏不敢過門。」這裏所舉灌夫、李興業、劉權等人，就是以武毅正行的俠。又如《晉書・戴淵傳》說：「淵少好游俠，不拘操行。遇陸機赴洛，船裝甚盛，遂與其徒掠之。」《北齊書・畢義雲傳》說：「義雲少麤俠，家在兗州北境，常劫掠行旅，州里患之。」《北史・畢眾敬傳》說：「眾敬少好弓馬射獵，交結輕裏，常於疆境盜掠為業。」這裏所舉戴淵、畢義雲、畢眾敬等人，就是以盜賊邪行的俠③。又如《史記・游俠列傳》說：「(郭)解姊子負解之勢，與人飲，使之嚼。非其任，彊必灌之。人怒，拔刀刺殺解姊子，亡去。解姊怒曰：『以翁伯之義，人殺吾子，賊不得！』棄其尸於道，弗葬，欲以辱解。解使人微知賊處。賊窘自歸，具以實告解。解曰：『公殺之固當，吾兒不直』。遂去其賊，罪其姊子，乃收而葬之。」《太平廣記》卷195引《原化記・義俠》說：「頃有仕人，為畿尉，常任賊曹。有一賊繫械，獄未具。此官獨坐廳上，忽告曰：『某非賊，頗非常輩。公若脫我之罪，奉報有日。』此公視狀貌不群，詞采挺拔，意已許之，佯為不諾。夜後密呼獄吏放之……後官滿數年，客遊亦甚，羈旅至一縣，忽聞縣令，與所放囚姓名同。往謁之，令通姓字。此宰驚懼，遂出迎拜，即所放者也。因留廳中，與對榻而寢，歡洽旬餘……妻曰：『公豈不聞大恩不報，何不看時機為？』令不語。久之乃曰：『君言是矣。』此客聞已，歸告奴僕，乘馬便走……止宿村店，僕從但怪奔走，不知何故。此人歇定，乃言此賊負心之狀。言訖吁嗟，奴僕悉涕泣之。次忽床下一人，持匕首出立，此客大懼。乃曰：『我義士也，宰使我來取君頭。適聞說，方知此宰負心。不然，枉殺賢士。吾義不捨此人也。公且勿睡，少頃與君取此宰頭，以雪公冤。』……此客持劍，出門如飛。二更已至，呼曰：『賊首至。』命火觀之，乃令頭也。劍客辭決，不知所之。」羅大經《鶴林玉露‧秀州刺客》說：「苗、劉之亂，張魏公在秀州，議舉勤王之師。一夕獨坐，從者皆寢。忽一人持刀立燭後，公知為刺客，徐問曰：『豈非苗傅、劉正彥遣汝來殺我乎？』曰：『然。』公曰：『若是則取吾首以去可也！』曰：『我亦知書，豈肯為賊用？況公忠義如此，何忍害公？恐防閑不嚴，有繼至者，故來相告耳。』公曰：『欲金帛乎？』笑曰：『殺公患無財？』『然則留事我乎？』曰：『有老母在河北，未可留也。』問其姓名，俛而不答。攝衣躍而登屋，屋瓦無聲。時方月明，去如飛。』」這裏所舉郭解及兩名刺客，就是「有所為有所不為」講節義的俠。

雖然我們不知道記錄這些俠士行跡的人，是不是了解俠有這麼多種類型④，而反省到自己所提及俠的「可靠性」，但我們可以確定記錄這些俠士行跡的人。必然對俠有相當的概念（不論是聽別人說的，或是自己體會到的），才能「許」以某人為俠。這跟談論俠的人，必須先賦予俠的「內涵義」，然後才能談論俠，是同一道理的。如果不是這樣，我們就無法想像他的記錄是怎麼可能的。這也使個人更加堅信談論俠的人，如果不先賦予俠的「內涵義」（不論有無明白表示），他根本就談論不了俠。

三、俠話語的神話性

這種說法，可能會遭到這樣的質疑：前人所賦予俠的「內涵義」是什麼，而他是怎麼賦予的，同時他又有什麼目的？如果不能解決這些問題，光談前人先賦予俠的「內涵義」，再找俠來談論，並沒有什麼意義。

是的，當個人確定談論俠的人必須先賦予俠的「內涵義」時，已經意識到問題遠比原先所想像的還要複雜。上面的質疑，只是關係問題的幾個「面相」而已。雖然如此，卻也夠困擾人的了。現在就試著來作個解答。

大約從近代開始，談論俠的人，幾乎都不免要為俠尋找「源頭」。結果有人發現俠出於儒家⑤；有人發現俠出於墨家⑥；有人發現俠出於儒家和墨家⑦；有人發現俠出於貴族政治崩潰以後的「士」階級⑧；有人發現俠出於封建解體下所產生的游民⑨；有人發現俠不屬於任何特殊階層，不過是具有某些理想的人物而已⑩。也許還有別的發現，個人沒有看到，但光有這些說法，已經足夠引發我們思考了。

首先，我們可以看出，為俠尋找「源頭」的人，不僅是要給俠樹立一個「歷史形象」，還要給俠確定一個具有普遍性的「內涵義」；而後者可能才是他的主要動機。因為俠在歷史上，並沒有一定的意涵，而文獻上所記載俠的面貌，又都「千奇百怪」，使他當下面臨了無法論述的困難，不得不「求救」於歷史根據或思想淵源。然而，當各人所找到的歷史根據或思想淵源互不相同時，問題又來了：到底是那裏出了差錯，怎麼會有這樣的歧異？這時我們無法判斷誰的說法屬實，只能說他們所找到的俠，必須為他們的論述負責，而不必再轉向歷史負責。如果有人一定要再轉向歷史負責，他就得否定別人不同的說法（連同別人所舉出的「實例」），只保留他自己的說法，而這種事幾乎是不可能的。這就透露了有關俠的談論的「虛構性」（也就是談論俠的人找不出「真正」的俠）。

其次，我們也可以看出，為俠尋找「源頭」的人，不僅把俠從現實情境中抽走了，還把俠從歷史文獻上抽走了。本來現實情境中的俠，是一個活生生的人（有複雜的情緒，也有複雜的行為），現在變成某一類人（或儒，或墨，或儒墨，或士，或游民，或具有某些理想的人），證明俠已經被「抽象」了；而歷史文獻上的俠，又是那麼多變貌（各有各的行徑），現在都被剝除了彼此的差異性，只留下「俠」這個共同性，也證明所有的俠都歸到一個「內涵義」上了。這也顯示了有關俠的談論不得不先把俠「抽象化」（否則，談論俠的人就不能對俠有任何的論述）。而「抽象化」的俠，就容易賦予他某種意義了。

再次，我們還可以看出，為俠尋找「源頭」的人，不是要解決原始俠的真相問題，也不是要解決原始俠的行為問題，而是要解決他所論述俠的「出路」問題。也就是說，他要藉有關俠的論述來達到他預定的某些目的（這看來很「詭譎」，令人不好想像。其實只要稍加思索，就會發現「事實」正是這樣）。反過來說，為俠尋找「源頭」的人，不是要藉它來達到預定的某些目的，除非這項「作為」不出於意志，否則就很可懷疑了；何況他也沒有絕對把握他的說法，完全符合原始俠的「實情」。這也暗示了有關俠的談論必然有談論者的「預設立場」（不是漫無目的的談論）。而這「預設立場」，又跟談論者所賦予俠的「內涵義」緊相關連。

透過這樣的觀察，我們可以說歷來談論俠的人，不但不能確定真實存在的俠是什麼樣子，也不能確定歷史文獻上的俠是什麼樣子。因為俠的本源早已「喪失」了，那些記錄俠士行跡的人，無不是用他所想像來的俠「稱許」對方；而摭拾這些記錄準備論述的人，又用他所想像的俠加以理解，以至「眾說紛紜」，而難以究詰了。

這種人人各有所見（想像）的俠，越到後來越為明顯。我們只要看看底下三家對俠的論述，就能感受得到。第一家是劉若愚，他認為俠有八項特徵：(1)重仁義，鋤強扶弱，不求報施；(2)主公道，能「路見不平，拔刀相助」；(3)放蕩不羈（或傾向個人自由）；(4)個人性的忠貞，或士為知己者死；(5)勇，包括體力與道德上的勇氣；(6)重然諾，守信實；(7)惜名譽；(8)慷慨輕財⑪。第二家是田毓英，他認為俠有十一項美德：(1)守信用，已諾必踐；(2)所行必果；(3)犧牲自我，濟困扶危；(4)不自誇自己的才分與本領；(5)羞於讚美自己的德行；(6)自己規定取捨予奪的標準；(7)重視信諾的規則；(8)他們名聲遠播，但他們自己並不尋找名聲；(9)他們不為他人的批評擔心，但卻為義而自我犧牲；(10)致力於修德行善；(11)設法改善他們的行為與美名⑫。第三家是崔奉源，他認為俠是指符合下列條件者的稱呼：(1)路見不平，拔刀相助；(2)受恩勿忘，施不望報；(3)振人不贍，救人之急；(4)重然諾，輕生死；(5)不分是非善惡；(6)不矜德能；(7)不顧法令；(8)仗義輕財⑬。先不要說各家自己所作論述是不是有語義上的重複（如劉說中的(1)、(2)、(5)項；田說中的(4)、(5)、(8)項；崔說中的(1)、(3)項）或矛盾（如田說中的(8)、(11)項；崔說中的(5)、(8)項），也不要說各家的論述是不是互有衝突（如劉氏認為俠重視名譽，田氏認為俠不重視名譽），就說各家給俠貼上這麼多「標籤」（彼此大同小異），以及有意無意略去歷史文獻上所記載許多俠的「邪行」，已經足以證明俠的「虛構性」。在這個前提下，人人都可以想像一個俠來談論。而只要各自的談論，能滿足「邏輯」上的需求，就可以成立。因此，有關俠的「內涵義」是什麼的問題，不再是我們關注的重點（我們無法預測談論俠的人，會給俠加上什麼樣的「內涵義」）。我們關注的重點，要轉移到談論俠的人是怎樣賦予俠的「內涵義」，以及他的目的在那裏。

現在先來看第一個問題。這個問題，精確一點的說，應該是談論俠的人賦予俠的「內涵義」如何可能？因為俠的「內涵義」是談論俠的人所想像的，而想像就是他的「手段」，但是這種想像又如何可能，卻不是不證自明，而要進一步去探討。

我們對於這個問題，可以從兩方面來觀察：一個是文字，一個是歷史。俠這個字，造於什麼時候，雖然沒有確切的文獻記載。但是從文字被用來象徵思想觀念或外界事物⑭，自然會吸引人去「解讀」它所代表的意義這一心理因素來推測，俠的「形式」結構，必然也會成為人尋繹的對象。而當人無法得知俠的原始意義時，想像一個「合適」的意義來給它，本是「順理成章」的事。這種個別「事件」，一旦進入歷史，變成聽得見或看得見的「信息」，又會刺激其他人再想像（重組他獲得的「信息」），合而保證了俠的「虛構性」的可能。

這種「虛構性」，本來也沒有什麼特殊（因為人就是常常在虛構事物），但當它一再被「強化」後，會反過來「攫住」人的注意力，然後對它產生一種莫名的信仰⑮，這就不比尋常了。我們看到俠從「以武犯禁」開始，以「模糊」的形象登上歷史舞臺，而後不斷的被塑造成維護「正義」的英雄（我們從後代辭書都把俠當作見義勇為、濟弱鋤惡的人，可以看出一點端倪），不僅較早文獻上所載他那「犯禁」的「本質」，獲得了同情，連後來文獻上所載他那「偶發」的「邪行」，也獲得了諒解。這不是顯示俠已經不可能從現實中找到⑯，而只能存在人的腦海裏了嗎？由於俠在被塑造的過程中，人賦予他「掃除天下不平」這一特殊的「任務」，所以顯得非常奇特。然而，俠終究是一個「幻象」，他除了存在人的想像中，現實世界是「容」不得他的。只是俠自從被人創造以後，一起「擺落」了人性的經驗面（如複雜的情緒、複雜的行為以及複雜的學習、蛻變過程），而像神話中的「神聖」（英雄）一樣，變成大家信仰的對象。因此，「神話性」就成了俠的唯一特徵。後人要了解俠，也必須掌握這個特徵，才有可能。

四、俠話語的社會功能

也許有人會問為什麼要把俠塑造成這樣的「性格」？這牽涉到「目的」的問題，應該由創造俠的人來作答。可是創造俠的人，並沒有為他的「行為」多作解釋，只好由個人「代」為說明了。這也就是前面所提出來的第二個問題。

根據神話學的理論，人類創造神話，是為了解決生命中一些基本的問題，如團結社會，並藉此產生一股控制和穩定的力量（就這一點來說，神話是人類團結意識的自然流露）；解除心理壓抑，以減輕個人的罪惡感（就這一點來說，神話是一種「群體狂想」，是某種社會願望的達成）；解釋現實真相，奠立理論和實際的指導（就這一點來說，神話是人類無窮需求的準繩）⑰。這解釋了神話所以存在的「緣由」，大致上合於「事實」。現在有關俠的創造，既然跟神話的創造相似，照理也可以拿它來「充數」。但我們還得考慮：神話有許多類型（如創生的神話、除害的神話、治水的神話、戰爭的神話）⑱，而俠到底屬於那一類型（不同類型的神話，可能有不同的目的，不能混為一談）？

嚴格的說，我們很難把俠歸入已有的任何一個類型，只能就它相近的作一比附。現在我們從神話創造所要解決的問題看起。在神話創造所要解決的問題中，有一個是「團結社會，並藉此產生一股控制和穩定的力量」，歷來大家對俠的「期望」，多在維護「正義」這一方面，並不「要求」他有太多的作為，基本上跟要解決這種問題的神話不同。還有一個是「解除心理壓抑，以減輕個人的罪惡感」，這也不是大家創造俠的目的。因為這一類神話，都是性慾的變種和偽裝⑲，創造神話的人，藉著它可以達到心理洗滌的作用，而俠不是性慾的變種和偽裝，自然創造俠的人，也不會依賴它來淨化心靈。再看另一個「解釋現實真相，奠立理論和實際的指導」，這一類神話是解釋現實真相的完備形式，兼具有典範的意義（這種兼具有典範意義的神話，並不僅發生在原始社會。現代人也常以風靡當代的顯赫人士來決定個人的行為方向，而這些顯赫人士的地位正類似古典神話中的英雄），而俠的出現，正是一個典範的形成，不論是創造俠的人，或是期待俠的人，都以俠作為個人行為的準繩。因此，俠的創造，就是跟要解決這個問題的神話創造相似。

這樣一來，俠的創造，就具有相當濃厚的實用性，它對社會的作用，也跟同類神話對社會的作用一樣。這類神話，至少具有三種社會作用：第一，它是一個解釋系統；第二，它是一個禮儀系統；第三，它是一個操作系統。所謂解釋系統，是指人類可以利用它來解釋各種自然現象，解釋人際關係，解釋人類和自然的關係，並且解釋他們的來源和歷史；所謂禮儀系統，是指人類可以利用它來產生禮儀規範和價值規範的效力；所謂操作系統，是指人類可以利用它來構成一種巫術的實踐力量（在這個意義上，它是一種法律，又是一種風俗和一種習慣勢力，並且也是一種宗教）⑳。我們看俠從「走入」歷史以後，就不斷被遐想為維護「正義」的鬥士和人間的浪漫英雄，並且藉他來「對治」社會上的不道德和政治上的不公道，儼然是這類神話的社會作用的「翻版」。不論創造俠的人，是不是曾經意識到這一點，我們都不能否認俠已經給這個社會投下了不少「變數」。

五、重構俠話語的方向

第二節到第四節，個人一直努力在解釋俠的神話性和社會功能，說法也許跟前人不同，但想藉這樣的探討，來為俠尋找「出路」的旨意，卻是相同的。換句話說，解釋俠的神話性和社會功能，只是「手段」；解決俠的「出路」問題，才是「目的」。而為了達到這樣的目的，必須對已經「存在」的俠，有一番批判才行。

首先，俠的「虛構性」，是一個既成的事實，而俠被用來「對治」社會上的不道德和政治上的不公道，也頗符合人心內在的願望。然而，在要求俠有這樣的「表現」後，一定會面臨一個「犯禁」的問題，這時誰敢保證他所（將要）犯的都能合於天下人心（相對的，政治上所禁的有不合於天下人心），而不會是「逞一時之快」，或「為破壞而破壞」？也許有人會再加一個「義」字，作為俠的行為準繩，但這也還不夠。因為「義」是對事理合宜的判定（《禮記‧中庸》說：「義者，宜也。」朱熹《四書章句集注》說：「宜者，分別事理，各有所宜也。」），而俠如何對事理有合宜的判定，以及依據什麼來保證他的判定，卻沒有一套可供衡量的標準。這樣的俠義觀（對俠的期待），基本上是相當「危險」的。

其次，在「義」的問題沒有解決以前，假使有揣摩眾意而自命為俠的人，各持一套「義」的標準，相互非難（正如《墨子‧尚同篇中》所說「天下之人異義，是一人一義，十人十義，百人百義，其人數茲多，其所謂義者亦茲眾。是以人是其義，而非人之義，故相交非也。」），又該怎麼辦？同時各人都以有「利」於他的為「義」[21]，而沒有人能加以仲裁，又會演變成什麼樣子？如果我們期望於俠來主持「正義」，卻得再擔憂他所主持的不是真「正義」，或擔憂他會淪為「私心自用」，壞了我們的「美夢」，這樣又何必要俠？

再次，有了俠以後，社會並不會因此而獲得安定，反而會有更多「怨怨相報」的「慘事」發生㉒。因為俠在主持「正義」時，被他挾持（威脅、掠奪）的「既得利益」者，絕不會甘願遭受「損失」，而必定會找機會「討回公道」，以至相互拼鬥、仇殺、了無盡期。到頭來，大家所期望於俠來「安慰」人心，不但不能實現，還得平白承受另一種「恐懼」！這種「得不償失」的事，難道還要眼睜睜看著它「重演」嗎？

顯然我們不能再期待一個主持人間「正義」的俠。因為在這樣的俠還沒有出現以前，我們不能確定他所要主持的「正義」到底是什麼；而在這樣的俠出現以後，我們也不能擔保他不會雜有「盲昧」的舉動。雖然從俠的「行為」看來，多少有利於社會道德的重建㉓，但整個重建工作卻無法預估它應該遵循的「方向」，也無法預估它所要付出的「代價」。這樣期待俠，就不免摻入許多「非理性」的因素（只基於情感的「認同」），恐怕會是「幻夢」一場，終究要令人失望的！況且大家期望於俠所主持的「正義」，只能是「個人正義」，並不是「國家正義」㉔。「個人正義」無法保證會公正的對待每一個人，使對方能順利的追求幸福，只有「國家正義」才有可能。而我們真正需要的，就是「國家正義」（由法律、制度保障的正義）。如果說「國家正義」要靠大家共同來建立，而在建立的過程中，必須人人具備俠義精神，果敢的破除所有的「阻力」，那麼我們自己就是所要成就的那個俠，這時就不必再「向外」索求了。只是我們還得確定所抱持的「個人正義」真實可靠，可以作為建立「國家正義」的「礎石」，否則一切都將流於無謂空想。這是個人為俠所找到的一條「出路」㉕，也是整個論述的一點「寄望」。

注釋

①《韓非子・八說》：「人臣肆意陳欲曰俠。」這段話本來可以當作最早對俠字義的解釋，但我們從〈五蠹篇〉所說「俠以武犯禁」來看，俠不必然限於人臣，也可以是一般民眾。可見它只舉出俠的「部分意義」，不像《說文解字》那樣舉出「全部意義」。因此，個人仍然把「解釋權」歸給《說文解字》。

②《韓非子》所說的五蠹（學者、言談者、帶劍者、串御者及工商者），其中會犯禁的是「帶劍者」。〈五蠹篇〉說：「其帶劍者，聚徒屬，立節操，以顯其名，而犯五官之禁。」〈六反〉也說：「行劍攻殺，暴傲之民也，而世尊之曰廉勇士。活賊匿姦，當死之民也，而世尊之曰任譽之士」。論者多認為這就是「以武犯禁」的俠。見錢穆，1980: 367；崔奉源，1986: 1~2。

③此外，還有以殺人亡命、魚肉閭里、淫擄婦女、販賣人口、詐騙財物等邪行的俠。如計有功《唐詩紀事》卷35說：「劉叉，節士也，少放肆為俠行，因酒殺人亡命。」《漢書・何並傳》說：「陽翟輕俠趙季、李款，多畜賓客，以氣力漁食閭里，至姦人婦女，持吏長短，縱橫郡中。」孫光憲《北夢瑣言》說：「大貂素以豪俠聞，知崔（浙西周室侍中博陵崔夫人）有容色，乃踰垣而竊之。」《舊唐

書・郭元振傳》說：「（郭元振）授通泉尉，任俠使氣，前後掠賣所部千餘人，以遺賓客，百姓苦之。」王世貞《劍俠傳》附錄〈張祜〉說：「進士崔涯、張祜下第後，多游江淮。常嗜酒，侮謔時輩；或乘其飲興，即自稱豪俠……一夕，有非常人粧束甚武，腰劍手囊，囊中貯一物，流血殷于外。入門謂曰：『此非張俠士居也？』曰：『然。』揖客甚謹。既坐，客曰：『有一仇人之恨，十年矣，今夜獲之，喜不能已。』因指囊曰：『此其首也。』問張曰：『有酒店否？』命酒飲之。飲訖曰：『去此三四里有一義士，予欲報之。若濟此夕，則平生恩仇畢矣。聞公氣義，能假予十萬緡否?立欲酧之，是予願畢。此後赴蹈湯火，誓無所憚。』張深喜其說，且不吝嗇，即傾囊燭下，籌其縑素中品之物，量而與焉。客曰：『快哉！無所恨也。』遂留囊首而去，期以卻回。既去，及期不至。五鼓絕聲，杳無蹤跡。又慮囊首彰露，以為己累。客且不來，計無所出，乃遣家人開囊視之，乃豕首也。」（張祜所遇俠，就是詐騙財物的高手）以上這些俠的行徑，已經相當可觀，而事實上還有更多好飛鷹走狗、窺人隱私、交通權門、鑄錢掘冢、博奕技擊等行徑的俠。參見龔鵬程，1987b: 99～132。

④除了個人所作的分類，還有人依據俠的活動方式（個人行動或集團行動）、俠的社會階級（卿相或布衣）以及俠的性質（文或武）來分類。見陶希聖，1982: 75～80；注②所引錢穆書，368；注②所引

崔奉源書，33（按：這裏所說的「文俠」，是指沒有武藝的俠。今人有以「以文犯禁」的知識分子為「文俠」，二者名同實異。後說，見楊國樞，1988。這些分類，都是為了方便論說，本來沒有什麼優劣可言，但有關俠的「實際」行徑，卻很難從上述的分類中看出，不能說不是個遺憾。其實，個人的分類，也相當粗疏；同時對於前人曾提及的「任俠」、「豪俠」、「游俠」、「儒俠」、「義俠」、「劍俠」、「僧俠」、「盜俠」等名稱，到底要如何歸屬，也還沒有主見。

⑤見章炳麟，1971: 7；梁啟超，1971: 2。

⑥見帥學富，1970: 176。

⑦見注②所引錢穆書，370～371。

⑧見馮友蘭，1967: 31～32；田毓英，1986: 73。

⑨見注④所引陶希聖書，73～74。

⑩見劉若愚，《中國的俠》，注②所引崔奉源書，35引（崔氏本人也同意這個說法）。

⑪同上，11。

⑫見注⑧所引田毓英書，94。

⑬見注②所引崔奉源書，19～20。

⑭文字（語言）的象徵性，參見白馬禮（Mario Pei），1980: 120～129；謝康基，1991: 1～15。

⑮這有點類似宗教上的信仰。宗教上的信仰，是一種具有「存在性」的開始（尋找所以存在的「依據」）。這樣的對象，沒有辦法用邏輯學、心理學或道德因果律來解釋〔參見郭蒂尼（R. Guardini），1984: 19～20；皮柏（J. Pieper），1985: 43～54〕。如果說人對神的信仰本身，有如被一層難以窺破的煙霧包圍著，而在它的背後還隱藏著更深的奧祕，那麼人對俠的信仰本身，也可以這麼說（這一點，後面會再討論）。

⑯現實中人固然也會有見義勇為、濟弱鋤惡的時候，但更多機會他可能用來「掠奪」名利。要說他是個俠，也只能在他見義勇為、濟弱鋤惡的當下為是，其他時候他就不能接受這個「美名」了。既然現實中人有不同的「面相」，我們就不可能單單稱他為俠。至於古人常稱某人為俠，又拈出他的一些「邪行」（如前所引），這是語言的「弔詭」（古人所想像的俠，跟我們所想像的俠不同），我們不能「上當」。

⑰參見李達三（J. J. Deeney），1986: 245～249。

⑱參見袁珂，1978: 63～86；譚達先，1988: 183～254。

⑲參見佛洛姆（E. Fromm），1988: 183～254。

⑳參見何新，1987；卡西勒（E. Cassirer），1990: 205～225。

㉑《史記・游俠列傳》說：「鄙人有言曰：『何知仁義，已饗其利者為有德。』故伯夷醜周，餓死首陽山，而文、武不以其故貶王；跖、蹻暴戾，其徒誦義無窮。由此觀之，『竊鉤者誅，竊國者侯，侯之門仁義存』，非虛言也。」所謂「何知仁義，已饗其利者為有德」，正是個人所說的這種情況。

㉒參見段昌國等譯，1985: 352～356。

㉓俠的「行為」，跟某些犯罪者的行為，極為相似，對社會都具有「破壞性」。而這種「破壞性」，在近代被認為有利於道德的重建（社會的進化）。參見涂爾幹（E. Durkheim），1988: 52～56；史美舍（N. Smelser），1991: 235～236。

㉔有關「個人正義」、「國家正義」的問題，詳見阿德勒（M. J. Adler）1986: 197～208。

㉕至於如何才能確定「個人正義」的真實可靠，這涉及智慧、知識、經驗等問題，不是這裏所能答覆，而必須別為探討。

附錄三　中國文獻學研究的話語新版

一、問題的提出

嚴格說，文獻學只是停在醞釀階段而未嘗成形的學科。這絕不是危言聳聽，因為任何學科所具有的特殊的性質、範圍和功能，以及使學科所以可能或成立的方法論等問題，在文獻學上並沒有獲得有效的解決。因此，儘管早就有人在從事文獻的結集、審訂、講習、翻譯、編纂、刻印等工作①，以及當代有不少以「文獻學」標目的專書的撰述②，但對於文獻學如何能獨立成一個學科，卻不見強而有力的理論的說明，以至文獻學到底是什麼，仍沒有人能說得準確。

現在個人就以中國文獻學為對象，一方面檢討它從古到今所作一切的得失，二方面試擬一個理論架構作為它未來發展的依據。而為了行文方便，這裏將不採取分「階段」的談論，而是逐次建立起理論架構，然後一邊回顧過去一邊展望未來，把跟文獻學相關的問題，都鋪陳開來並給予適當的處理或解決。至於個人用來建立理論架構的資源，將不限於某一學科既有的理則或方法論（只要有「助」於文獻學理論的建構，個人都會加以引用）。這樣未來的文獻學就多少要帶著「科際整合」的印記，在知識領域中扮演一個多重而更有效能的角色。

二、文獻學的理論基礎

文獻學要獨立為一個學科，首先要解決的是有關它的性質、範圍和功能等問題。這在古人的著作中，個人還沒有發現有誰作過「理論」的說明；而在今人的著作中，個人也沒有看到有誰作過「有效」的論說。如關於文獻學的性質問題，雖然大家都知道那是以文獻為探討對象的一門學問，但對於文獻本身究竟是獨立於主觀外的客觀物，還是純為主觀（心靈）的產品，或是主客觀辯證融合下的存有，在所有的撰述中卻沒有人為它稍作分辨。而在大家的討論中，個人也了解大家已經把文獻視為不證自明的客觀存在物（不然大家就不可能去做文獻整理和研究的工作），只是萬一有人能夠證明文獻並不能獨立於主觀認知外，那已有的研究成果豈不都要被否定了?從這裏可以看出，對文獻性質的假定不同，所發展出來的文獻學形態也會不一樣。而到目前為止，文獻學家們似乎還沒有意識到這一點。

又如關於文獻學的範圍問題，它到底是在探討文獻的處理和典藏，還是探討文獻的生產和流通（傳播），或是探討文獻的接受和利用，也不見有那位文獻學家在論說前先作一番「合理」的交代。以至大家做了許多文獻的分類、編目、版本鑒別、校勘、辨偽、注釋、編纂等工作，而仍不知道這些工作是如何可能的（以及在這些工作外還有那些工作可做）。我們借鏡其他學科的作法，應該會想到對於文獻學範圍的劃定有異，探討的結果自然不會相同。如以文獻的生產和流通為探討對象的文獻學，它所關注的整個社會機制提供了那些有利的因素，跟以文獻的處理和典藏為探討對象的文獻學關注相關的技術和方法，就會有顯著的差別；又以文獻的接受和利用為探討對象的文獻學，可能揭發出讀者對文獻有某種「具有創意的背叛」或「反叛性的誤解」而有益於文獻的創新這一事實③，跟以文獻的處理和典藏或以文獻的生產和流通為探討對象的文獻學無從接觸同類事實，也將難可並列而談。

又如關於文獻學的功能問題，終究只是提供讀者認識（及運用）文獻的方法，還是兼含有引導讀者發展（及創新）文獻的途徑，也還沒有一位文獻學家能夠加以清楚的說明。因為如果是前者，它不僅做好文獻的分類、編目、版本鑒別、校勘、辨偽、注釋、編纂等工作，就能夠提供讀者認識文獻的方法，它還要保證以上各種工作確是可能的才行；而如果是後者，那就更複雜了，它除了要詳為考察文獻的生產和流通以及文獻的接受和利用狀況，還得盡力提煉可以激發文獻創新的因素，合而確立可行的發展文獻的途徑。古來的文獻學家，幾乎都缺少這類方法論的反省，致使文獻學還處在粗糙而不甚可靠的「雛形」階段。我們想建立起文獻學這門學問，大概也只有從方法論入手吧！

三、文獻學的方法論

在方法論中，最先要問的是「如何才可能、怎樣使可能、為什麼可能獲得可靠的文獻學知識」？其次要問的是「如何、怎樣、為什麼才能使文獻學獲得科學性知識」？再次要問的是「文獻學在研究文獻時，應該適用何種具體研究方法和何種有效研究技術、如何設立研究計畫、如何操作研究計畫、怎樣才能使觀察、分析和驗證達到最高的客觀性和科學性」？最後要問的是「如何才能把具有客觀性、科學性和合理性的文獻學知識，變成具有相關性的邏輯組織，而以理論建構出現在讀者面前」？第一種就是所謂的「知識方法論」，重在求得文獻學知識的「合理性」；第二種就是所謂的「科學方法論」，重在求得文獻學知識的「客觀性」；第三種就是所謂的「研究方法論」，重在求得文獻學知識的「科學性」；第四種就是所謂的「理論方法論」，重在求得文獻學知識的「邏輯性」④。而這套方法論的目的是為了建構文獻學理論，藉以說明或解釋文獻現象以及預測或控制文獻現象。現在就逐次說明如下：

從理性思維的立場來說，人想運用他的理性去了解和控制文獻，勢必要先解答下列的問題：我們所要觀察的文獻呈現什麼樣的狀態？如何才能了解文獻？人的主觀是否能達成對文獻的客觀性了解？這不外有三種解答方式：第一，把文獻看作主觀的產品（更進一層說，文獻所記載的事物也是主體意識所現）。因此，它的了解過程是以主觀精神為中心，從文獻的製作和傳播行動著手觀察，而將觀察所得給予抽象化，藉以建立分析用的理論模式，然後才正式對文獻事實進行分析，並隨時藉事實來驗證理論。第二，把文獻看作客觀的存在物（更進一層說，文獻所記載的事物也是客觀存在著）。這跟前者剛好相反（它否認了主體精神和意識的重要性）。它的了解過程是以獨立於個人意識外的集體意識，去解釋或說明文獻事實。第三，把文獻看作主客觀辯證融合下的存有（更進一層說，文獻所記載的事物也是主客觀辯證融合下的存有）。這既不同於第一種情況，也不同於第二種情況。它的了解過程是以主體意識和客體現象的辯證融合為重心，去解釋或說明文獻事實。前兩種解答方式分別可以邏輯演繹和經驗歸納來完成，後一種解答方式可以邏輯演繹或經驗歸納來完成。這是文獻學理論的首要環節，文獻學家沒有理由不去重視它。

接著要解答的問題是：文獻學研究的對象是什麼？從那一個層次去著手研究？這個問題的答案，就要看各人對文獻本身性質的體認來決定。把文獻看成主觀的產品的人，通常會強調行為者的意願⑤，而著重於文獻的生產和流通層次的探討；把文獻看成客觀的存在物的人，基本上已假定文獻不隸屬個人意識而隸屬集體意識，所以會著重於文獻的處理和典藏層次的探討；把文獻看成主客觀辯證融合下的存有的人，比較容易聯想到讀者具有相同的心理機制，而會著重於文獻的接受和利用層次的探討。這三個層次純是基於研究對象不同所作的劃分，很難再進一步去釐清彼此是否有相互階次、隸屬或相互對立、矛盾的問題。即使是這樣，文獻學家也還沒能注意到這個課題，而多少阻礙了文獻學理論的建構。

再來有下列幾個問題要解答：如何獲得研究工作所需要的概念或觀念？如何建構工作計畫？有了工作計畫，如何去操作？隨著研究計畫預期達到的目標，要有什麼具體的方法？第一個問題的解答，不外從「抽象」和「定義」兩途徑去進行⑥，使該概念或觀念能明確的指稱文獻事實。第二個問題的解答，也不外從命題的建立、假設的形成、觀察的技術、驗證的方法等方面去考慮⑦，使該計畫能有效的發揮解釋或說明文獻事實的功能。至於第三個問題的解答，原則上以文獻具體事實為基礎，經過觀察、分析、驗證後，給予適當的解釋和評價。而第四個問題的解答，就看各研究計畫實際要達到的目標，選擇有效而可靠的方法（如歸納法、演繹法、比較法、綜合法、分析法等）⑧，完成對文獻現象的解釋或說明任務。這是文獻學理論的重心，值得文獻學家全力去經營。

最後要解答的問題是：如何把上述認知、假設、觀察和驗證所得的概念，組合起來而成為有效解釋或說明研究對象的抽象化理論？由於獲取經驗資料的過程，已有上述不同觀點和面向的差異，所以有關理論方法論的形態也不一樣。大體上：如果理論建構的過程是由理論模式開始，經過觀察和蒐集資料，這種方式就是邏輯演繹；如果理論建構的過程是從觀察和蒐集資料著手，經過整理、分析、比較，再到理論模式的確立，這種方式就是經驗歸納。前一理論的成立，不是來自特定文獻事實的研究，而是根據一般普遍性的概念，透過邏輯運作所產生的模式，藉以幫助工作計畫的順利完成。後一理論的成立正好相反，它是依照既定工作計畫和操作方式進行研究後，將有關所得的一組相關觀念，透過邏輯運作而成的建構，藉以解釋或說明被研究的文獻事實。這是文獻學理論的最後一個環節，向來也沒有那個文獻學家曾加以措意。

經過以上的論述，約略可以得出一個文獻學理論的架構：它的過程是確定思考立場、選擇研究對象、釐定工作計畫、提出假設、確立操作研究的原則、著手研究、解釋或說明研究對象；它的內涵是依邏輯演繹作驗證性的研究或依經驗歸納作探索性的研究。這個架構雖然還嫌粗略，但在缺乏有效理論來探討文獻的當今，仍不失為可以援引的依據。

四、中國傳統文獻學研究隱藏的問題

我們根據上述這一架構，來檢討既有的研究成果，也應該不難看出它有甚多問題存在。如圖書的編目部分，不論是否要在著錄書名外另加解題或提要⑨，只就它被公認為可以考察學術的淵源流別一點來說，似乎大家都「想當然耳」的以為「學術」是個客觀的存在物，而不知道這從劉向作《別錄》、劉歆作《七略》以來，每位目錄學家都在「表明」他對「學術」的看法，而跟「學術」是否客觀存在無關。這也就是歷來圖書分類所以不盡一致而撰著目錄宗旨所以不盡相同的原因所在。換句話說，每位目錄學家心中都有一套衡量「學術」的標準，我們不能將他們所衡量過的「學術」視為「事實如此」。然而，我們的所有目錄學著作，依然不改把目錄／學術當作客觀物處理的作風⑩，而對各人（讀者）如何去接受和利用圖書（文獻）有所關注。以至我們的目錄學不是走錯了方向，就是陷於「偏枯」的狀態。

又如圖書的校勘部分，普遍認為傳抄刻印過程，難免會出現魯魚豕亥或訛誤衍逸，必須透過校勘才可恢復圖書的原貌。這先不提原作是否就是「完璧」（沒有錯謬脫略），只從傳抄刻印方面來看。傳抄刻印者所造成的魯魚豕亥或訛誤衍逸，可能出於無意，也可能出於有意（特別指衍逸部分）。前者就不必說了（雖然它也經常難以判斷），但後者又要怎麼看待？我們看古人著作的傳本，幾乎沒有兩個傳本一模一樣的，這很難說不是傳抄刻印者有意的刪改增補。既然這樣，還有必要去作校勘嗎？如真要去作校勘，那不過是在原作「文本」、傳本「文本」外，再添一個校本「文本」而已（治絲益棼），如何有益於學術的「發展」？因此，校勘學如不能擺脫已有的格局⑪，而朝傳抄刻印過程有意的「背離」方面去探討（就是從讀者的接受和利用角度去探討），勢必無從別出新意。

又如圖書的辨偽部分，儘管從胡應麟的《四部正譌》到梁啟超的《古書真偽及其年代》，大致已經建立了辨偽的方法；而當代張心澂的《偽書通考》和鄭良樹的《續偽書通考》，也極力在蒐尋古書作偽的痕跡。但這個課題要成立，必先假定圖書（文獻）有不可抹煞的客觀性地位，否則就沒有作偽不作偽的問題存在。然而，我們憑什麼來確立（印證）圖書的客觀性地位？是否只能從作者（偽托）、成書年代（錯置）、附益（竄亂）等方面來斷定？個人看是不能，因為一個人著述不冠自己姓名而冠別人姓名（不論有意或無意），或不交代它的歷史背景而附會前朝（古代），或就部分遺書加以增衍而未嘗說明等等，他都在做他想做的（無所謂假不假的問題）；而讀者也可以不理會一切作書的因緣，直接從著述本身去領會或去研析。因此，我們豈能把作者、讀者兩個變數排除而專就圖書一個變數來論真偽？再說大家所考得的「偽據」，也已經過各人的理解和詮釋，如何能回過來作為圖書作偽的「鐵證」？可見從作者、讀者的角度來看圖書，並沒有所謂「偽」的問題。那麼剩下的圖書本身又是什麼？它可以不關聯「作者」或「讀者」而獨立給予檢視嗎？如果不能，談辨偽問題還有什麼意義可言[12]？

以上所舉只是犖犖大者，其實還有許多問題（限於本文「體例」）在這裏無法提出討論。不過，這已經可以印證前面所說的文獻學還未嘗成形而有待相關理論的建構來催生的話。至於個人所試擬的這個理論架構，用來檢討既有的文獻學作為和展開未來的文獻學建設，應該有相當程度的可靠性，無妨大家可以據它來勉力一試。

五、中國文獻學研究的改進途徑

很遺憾的，當今一些綜合性（概論性）的文獻學著作，幾乎沒有碰觸到個人所提及的這些課題，有的只是「耽溺」在某些無謂問題的爭議裏。如「文獻」這個概念，自從孔子開始使用（見《論語・八佾》）以後，朱熹《四書章句集注》解釋「文」為「典籍」、「獻」為「賢」，馬端臨《文獻通考》取「文獻」為書名並自序說引古經史等謂之「文」而取當時諸臣奏議、諸儒評論等謂之「獻」；到了當代，有的學者認為文獻包含各類圖書，有的學者認為文獻僅限於「古籍」，有的學者認為文獻指具有歷史價值和科學價值的圖書資料⑬，相互辯難不已。而不知這純是基於各人論說需要所作的界定，根本沒有自己所見為是而別人所見為非的問題。

又如「文獻學」的範圍，在鄭鶴聲、鄭鶴春《中國文獻學概要》首先劃定為文獻的結集、審訂、講習、翻譯、編纂、刻印後，學者所論又互有違異，其中洪湛侯《中國文獻學新探》還提出文獻學的新體系（包含體、法、史、論四部分）⑭。但不論那家的論說，都是偏於一方

（由假定文獻為客觀存在物而來的理論建構），而且欠缺方法論的反省（如本文前面所指摘的那樣），以至彼此的爭辯對立，盡屬白費。

其他如果還有足以引發論辯的課題，根據個人所擬定的理論架構去衡量，相信也會很快找出癥結所在而斷定它是否必要（或是否有意義）。可見「中國文獻學」要成立，還有一段漫長的路要走（西方文獻學想必也是如此），文獻學家們豈能以既有的「成就」為豪而就此止步呢！至如有意獻身於中國文獻學研究的人，擺在眼前的任務（披荊斬棘而開創新猷），那就更加吃重而需要相互勉勵或通力合作了。

注釋

① 參見鄭鶴聲，1973。

② 以「文獻學」標目的專書，在中國如鄭鶴聲等《中國文獻學概要》、王欣夫《文獻學講義》、張舜徽《中國文獻學》、吳楓《中國古典文獻學》、羅孟禎《古典文獻學》、張君炎《中國文學文獻學》、楊燕起等《中國歷史文獻學》、洪湛侯《中國文獻學新探》等；在西方雖不及見，但從中國學者著作中的引述來看（見張君炎，1986: 12～13），西方也有不少同類型的專書。

③ 法國文學社會學家埃斯卡皮（R. Escarpit）曾經察覺某些文學作品在後代甚至當代被讀者誤解，形成一種他所說的「具有創意的背叛」（見埃斯卡皮，1990: 137～138）；美國解構學家布魯姆（H.Bloom）也曾發現每位大詩人的創新都是從對前行者反叛性的「誤讀」或「誤解」而來的（詳見布魯姆，1990；1992）。這用來檢驗整體文獻被接受和利用的情況，當也有幾分的貼切。

④ 以上方法論部分，借自陳秉璋對社會學方法論的論說。見陳秉璋，1989: 1～3。本文的理論架構，也多得自陳書的啟發。

⑤ 像曹丕所說的「蓋文章經國之大業，不朽之盛事。年壽有時而盡，榮樂止乎其身，二者必至之常

期，未若文章之無窮。是以古之作者，寄身於翰墨，見意於篇籍，不假良史之辭，不託飛馳之勢，而聲名自傳於後。」（見曹丕，〈典論論文〉，收於李善等注，1979: 965）就很可被引來說明文獻生產者（創造者）的意（傳播），也有教育、娛樂等目的的考量（參見方蘭生，1988: 383～413），在在都顯示行為者意願的重要性。

⑥參見李明燦，1986: 11～15；呂亞力，1991: 15～20。

⑦參見注⑥所引李明燦書，39～70；唐納（J. H. Turner），1989: 3～16。

⑧參見杜維運，1987: 65～128。

⑨這一點，鄭樵和章學誠的看法就迥然不同。鄭樵說：「古之編書，但標類而已，未嘗注解，其著注者人之姓名耳。蓋經入經類，何必更言經？史入史類，何必更言史？但隨其凡目，則其書自顯。」（見鄭樵，1984: 726）章學誠說：「古人著錄，不徒為甲乙部次計。如徒為甲乙部次計，則一掌故令史足矣，何用父子世業，閱年二紀，僅乃卒業乎？蓋部次流別，申明大道，敘列九流百氏之學，使之繩貫珠聯，無少缺逸，欲人即類求書，因書究學。」（見章學誠，1984: 231）

⑩就以較近出版的昌彼得等，1986為例，整體的論述就是建立在「學術」是一客觀存在的前提上。

⑪以蔣元卿的《校讎學史》（1969）及趙仲邑的《校勘學史略》（1983）二書來說，各章節清一色都在

作前人如何校勘而今人又該如何校勘的考察和論說。此外，收在王國良等編（1986）中幾篇談校勘的文章，也大略不差。

⑫鄭良樹《古籍辨偽學》（1986）一書，甚稱辨偽方法需要謹慎使用，卻沒有一語觸及這個問題。

⑬分別見張舜徽，1983: 3；吳楓，1983: 2；洪湛侯，1992: 3。

⑭洪氏意見，見該書，5～20。

參考文獻

一、今著部分

孔繁，《魏晉玄學與文學》，北京：中國社會科學，1987。

毛子水，《論語今注今譯》，臺北：商務，1986。

毛怡紅等主編，《場與有——中外哲學的比較與融通（3）》，北京：中國社會科學，1996。

王文寶，《中國民俗學發展史》，瀋陽：遼寧大學，1987。

王志成，《解釋與拯解——宗教多元哲學論》，上海：學林，1996。

王步貴，《神祕文化》，北京：中國社會科學，1993。

王宏維等，《認知的兩極及其張力》，臺北：淑馨，1994。
王岳川，《後現代主義文化研究》，臺北：淑馨，1993。
王忠林等，《中國文學史初稿》，臺北：石門，1978。
王海山主編，《科學方法百科》，臺北：恩楷，1998。
王國良等編，《（增訂本）中國圖書文獻學論集》，臺北：明文，1986。
王嵩山，《文化傳譯——博物館與人類學想像》，臺北：稻鄉，1992。
王福祥，《話語語言學概論》，北京：外語教學與研究，1994。
王夢鷗，《文藝美學》，臺北：遠行，1976a。
王夢鷗，《文藝概論》，臺北：藝文，1976b。
王德威，《從劉鶚到王禎和——中國現代寫實小說散論》，臺北：時報，1986。
巴壺天，《禪骨詩心集》，臺北：東大，1988。
牛愛忠等，《俗文化》北京：中國經濟，1995。
方蘭生，《傳播原理》，臺北：三民，1988。
中華民國比較教育學會主編，《教育：傳統、現代化與後現代化》，臺北：師大書苑，

1996。
卡耳，《歷史論集》（王任光譯），臺北：幼獅，1968。
卡西勒，《符號・神話・文化》（羅興漢譯），臺北：結構群，1990。
卡勒爾，《歷史的意義》（黃超民譯），臺北：商務，1978。
皮柏，《相信與信仰》（黃藿譯），臺北：聯經，1985。
甘特等，《史學導論》（涂永清譯），臺北：水牛，1988。
田力克，《信仰的動力》（魯燕萍譯），臺北：桂冠，1994。
田毓英，《西班牙騎士與中國俠》，臺北：商務，1986。
申小龍，《語文的闡釋》，臺北：洪葉，1994。
史中一，《倫理學》，臺北：大中國，1987。
史美舍，《社會學》（陳光中等譯），臺北：桂冠，1991。
白馬禮，《語言的故事》（李慕白譯），臺北：商務，1980。
白話史記編輯委員會主編，《白話史記（3）》，臺北：聯經，1989。
古添洪，《記號詩學》，臺北：東大，1984。

包爾生，《倫理學體系》（何懷宏等譯），北京：中國社會科學，1988。

布魯姆，《影響的焦慮——詩歌理論》（徐文博譯），臺北：久大，1990。

布魯姆，《比較文學影響論——誤讀圖示》（朱立元等譯），臺北：駱駝，1992。

布魯貝赫，《現代教育哲學》（黨士豪譯），臺北：正中，1975。

早川，《語言與人生》（柳之元譯），臺北：文史哲，1987。

朱介凡，《俗文學論集》，臺北：聯經，1984。

朱世英等，《中國散文學通論》，合肥：安徽教育，1995。

朱光潛，《詩論》，臺北：德華，1981。

朱光潛，《西方美學史》，臺北：漢京，1982。

朱崇儀，〈分裂的忠誠？…書寫／再現？…記號學／女性主義？〉，於《中外文學》第23卷第2期（129），1994，7。

朱耀偉編譯，《當代西方文學批評理論》，臺北：駱駝，1992。

朱耀偉，《後東方主義——中西文化批評論述策略》，臺北：駱駝，1994。

朵伊森，《歷史知識的理論》（胡昌智譯），臺北：聯經，1987。

牟宗三，《才性與玄理》，臺北：學生，1985。
艾坡比等，《歷史的真相》（薛絢譯），臺北：正中，1996。
伊格頓，《當代文學理論導論》（聶振雄等譯），香港：旭日，1987。
伍謙光，《語義學導論》，武昌：湖南教育，1994。
佚名，《中國書院史話》，臺北：學海，1985。
希克，《宗教哲學》（錢永祥譯），臺北：三民，1991。
佛思等，《當代語藝觀點》（林靜伶譯），臺北：五南，1996。
佛洛姆，《夢的精神分析》（葉頌壽譯），臺北：志文，1988。
佛斯特，《小說面面觀》（李文彬譯），臺北：志文，1993。
李喬，《小說入門》，臺北：時報，1986。
李曰剛等，《三禮研究論集》，臺北：黎明，1981。
李幼蒸，《理論符號學導論》，北京：中國社會科學，1993。
李安宅，《意義學》，臺北：商務，1978。
李亦園，《文化與修養》，臺北：幼獅，1996。

李明燦，《社會科學方法論》，臺北：黎明，1986。
李茂政，《大眾傳播新論》，臺北：三民，1986。
李春泰，《文化方法論導論》，武漢：武漢，1996。
李國英，《說文類釋》，臺北：南嶽，1982。
李達三，《比較文學研究之新方向》（徐言之等譯），臺北：聯經，1986。
何新，《諸神的起源》，臺北：木鐸，1987。
何三本等，《現代語義學》，臺北：三民，1995。
何秀煌，《記號學導論》，臺北：水牛，1988。
何冠驥，《借鏡與類比——中國文學研究的現代化》，臺北：東大，1989。
吳楓，《中國古典文獻學》，臺北：木鐸，1983。
吳宏一，《清代詩學初探》，臺北：學生，1986。
吳新祥等，《等值翻譯論》，南昌：江西教育，1990。
呂大吉主編，《宗教學通論》，臺北：博遠，1993。
呂亞力，《政治學方法論》，臺北：三民，1991。

呂叔湘等，《詞彙學新研究——首屆全國現代漢語詞彙學術討論會選集》，北京：語文，1995。

杜加斯等，《當代社會心理學》（程實定審譯），臺北：結構群，1990。

杜普瑞，《人的宗教向度》（傅佩榮譯），臺北：幼獅，1996。

杜維運，《史學方法論》，臺北：三民，1987。

杜維運，《歷史的兩個境界》，臺北：東大，1995。

杜聲鋒，《皮亞傑及其思想》，臺北：遠流，1988。

宋光宇，《人類學導論》，臺北：桂冠，1990。

宋光宇，《宗教與社會》，臺北：東大，1995。

沈步洲，《言語學概論》，臺北：商務，1969。

沈兼士，《中國考試制度史》，臺北：商務，1986。

沈清松，《解除世界魔咒——科技對文化的衝擊與展望》，臺北：時報，1986。

沈清松編，《中國人的價值觀——人文學觀點》，臺北：桂冠，1993。

那柏漢等，《童年沃野——為什麼童年需要沃野》（陳阿月譯），臺北：新苗，1996。

克拉克，《文明的腳印》（楊孟華譯），臺北：桂冠，1989。
汪信硯，《科學美學》，臺北：淑馨，1994。
余培林，《新譯老子讀本》，臺北：三民，1978。
貝斯特等，《後現代理論：批判的質疑》（朱元鴻譯），臺北：巨流，1994。
林尹，《訓詁學概要》，臺北：正中，1980。
林天民，《基督教與現代世界》，臺北：商務，1994。
林火旺，《倫理學》，臺北：五南，1999。
林文寶，《歷代啟蒙教材初探》，臺東：東師語教系，1995。
林明德，《文學批評指向》，臺北：時報，1989。
阿英編，《晚清文學叢鈔・小說戲曲研究卷》，臺北：新文豐，1989。
阿德勒，《六大觀念》（劉遐齡譯），臺北：國立編譯館，1986。
金隄，《等效翻譯探索》，北京：中國對外翻譯，1989。
金健人，《小說結構美學》，臺北：木鐸，1988。
孟瑤，《中國小說史》，臺北：傳記文學，1977。

孟樊等編，《流行天下——當代臺灣通俗文學論》，臺北：時報，1992。
門羅，《走向科學的美學》（安宗昇譯），臺北：五洲，1987。
宕夕爾，《哲學人類學》（劉貴傑譯），臺北：巨流，1989。
昌彼得等，《中國目錄學》，臺北：文史哲，1986。
波茲曼，《童年的消逝》（蕭昭君譯），臺北：遠流，1994。
周英雄，《結構主義與中國文學》，臺北：東大，1983。
周啟志等，《中國通俗小說理論綱要》，臺北：文津，1992。
周華山，《意義——詮釋學的啟迪》，臺北：商務，1993。
周慶華，《秩序的探索——當代文學論述的省察》，臺北：東大，1994。
周慶華，《文學圖繪》，臺北：東大，1996a。
周慶華，《臺灣當代文學理論》，臺北：揚智，1996b。
周慶華，《佛學新視野》，臺北：東大，1997a。
周慶華，《語言文化學》，臺北：生智，1997b。
周慶華，《臺灣文學與「臺灣文學」》，臺北：生智，1997c。

周慶華，《兒童文學新論》，臺北：生智，1998。

周慶華，《思維與寫作》，臺北：五南，1999a。

周慶華，《新時代的宗教》，臺北：揚智，1999b。

周慶華，《文苑馳走》，臺北：文史哲，2000。

周樑楷等，《史學導論》，臺北：空中大學，1995。

周樑楷，《歷史學的思維》，臺北：正中，1996。

屈萬里，《古籍導讀》，臺北：聯經，1984a。

屈萬里，《尚書今注今譯》（《屈萬里全集（9）》），臺北：聯經，1984b。

邵敬敏主編，《文化語言學中國潮》，北京：語文，1995。

亞德烈，《藝術哲學》（周浩中譯），臺北：水牛，1987。

邱燮友，《新譯唐詩三百首》，臺北：三民，1987。

柏克，《法國史學革命：年鑑學派1929——89》（江政寬譯），臺北：麥田，1997。

柏林，《自由四論》（陳曉林譯），臺北：聯經，1990。

柏格爾，《媒介分析方法》（黃新生譯），臺北：遠流，1994。

胡適，《四十自述》，臺北：遠東，1985。

胡功澤，《翻譯理論之演變與發展——建立溝通的翻譯觀》，臺北：書林，1994。

胡昌智，《歷史知識與社會變遷》，臺北：聯經，1988。

胡雲翼，《中國文學史》，臺北：莊嚴，1982。

胡楚生，《訓詁學大綱》，臺北：蘭臺，1980。

胡樸安，《中國訓詁學史》，臺北：商務，1982。

胡懷琛，《中國文學八論·小說論》，臺北：遠流，1975。

姚一葦，《美的範疇論》，臺北：開明，1985a。

姚一葦，《藝術的奧祕》，臺北：開明，1985b。

俞汝捷，《幻想和寄託的國度——志怪傳奇新論》，臺北：淑馨，1991。

俞建章等，《符號：語言與藝術》，臺北：久大，1990。

柯林烏，《歷史的理念》（黃宣範譯），臺北：聯經，1986。

段昌國等譯，《中國思想與制度論集》，臺北：聯經，1985。

馬幼垣，《中國小說史集稿》，臺北：時報，1987。

馬修斯，《童年哲學》（王靈康譯），臺北：毛毛蟲兒童哲學基金會，1998。
韋勒克等，《文學理論》（梁伯傑譯），臺北：水牛，1987。
洪淑苓等，《古典文學與性別研究》，臺北：里仁，1997。
洪湛侯，《中國文獻學新探》，臺北：學生，1992。
洛斯奈，《精神分析入門》（鄭泰安譯），臺北：志文，1998。
范煙橋，《中國小說史》，臺北：莊嚴，1982。
帥學富，《清洪述源》，臺北：商務，1970。
高明，《高明經學論叢》，臺北：黎明，1978。
高明，《大戴禮記今注今譯》，臺北：商務，1984。
高辛勇，《形名學與敘事理論——結構主義的小說分析法》，臺北：聯經，1987。
徐岱，《小說敘事學》，北京：中國社會科學，1992。
徐宗林，《現代教育思潮》，臺北：五南，1990。
徐道鄰，《語意學概要》，香港：友聯，1980。
袁珂，《神話論文集》，臺北：漢京，1978。

唐納，《社會學理論的結構》（馬康莊譯），臺北：桂冠，1989。
唐納生，《兒童心智——從認知發展看教與學的困境》（漢菊德等譯），臺北：遠流，1996。
柴熙，《認識論》，臺北：商務，1983。
殷鼎，《理解的命運》，臺北：東大，1990。
殷海光，《中國文化的展望》，臺北：活泉，1979。
烏丙安，《中國民俗學》，瀋陽：遼寧大學，1988。
孫克強，《雅文化》，北京：中國經濟，1995。
孫凱飛，《文化學——現代國富論》，北京：經濟管理，1997。
夏志清，《中國現代小說史》（劉紹銘編譯），臺北：傳記文學，1979。
桂起權等，《人與自然的對話——觀察與實驗》，臺北：淑馨，1994。
涂爾幹，《社會學研究方法論》（胡偉譯），北京：華夏，1988。
索緒爾，《普通語言學教程》（高名凱譯），臺北：弘文館，1985。
埃斯卡皮，《文學社會學》（葉淑燕譯），臺北：遠流，1990。

海斯翠普編，《他者的歷史——社會人類與歷史製作》（賈士蘅譯），臺北：麥田，1998。
莫爾，《倫理學原理》（蔡坤鴻譯），臺北：聯經，1984。
婁子匡等，《五十年來的中國俗文學》，臺北：正中，1987。
盛子潮，《小說形態學》，福州：海峽文藝，1993。
馮友蘭，《中國哲學史》，香港：文蘭，1967。
馮沅君，《中國文學史》，臺北：莊嚴，1982。
陶立璠，《民俗學概論》，北京：中央民族學院，1987。
陶希聖，《辯士與游俠》，臺北：商務，1982。
陳平原，《中國小說敘事模式的轉變》，臺北：久大，1990。
陳東原，《中國教育史》，臺北：商務，1980。
陳宗達等，《訓詁方法論》，北京：中國社會科學，1983。
陳秉璋等，《道德社會學》，臺北：桂冠，1988。
陳秉璋，《社會學方法論》，臺北：環球，1989。
陳祖耀，《理則學》，臺北：三民，1987。

陳益源，《民俗文化與民間文學》，臺北：里仁，1997。
陳啟新，《中國民俗學通論》，廣州：中山大學，1996。
陳勤建，《中國鳥文化》，上海：學林，1996。
張世祿，《語言學原理》，臺北：商務，1970。
張汝倫，《意義的探究——當代西方釋義學》，臺北：谷風，1988。
張君炎，《中國文學文獻學》，南昌：江西人民，1986。
張志剛，《走向神聖——現代宗教學的問題與方法》，北京：人民，1995。
張京媛編，《新歷史主義與文學批評》，北京：北京大學，1993。
張春興，《心理學》，臺北：東華，1989。
張建軍，《科學的難題——悖論》，臺北：淑馨，1994。
張紫晨，《中國民俗與民俗學》，杭州：浙江人民，1985。
張舜徽，《中國文獻學》，臺北：木鐸，1983。
張漢良，《比較文學理論與實踐》，臺北：東大，1986。
崔奉源，《中國古典短篇俠義小說研究》，臺北：聯經，1986。

崔格德，《回到童年——與孩子同步成長》（張美惠譯），臺北：創意力，1996。

章炳麟，《訄書》，臺北：世界，1971。

勒高夫等，《法國當代新史學》（姚蒙等譯），臺北：遠流，1993。

梁啟超，《中國之武士道》，臺北：中華，1971。

郭紹虞等編，《中國近代文學論著精選》，臺北：華正，1982。

郭蒂尼，《信仰的生命》（林啟藩等譯），臺北：聯經，1984。

許逸之，《中國文字結構說彙》，臺北：商務，1991。

麥克唐納，《言說的理論》（陳璋津譯），臺北：遠流，1990。

萊辛，《詩與畫的界限》（朱光潛譯），臺北：蒲公英，1986。

傅柯，《知識的考掘》（王德威譯），臺北：麥田，1993。

傅庚生，《中國文學欣賞舉隅》，臺南：大夏，1983。

彭歌，《小小說寫作》，臺北：遠景，1980。

湯一介主編，《中國宗教：過去與現在》，臺北：淑馨，1994。

湯用彤等，《魏晉思想（甲編五種）》，臺北：里仁，1984。

湯恩比，《歷史研究》（陳曉林譯），臺北：桂冠，1984。
黃文山，《文化學體系》，臺北：中華，1986。
黃天麟，《東方與西方》，臺北：桂冠，1992。
黃宣範，《語言哲學——意義與指涉理論的研究》，臺北：文鶴，1983。
黃宣範，《翻譯與語意之間》，臺北：聯經，1985。
黃建中，《比較倫理學》，臺北：正中，1990。
黃慶明，《應然實然問題探微》，臺北：鵝湖，1985。
黃慶明，《倫理學講義》，臺北：洪葉，1998。
黃慧英，《後設倫理學之基本問題》，臺北：東大，1988。
曾永義，《說俗文學》，臺北：聯經，1980。
曾仰如，《倫理哲學》，臺北：商務，1985。
曾仰如，《宗教哲學》，臺北：商務，1993。
勞思光，《中國哲學史（第2卷）》，香港：友聯，1980。
程祥徽主編，《語言與傳意》，香港：海峰，1996。

程樹德，《論語集釋》，臺北：藝文，1965。

路況，《虛無主義書簡——歷史終結的遊牧思考》，臺北：唐山，1993。

葉朗，《中國小說美學》，臺北：里仁，1987。

葉家明，《向生命系統學習——社會仿生論與生命科學》，臺北：淑馨，1997。

葉維廉，《中國現代小說的風貌》，臺北：四季，1977。

葉維廉，〈比較文學論文叢書總序〉，於《中外文學》第11卷第9期(27)，1983、2。

葉維廉，《歷史、傳釋與美學》，臺北：東大，1988。

福勒，《現代西方文學批評術語》（袁德成譯），成都：四川人民，1987。

楊豫，《西洋史學史》，臺北：雲龍，1998。

楊士毅，《邏輯與人生——語言與謬誤》，臺北：書林，1994。

楊耐冬，《翻譯理論與實際》，臺北：聯亞，1981。

楊國賜，《進步主義教育哲學體系與應用》，臺北：水牛，1982。

楊國樞，〈三談知識分子及其相關問題〉，於《自立晚報》第2版，1988、1、12。

楊樹藩，《中國文官制度史》，臺北：黎明，1986。

楊蔭深，《中國俗文學概論》，臺北：世界，1992。

雷夫金，《能趨疲：新世界觀——二十一世紀人類文明的新曙光》（蔡伸章譯），臺北：志文，1988。

雷僑雲，《敦煌文學》，臺北：學生，1990。

詹京斯，《歷史的再思考》（賈士蘅譯），臺北：麥田，1996。

鄔昆如，《倫理學》，臺北：五南，1994。

奧斯敦，《語言的哲學》（何秀煌譯），臺北：三民，1987。

葛隆斯基，《歷史意義與方法》（容繼業譯），臺北：幼獅，1974。

趙仲邑，《校勘學史略》，長沙：岳麓，1983。

趙國華，《生殖崇拜文化論》，北京：中國社會科學，1996。

寧宗一主編，《中國小說學通論》，合肥：安徽教育，1995。

廖炳惠，《形式與意識形態》，臺北：聯經，1990。

蒙特梭利，《童年的祕密》（馬榮根譯），臺北：五南，1995。

臺灣大學哲學系主編，《當代西方哲學與方法論》，臺北：東大，1988。

劉昶，《西方大眾傳播學——從經驗學派到批判學派》，臺北：遠流，1990。
劉大杰，《中國文學發展史》，臺北：華正，1979。
劉昌元，《西方美學導論》，臺北：聯經，1987。
劉宓慶，《當代翻譯理論》，臺北：書林，1993。
劉宓慶，《翻譯美學導論》，臺北：書林，1995。
劉軍寧，《權力現象》，臺北：商務，1992。
劉燕萍，《愛情與夢幻——唐朝傳奇中的悲劇意識》，臺北：商務，1996。
劉曉明，《中國符咒文化》，南昌：百花洲文藝，1995。
劉還月，《臺灣土地傳》，臺北：臺原，1989。
蔣元卿，《校讎學史》，臺北：商務，1969。
蔣祖怡，《小說纂要》，臺北：正中，1987。
蔣紹愚，《古漢語詞彙綱要》，北京：北京大學，1989。
蔣維喬，《佛學概論》，臺北：佛光，1993。
鄭志明，《臺灣的宗教祕密教派》，臺北：臺原，1997。

鄭良樹，《古籍辨偽學》，臺北：學生，1986。

鄭明娳，《古典小說藝術新探》，臺北：時報，1987。

鄭明娳，《通俗文學》，臺北：揚智，1993a。

鄭明娳主編，《當代臺灣文學評論大系・小說批評》，臺北：正中，1993b。

鄭貞銘主編，《人類傳播》，臺北：正中，1989。

鄭振鐸，《中國俗文學史（上）》，臺北：商務，1986。

鄭鶴聲等，《中國文獻學概要》，臺北：商務，1993。

蔡坤鴻，《偉大觀念的探索》，臺北：臺灣書店，1999。

蔡源煌，《海峽兩岸小說的風貌》，臺北：雅典，1989。

錢穆，《中國學術思想史論叢（2）》，臺北：東大，1980。

錢善行主編，《文藝學和新歷史主義》，北京：社會科學文獻，1993。

歐用生，《初等教育的問題與改革》，臺北：南宏，1987。

濮之珍，《中國語言學史》，臺北：書林，1994。

龍宇純，《中國文字學》，臺北：作者自印，1984。

龍協濤，《文學解讀與美的再創造》，臺北：商務，1993。

謝冰瑩等，《新譯四書讀本》，臺北：三民，1987。

謝冰瑩等，《新譯古文觀止》，臺北：三民，1988。

謝扶雅，《倫理學新論》，臺北：商務，1973。

謝國平，《語言學概論》，臺北：三民，1986。

謝康基，《語意學——理論與實際》，臺北：商務，1991。

戴華山，《語意學》，臺北：華欣，1984。

鍾敬文主編，《民間文學概論》，上海：上海文藝，1980。

鍾慧玲主編，《女性主義與中國文學》，臺北：里仁，1997。

賽爾維爾，《意識形態》（吳永昌譯），臺北：遠流，1989。

磺溪文化學會編，《首屆臺灣民間文學學術研討會論文集》，彰化：磺溪文化學會，1997。

藍吉富等主編，《敬天與親人——中國文化新論・宗教禮俗篇》，臺北：聯經，1993。

簡後聰，《歷史學的本質》，臺北：五南，1989。

瞿海源，《臺灣宗教變遷的社會政治分析》，臺北：桂冠，1997。

關敬吾，《民俗學》（王汝瀾等譯），北京：中國民間文藝，1986。

羅綱，《敘事學導論》，昆明：雲南人民，1994。

羅根澤，《中國文學批評史》，臺北：學海，1978。

譚正璧，《中國文學史》，臺北：莊嚴，1982。

譚全基，《古代漢語基礎》，臺北：華正，1981。

譚達先，《中國神話研究》，臺北：商務，1988。

譚達先，《中國民間文學概論》，臺北：貫雅，1992。

蘭特利奇等編，《文學批評術語》（張京媛等譯），香港：牛津大學，1994。

瀧川龜太郎，《史記會注考證》，臺北：洪氏，1983。

龔鵬程，《文學與美學》，臺北：業強，1987a。

龔鵬程，《大俠》，臺北：錦冠，1987b。

龔鵬程，《文學批評的視野》，臺北：大安，1990。

二、典籍部分

王充，《論衡》，增訂漢魏叢書本，臺北：大化，1988。

王夫之，《薑齋詩話》，清詩話本，臺北：藝文，1977。

王引之，《經義述聞》，臺北：商務，1979。

王先謙，《荀子集解》，新編諸子集成本，臺北：世界，1978。

王若虛，《滹南詩話》，續歷代詩話本，臺北：藝文，1983。

孔穎達，《周易正義》，十三經注疏本，臺北：藝文，1982。

孔穎達等，《毛詩正義》，十三經注疏本，臺北：藝文，1982。

孔穎達，《左傳正義》，十三經注疏本，臺北：藝文，1982。

孔穎達，《禮記正義》，十三經注疏本，臺北：藝文，1982。

玄奘譯，《般若波羅蜜多心經》、《大正藏》卷8，臺北：新文豐，1974。

司馬遷，《史記》，臺北：鼎文，1983。

令狐德棻，《周書》，臺北：鼎文，1983。

朱熹，《四書章句集注》，臺北：大安，1986。
沈約，《宋書》，臺北：鼎文，1983。
邢昺，《論語注疏》，十三經注疏本，臺北：藝文，1982。
邢昺，《爾雅注疏》，十三經注疏本，臺北：藝文，1982。
李善等，《增補六臣注文選》，臺北：華正，1979。
呂不韋，《呂氏春秋》，新編諸子集成本，臺北：世界，1978。
志磐，《佛祖統記》，《大正藏》卷49，臺北：新文豐，1974。
佛陀耶舍等譯，《四分律》，《大正藏》卷22，臺北：新文豐，1974。
宗寶編，《六祖法寶壇經》，《大正藏》卷48，臺北：新文豐，1974。
韋昭，《國語注》，臺北：藝文，1974。
段玉裁，《說文解字注》，臺北：南嶽，1978。
俞劍華編，《中國畫論叢編》，臺北：華正，1984。
班固，《漢書》，臺北：鼎文，1983。
陸游，《陸放翁全集》，臺北：世界，1970。

孫奭，《孟子注疏》，十三經注疏本，臺北：藝文，1982。
張戒，《歲寒堂詩話》，續歷代詩話本，臺北：藝文，1983。
陳壽，《三國志》，臺北：鼎文，1983。
陳騤，《文則》，臺北：莊嚴，1977。
陳弘謀編輯，《五種遺規》，臺北：中華，1984。
郭紹虞，《中國歷代文論選》，臺北：木鐸，1981。
郭慶藩，《莊子集釋》，新編諸子集成本，臺北：世界，1978。
章學誠，《文史通義》，臺北：世界，1984。
揚雄，《方言》，增訂漢魏叢書本，臺北：大化，1988。
揚雄，《法言》，增訂漢魏叢書本，臺北：大化，1988。
程允升，《幼學故事瓊林》，臺北：文化，1977。
葛洪，《神仙傳》，增訂漢魏叢書本，臺北：大化，1988。
葛洪，《抱朴子》，新編諸子集成本，臺北：世界，1978。
董誥等纂，《全唐文》，臺北：文友，1974。

董仲舒，《春秋繁露》，增訂漢魏叢書本，臺北：大化，1988。
賈公彥，《周禮正義》，十三經注疏本，臺北：藝文，1982。
韓嬰，《韓詩外傳》，增訂漢魏叢書本，臺北：大化，1988。
劉熙，《釋名》，增訂漢魏叢書本，臺北：大化，1988。
劉勰，《文心雕龍》，增訂漢魏叢書本，臺北：大化，1988。
劉知幾，《史通》，臺北：世界，1980。
劉義慶，《世說新語》，新編諸子集成本，臺北：世界，1978。
劉熙載，《藝概》，臺北：漢京，1985。
劉寶楠，《論語正義》，新編諸子集成本，臺北：世界，1978。
鄭樵，《通志》，臺北：世界，1984。
曇無讖譯，《大方等大集經》，《大正藏》卷13，臺北：新文豐，1974。
曇無讖譯，《優婆塞戒經》，《大正藏》卷24，臺北：新文豐，1974。
戴德，《大戴禮記》，增訂漢魏叢書本，臺北：大化，1988。
魏徵等，《隋書》，臺北：鼎文，1983。

鍾嶸，《詩品》，增訂漢魏叢書本，臺北：大化，1988

蕭子顯，《南齊書》，臺北：鼎文，1983。

蕭石天主編，《雲笈七籤》，臺北：自由，1996。

譚獻，《復堂詞話》，詞話叢編本，臺北：新文豐，1988。

嚴羽，《滄浪詩話》，歷代詩話本，臺北：藝文，1983。

嚴可均校輯，《全上古三代秦漢三國六朝文》，北京：中華，1991。

中國符號學

作　　者／周慶華
出 版 者／揚智文化事業股份有限公司
發 行 人／葉忠賢
登 記 證／局版北市業字第 1117 號
地　　址／台北縣深坑鄉北深路三段 260 號 8 樓
電　　話／(02)8662-6826
傳　　真／(02)2664-7633
E-mail ／service@ycrc.com.tw
印　　刷／鼎易印刷事業股份有限公司
ISBN ／957-818-201-5
初版一刷／2000 年 12 月
初版二刷／2010 年 1 月
定　　價／新台幣 300 元

國家圖書館出版品預行編目資料

中國符號學 / 周慶華著. -- 初版. -- 台北市：
揚智文化，2000 [民 89]
面； 公分. -- （Cultural Map ；7）
參考書目：面
ISBN 957-818-201-5（平裝）

1. 中國語言 - 哲學, 原理 2. 符號學

802.01 89013938